彗星乙女後宮伝（下）

江本マシメサ

PASH!文庫

第一章　男装宮官は想いを伝える!?

メリクル王子に仕える騎士・コーラルは、外交使節団として向かった華烈で、とんでもない騒動に巻き込まれる。陰謀で罪を被せられたメリクル王子が処刑されそうになった瞬間、コーラルは身代わりを名乗り出たのだ。殺されそうになったコーラルを助けたのは、華烈の高官である汪永訣であった。

永訣のおかげで死刑は逃れられたものの、後宮で生涯にわたって労働を強いられる〝宮刑〟が科せられた。コーラルは珊瑚という名で、新たな人生を送ることとなる。

後宮には、さまざまな者達がいた。永訣の弟で元武官の汪紘宇。大豪族の娘で心優しい女官の翼紺々。そして男嫌いの妃、星紅華。

珊瑚は華烈の人々との交流を経て、柵のない日々を過ごす。

ただ、ここは普通の後宮ではない。皇帝不在の中、国中から集められた豪族の者が四人の妃を孕ませ、最初に産まれた子が次代の皇帝となる。

謎の暗殺者に狙われる星貴妃を守りつつも、珊瑚は陰謀の渦中へ引き込まれてしまった。さまざまな思惑に巻き込まれながらも、珊瑚は強く生きている。

この先どうなるかは、誰も知りえないことだった。

牡丹（ぼたん）宮の前にある庭園で発生した事件は、他の三つの後宮の妃達をも不安に陥れた。外部からの侵入者を手引きする者がいたという、恐ろしいことが発覚したので無理もない。

武芸会〝百花繚乱（りょうらん）〟の開催を中止にするように提案した妃もいるようだ。しかし、後宮が発足して早くも一年が経ち、四名の妃の誰もが妊娠の兆しを見せていない。よって、刺激となる催しは必要なのではという声が上がっているようだ。

その代わり、いくつか決まりごとの変更がなされる。一つは、武器の禁止。戦う時は己の拳のみ、ということになる。二つ目は、負けた者を強制的に引き入れてはならないということ。妃の希望があればということになった。そして武芸会の前に、牡丹宮、木蓮宮、蓮華宮、鬼灯（ほおずき）宮から四人の妃と愛人達を集め、宴を行うことが決まったようだ。

妃は武芸会同様、顔立ちがわからないように仮面を装着する。他、連れていける愛人は武芸会に参加させる三名と書かれていた。そんな一方的な通知が書かれた手紙が届いた。

星貴妃は寝屋に珊瑚と紘宇を呼び、いつもの通り寝台の上に招いて切実な問題を叫んだ。

「愛人が一人足りぬ！」

「く、くうん？」

星貴妃の膝で丸くなっていたたぬきが、大声に驚いてビクリと体を震わせる。そんなたぬきを、星貴妃は持ち上げて言った。

「ふむ、なるほど。珠珊瑚と汪紘宇とたぬきか。よし、これでいくか」

「正気か⁉」

愛人は珊瑚と紘宇とたぬき。そんな決定に対し、紘宇は辛辣過ぎる言葉を叫んでいた。

「私が男装してもよいのだが、見物するだけの武芸会とは違い、交流を主とする宴では偽物を立てるのはいささか危険だ」

ここで、紘宇が提案をする。

「閹官（えんかん）を一人連れていくのはどうだ？」

幸い、閹官達は星貴妃に心酔している。命じられたら、仮の愛人でも喜んでなるだろうと紘宇は話す。

「まあ、それしかなかろう」

「選考はどうする？」

「ふうむ……珊瑚、誰かよい男は知らぬか？」

まさかの大抜擢に、珊瑚は驚く。先日、数人の閹官と顔を合わせたが、見目のよい者が数人いた。星貴妃は紘宇のような男らしい美形よりも、線の細い女性的な美形のほうが好きなのだろう。よって、その条件に該当する人物は――。

「一人、います。女性のように、たおやかで、綺麗な閹官が」

それに反応を示したのは、紘宇であった。

「お前は、そういう男が好きなのか？」

「あ、いえ、私ではなく、星貴妃のお好みかな、と」

目をつり上げて追及していた紘宇であったが、珊瑚の言葉を聞いて大人しくなる。小さな声で、「すまない」と謝っていた。

「汪紘宇、お前は信じがたいほど器の小さな男よの」

星貴妃の呟きは小さかったからか、聞こえていなかったようだ。

「では、珠珊瑚。その可憐な閹官をここへ連れてまいれ」

「仰せの通りに」

「汪紘宇は執務に専念しろ」

紘宇が「わかっている」と返すと、星貴妃は「まったく可愛げがない」とぼやく。

「可愛げなどなくて結構」

「いいや、大事なことだ。なあ、珠珊瑚？」

珊瑚は目を泳がせながら星貴妃から顔を逸らす。

珍しく同意しなかったので、追及された。

「なんだ、お主には、汪紘宇が可愛く見えていると？」

「え、あの、ど、どうでしょう？」

「あの堅物の、どこが可愛い？」

「いえいえ、それは、人によって主観も違うと言いますか」

「お主の前でだけ、甘い顔を見せるというのか？」

　その言葉で、珊瑚はつい先日の、髪の毛を触らせてくれていた時の紘宇を思い出す。慣れない行為に初めこそ顔が強張っていた。その後、呆れた顔をしたり、困った顔をしたりと、いろいろな表情を見せてくれた。

「珠珊瑚？」

「あ、すみません」

「何をにやけておった？」

「ご、ごめんなさい」

　ここで、紘宇が二人の間に割って入った。

「星貴妃よ、珊瑚をいじめるな。涙目になっているではないか」

　ジロリと星貴妃を睨みつける紘宇に向かって星貴妃は叫んだ。

「やはり、お主はまったく可愛くないぞ！」

「可愛いと思ってもらわなくて結構！」

　紘宇は珊瑚の手を掴み、寝台からでる。

「あ、あの、妃嬪様、では、閹官の元へ、いってまいります！」

　最後、振り返った瞬間に星貴妃はたぬきの手を持って、左右に振っていた。その姿はすぐに帳で隠れ、見えなくなる。

「あ、たぬきは――？」

「たぬきは星貴妃に預けておけ」

手を繋いで星貴妃の寝屋からでてきた珊瑚と紘宇を、女官達は笑顔で迎える。

「なんだ？」

「いい～ええ～、なんでもございません」

女官達は声を揃えて、首を横に振った。ここで紘宇と別れる。珊瑚は、牡丹宮の外にある閹官の駐屯地に向かうことにした。

牡丹宮の外に建てられた平屋建ての建物〝白華殿〟は、かつて、百名以上いた女官の生活の場となっていたらしい。現在の牡丹宮の女官は五十名もいない。よって彼女達は、牡丹宮内の空いている部屋で暮らしている。

そんな白華殿は今、閹官達の駐屯地となっていた。

珊瑚はそこを訪問する。長い廊下を進み、部隊長のいる執務室へと通された。

「突然の訪問を許してくださり、感謝します」

「いいえ。私達は星貴妃の僕。その、宮官たるあなたは上官です。許可など必要はない」

閹官をまとめる男――淀揚々の年ごろは三十代半ばくらいで、丸眼鏡をかけた柔和な男であった。一見して、とても武官には見えない。

「何か？」

「あ、すみません」

不躾（ぶしつけ）な視線を向けていた件を珊瑚は謝罪する。その上で考えていたことを素直に述べた。

「あの、お若いなと思いまして」

「若くありませんよ。こう見えて、四十代半ばですし」

思っていた年齢よりも十歳以上も年上だった。これならば、多くの者を束ねる役職に就いていてもおかしくない。

「閹官になった者は、どうしてかあまり老けないのです。顔付きも女性的になります。身体つきも丸くなって、女らしくなります。もちろん個人差はありますが」

なんでもそれが閹官の特徴らしい。

「その代わり、老いは急に訪れる」

ここで珊瑚は、揚々より想定外の質問を受ける。

「もしや、あなたも閹官になれるような者なのですか？」

揚々の目に珊瑚は女性的に映ったようだ。女性だとバレないよう、肯定しておく。

「ええ、まあ、そんなものです」

「なるほど」

縁あって、星貴妃の愛人になれたと話す。

「いやはや、男嫌いの星貴妃が新しく愛人を迎えたというので、一時期噂（うわさ）になっていたのです。そういうことだったのですね」

愛人の話題になったので、本題へと移った。

「それで、ご相談なのですが――」

　メリクル王子の襲撃事件があった晩に見かけた美しい閹官を、一時的に愛人として迎えたい。それは、星貴妃の強い望みであると伝えた。

「あの日の晩、あなた方のもとに向かわせたのは――美しいほうであるというので、煉游峯、でしょう」

　下町生まれで、自ら閹官になることを志望した者らしい。

「彼は武官として有名ですが、十六と年若く、少々高慢です。口の利き方も知らず、星貴妃の愛人に向いた気質ではないと思うのですが……」

「一時期の愛人なので、その辺は問題ないかと」

　もしかしたら、武芸会への参加も頼むかもしれない。その点も確認しておく。

「それは、問題ないでしょう。游峯は我が部隊で一、二を争う実力者なので」

「でしたら、是非ともお願いしたいです」

「わかりました」

　揚々は部下に游峯を呼んでくるようにと命じた。しばらくすると、煉游峯が不機嫌な様子で珊瑚のもとへとやってくる。

「何か？」

　以前見た時同様、煉游峯は美しいと珊瑚は思った。腰までの長い髪を一つに結び、青い華服をきっちりと着こなしている。長い睫毛が縁取った瞳は猫のようにパッチリしていて、目鼻立ちは整っていた。背は珊瑚よりも低く、色白で華奢な体つきである。

「游峯、頭が高い。この方は、星貴妃の宮官だ。今日はお前を愛人として、迎えようという話をされにきた」

「は⁉」

游峯は珊瑚を睨みつける。遠慮のない、傲岸不遜な眼差しであった。

游峯はダン！　と卓子の上に足を乗せ、珊瑚に顔を近付ける。

「何？　この僕が、異国人の愛人になれって？」

異国人の愛人と言われ、ハッとなる。珊瑚は首をブンブンと横に振って、慌てて否定した。

「いえ、私の愛人ではなく、妃嬪——星貴妃の愛人です」

「星貴妃の愛人？」

游峯はふんと鼻を鳴らす。上司である揚々から注意を受けるも、卓子から足を下ろすつもりはなさそうだった。珊瑚は簡潔に、事情を語った。

「実は、牡丹宮は深刻な愛人不足で」

「あれだろう？　愛人不足って、星貴妃が次々と腐刑を言い渡したからだって。血も涙もない、恐ろしい女だ。仲間内では心酔している者は多いけれど」

閹官はもともと切り落とすモノがない。加えて、星貴妃は牡丹宮に閹官達を招いて、彼らの働きを労うこともあった。よって、星貴妃を畏怖的な存在として扱う者はほとんどいない。

「腐刑を言い渡した理由は襲われたからって、後宮でそんなこと言うのって感じだし」

「子作りする相手を選ぶ権利は妃にありますし、追い出す程度では夜這いが収まらなかったと聞きました」

「見せしめってこと？」

「おそらく」

どちらにせよ、狡猾で恐ろしい女だと游峯は評する。

「星貴妃も、下町育ちで礼儀を知らない愛人はいらないでしょう？」

「その点は心配ありません。牡丹宮には、礼儀作法を習う場があります」

「ふうん。でも、僕が愛人になる利点は？」

その問いかけには、自信を持って答えられる。珊瑚は前のめりで返事をした。

「星貴妃に、愛していただけます‼」

最大の特典を言ったのに、游峯から「他には？」と聞かれてしまう。

「え～っと、以上が利点になりますが、いかがでしょう？」

「別に、愛なんかいらないし」

見事なまでの交渉決裂であった。しかし、游峯は星貴妃直属の部隊なので、命令に逆らうことはできないと揚々より注意を受ける。

「わかっている。どうせ、武芸会とやらの頭数合わせだろう？　急にやってきて勝手なことを言うから、素直に従いたくなかったんだ」

游峯は生意気盛りであった。それに、星貴妃への忠誠心もない。なので、揚々より別の者を紹介しようかと提案される。

「いえ、私は彼に、牡丹宮へときていただけたらなと、思っております」

「それはなぜですか？　どうして彼でなければならないのです？」

揚々が珊瑚になぜ愛人として彼を指名したのかと質問したことに対して、游峯はムッとする。

「僕くらい綺麗な顔をしていたら、引く手数多だろう？」

「この通り、游峯は自信過剰で、うぬぼれ屋です」

聞き捨てならない言葉だったようで、游峯は揚々に詰め寄っていた。

「ちょっと、失礼じゃない!?」

「こういう喧嘩っ早いところが問題なんです」

愛人に相応しい器量はないと揚々は言い切った。しかし、珊瑚はそう思わない。

「彼がいたら、きっと牡丹宮が賑やかになります。ぜひとも、きていただきたいです」

「まあ、そこまでおっしゃってくださるのであれば……」

しぶしぶ、といった感じで揚々は了承する。游峯は上からの要請なので、従うほかない。

正直に言えば、星貴妃や紘宇との相性は悪いように思える。游峯の物言いが喧嘩の種になりそうでもあった。だが、それ以上に、珊瑚は游峯に対して、惹かれる何かを感じ取った。もしかしたら、自分達にいい変化をもたらす存在になるかもしれない。すべては珊瑚の勘である。

「では、游峯をよろしくお願いします」

「はい。しばし、お預かりします」

深々と頭を下げ、立ち上がる。もう一度会釈して、游峯のほうへと向く。

「あの、これからよろしくお願いいたします」

「その前に、あんたさ、一つだけいい？」

何か、と言葉を返そうとした瞬間、目の前に拳が飛び込んでくる。珊瑚は驚きながらも、寸前で避けた。

「游峯、何をしているのです!!」

揚々は止めようとしたが、游峯は聞く耳なんぞ持たなかった。

「一回だけ、手合わせをしたい。もしも僕を倒せたら、牡丹宮で大人しくしているから」

喋りながらも、游峯は次なる一撃を繰り出す。腹部に向かって拳を突いてきた。珊瑚は攻撃が届く寸前に、游峯の手首を摑んでぐっと力任せに引き寄せる。想定外の動作だったのか、游峯はよろめいた。その隙に、胴を力いっぱい蹴り上げる。急所への容赦ない蹴りは、游峯を一撃で沈めてしまった。床の上に蹲り、咳き込んでいる。

「あ、すみません、つい……。大丈夫ですか？」

不意打ちの攻撃に驚いたので、つい本気をだして反撃してしまった。珊瑚は游峯に手を貸しながら謝罪する。

「どうなっているんだ、あんた……！」

ひょろひょろで強そうに見えなかった。だから、腹いせに襲ったと珊瑚は素直な告白を受ける。

「実は、上司が元武官で、最近武芸を習い始めまして」

珊瑚は紘宇から容赦ない訓練を受けていた。訓練時間という枠はない。紘宇は前触れもなく拳を揮ってくるのだ。それは書類仕事をしている最中だったり、部屋に戻ってきた瞬間だったり。ひと時でも気を抜いていたら大変なことになる。

数日の間は避けきれず攻撃を食らってしまい、床の上でのたうち回ることになった。だが、ここ最近、攻撃を回避して反撃を行えるようになった。そんなとんでもない訓練の成果を今回実感できた。紘宇の攻撃に比べたら、游峯の一撃は優しいもののように思える。

「何その化け物。鬼神かなんかなの⁉」

「あ、こーう……上司は元武官で、兵部の鬼神と呼ばれていました」

「こーう？　それって、汪紘宇のこと⁉」

「そうです。お知り合いですか？　この前一緒にいましたが……」

「あの、あんたの背後にいた、顔を布で覆い隠していた、黒尽くめの目付きが悪い奴か⁉」

「え～っと、目付きはわかりませんが、黒尽くめでした」

游峯は珊瑚の手を取らずに、言葉にならない叫び声をあげながら頭を抱え込んで床の上をごろごろと転がる。

「あの、どうかしましたか？」

「彼は、訓練において、武官達を恐怖に陥れた存在なのです」

混乱状態の游峯に代わり、揚々が説明する。その話については、珊瑚も聞いたことがあった。なんでも、游峯も紘宇の訓練を受けたことがあるようで、その恐怖を思い出し錯乱状態になったようだ。

今まで、紘宇が牡丹宮にいるとは知らなかったらしい。

「游峯にも弱点があったのですね。汪内官がいるのならば、悪さもできないでしょう」

「なんとも言えませんが、仲良くしていただきたいです」

ゆくゆくは、星貴妃の心を癒やす存在になってほしいと思っていた。

「それよりも、游峯が失礼しました。お怪我はありませんでしたか？」

「いいえ、大丈夫です」

「すみませんでした。煽(あお)り耐性のない、猫のようで」

猫に例えるというのは、ぴったりだと珊瑚は思う。気まぐれで我儘(わがまま)、時に好戦的。游峯は猫そのものの気質を持っているように思える。

「きっと、慣れたら牡丹宮の皆も彼を可愛がってくれるでしょう」

游峯にとっても、居心地のいい場所になるといい。珊瑚はそう思った。

珊瑚は游峯を引き連れ、牡丹宮へと戻る。十六歳と年若い少年は、多感なようだった。

果たして、仲良くやっていけるものか。玄関に入る前に、珊瑚は游峯を振り返った。

「えっと、ここが牡丹宮です」

「知ってる。毎日警備していたし」

游峯は紘宇以上にツンケンしていた。珊瑚は引き攣った愛想笑いを浮かべ、中に入る。

廊下を抜け、柱廊を通り過ぎ、星貴妃の待つ寝屋へと案内した。

「この先をまっすぐいった先に、星貴妃の寝屋があります」

「ふうん。いい御身分だね。明るいうちから寝屋で過ごすなんて」

「外に漏らしたくない話をする時は、寝屋で行うだけですよ」

暗に、星貴妃は一日中寝屋に引きこもっているわけではないと伝えておく。寝屋の前で待機している女官達は、見目麗しい美少年・游峯を見るや否や、目を輝かせていた。その反応を見た珊瑚は、よかったと口元に笑みを浮かべる。この閉鎖的な後宮内で、若く活発な游峯の存在は清涼剤となるだろう。側付きの女官に新しい愛人を連れてきた旨を伝える。すると、寝屋の中にいる星貴妃のもとへ報告に行った。それほど待たずに、中に入るようにと招かれる。帳が下ろされた寝台の前に膝を突き、声をかける。

「星貴妃、閹官の煉游峯を連れてまいりました」

「ごくろうであった」

星貴妃の返事のあとに、たぬきが鳴く。どうやら、ずっと一緒にいたらしい。

帳より、たぬきが顔を覗かせた。

「くうん、くうん！」

戻ってきた珊瑚を見て、喜んでいる。一方、游峯はたぬきに訝しげな視線を向けていた。

「な、何、あれ？」

「狸のたぬきです」

「は？」

「狸のたぬき」

游峯は怪訝な表情で、珊瑚とたぬきを見比べる。

「なんでここに狸がいるの？　食材？」

「違います、食べません！　たぬきは私のお友達です！」

頭は大丈夫なのか。そんなことを言いたげな顔で、游峯は珊瑚を見ている。いつもツッコミを入れていた紘宇が不在の中で、話はどんどん逸れたままとなっていた。

たぬきは「くうん！」と甘い声で鳴き、珊瑚のもとへと駆けてくる。尻尾を振って、珊瑚に身を寄せていた。甘える姿に心がキュンとなった。

「たぬき、いい子にしていましたか？」

「くう～ん」

珊瑚はたぬきを持ち上げると、頬ずりした。隣にいる游峯は、「狸が人に懐くなんておかしい……」と呟いている。

「珠珊瑚よ、たぬきはそれくらいにしておけ」

「も、申し訳ありません」

つい、仕事を忘れてたぬきと戯れてしまった。珊瑚は己を恥じる。

「二度と、このようなことはないようにいたします」

「よい、気にするでない。それよりも、報告を続けろ」

なぜ、游峯を選んだのか、紹介をしなければならない。珊瑚は言葉を選んで報告する。

「彼、煉游峯は、見た目が華やかでとても可愛らしく、腕も立ちます」

近接戦闘は珊瑚が勝ってしまったが、反応や受け身の取り方を見ていたら鍛え甲斐がありそうだった。

「それから、十六歳と年若く、正直な性格です」

生意気な性格を、珊瑚は正直だと説明した。ものは言いようである。

「なるほど。どれ、近う寄れ」

星貴妃が游峯を手招く。游峯は不安げな表情で話しかけてきた。

「ね、ねえ、あの人、いきなり襲うわけじゃないよね？」

「お話しするだけですよ」

「う、わかった」

まず、珊瑚が入る。続いて、たぬきが寝台に飛び乗ろうとしていたが、首根っこを游峯に捕まれた。

「狸は僕のあとだ！」

「く、くうん」

たぬきは申し訳なさそうにしていた。

「別に、わかればいいよ」

「くうん！」

真面目にたぬきと話す男、煉游峯である。

「何をしておるのだ。さっさとこい」

「わかったよ」

先に游峯が寝台に入り、次にたぬきが飛び乗った。薄暗い寝台の中で、游峯は突然手を引かれた。

「――は⁉」

あっという間に押し倒される。目をまんまるにして驚く游峯に、にんまりと口元に弧を描く星貴妃。対照的な反応をしていた。珊瑚は苦笑いを浮かべるばかりであった。

「なっ、や、やっぱり、こういうことをするんじゃないか！　だ、騙したな！」

「もともと、後宮はこういうことをするところだ」

「僕は、武芸会にでるために、ここにきたんだ！」

「ふむ。そうであったか」

星貴妃は返事をしながらも、馬乗りとなった游峯の上から退かない。額を押さえ、身動きが取れないようにしていた。これは以前、珊瑚が星貴妃に教えたのだ。こうしていたら、どんな大男でも起き上がれない。

「珠珊瑚、これはすごいな、本当に動けないようだ」

「なんなの、これ？　妖術でも使えるの？」

星貴妃が否定をしないので、游峯は余計に怯えていた。

「さて、どうするか」

「うわ〜〜、ババア、何をするんだ!!」

「ババアだと？」

今までにこやかだった星貴妃の表情が、怒気へ染まっていく。

「お前は、この世の二十五歳以上の女すべてを敵に回したな」

「うるさい、うるさ〜い!!　僕から見たババアがババアなんだよ!!」

「生意気な奴め！　こうなったら、こうしてやる」

星貴妃は游峯の脇に手を伸ばし――思いっきりくすぐった。

「あはは、ははは、止め、あはははははは!!」

游峯は涙を浮かべて笑っていた。

「おい、珠珊瑚、お主も手伝え」

「えっと、その……御意」

星貴妃の言うことが絶対である。珊瑚は命令に従い、游峯をくすぐった。

「ば、馬鹿！　あんたまで、ははは、あはは、許さな、ははは!!」

游峯をくすぐる星貴妃は楽しそうな表情をしていた。心からの笑顔に見える。新しい愛人を連れてこられてよかったと珊瑚は思った。同時に游峯の犠牲は忘れないと、心に誓う。

星貴妃から解放された游峯は、子どものように頬を膨らませていた。指先で突きたくなった珊瑚であったが、怒られそうなので我慢する。

紹介を終えた珊瑚と游峯は、星貴妃の寝屋からでて、廊下を歩く。珊瑚が前で、後に游峯が続く。その後ろを、たぬきがちょこちょこと歩いていた。

「ゆーほう、今から、こーうのところにいって、挨拶をします」

游峯の身分は第二宮官。珊瑚が第一宮官なので、游峯は直属の部下という扱いになる。

「え、今、なんて言った？　聞き取りにくかったんだけど」

「えっと、すみません。名前の発音が、難しくて」

「待って。名前って、さっきのゆーほうって僕のことだったの？」

「はい、そうです」

「やっぱりそうだったのか。言っておくけれど、ゆーほうじゃなくて、游峯だから！」

「ゆーほーう？」

「遠くなった！　違う！　ああ、もう、腹が立つなあ！」

華烈の言葉で一番難しいのが名前の発音であった。日常会話と違って、名前には古代語鈍りという、独特の発音が入る。よって、いまだにきちんと呼べる人は一人もいない。

紺々はこんこん。紘宇はこーうと、珊瑚は好き勝手に呼びやすいよう、呼んでいる。

何度か呼びかけてみたものの、一つもまともに言えたものはないという結果に終わる。キリがないので、名前は呼ぶなと言われてしまった。気分を入れ替えて、これからの予定について話す。

「ぜんぜん違う！」

「ゆ！　え〜っと、ゆうほー？」

「まあ、異国人だから、難しいんだろうけれど」

「すみません」

「今から、こーう、内官のところへ、いきます」

「こーう内官って、汪紘宇のこと？」

「はい、そうです」

紘宇の名前をだした瞬間、游峯の表情は凍り付いてしまう。

どうやら会いたくないらしい。

「僕は宮官だから、会わなくてもいいでしょう？」

「後宮の男性を取りまとめるのが、こーうなのです」

「やだ、会わない!!」

そう叫び、游峯はあろうことか珊瑚の脇を通り過ぎて駆け出す。

「ちょっ、ゆーほう！」

珊瑚はたぬきを脇に抱え、あとを追う。游峯は風のように、長い廊下を走っていた。

「ゆーほう、待ってください！」

「嫌だ！」

よほど、紘宇のことが恐ろしいらしい。

「こーうは、その、怖くないですよ！」

「嘘つけ！」

「本当です！　あ、まあ、ちょっと怖い時もありますが……」

「やっぱり怖いじゃないか!!」

このままでは距離を離されるだけだった。游峯はかなり足が速いようだ。珊瑚は一瞬の逡巡（しゅんじゅん）のちに、尚儀部の部屋へと入った。中では、女官達が二胡の練習をしていた。

「まぁ、珊瑚様！」

「何か御用ですの？」

「すみません、少し通らせてください！」

稽古部屋を抜け、尚儀部の女官長・李榛名（りはるな）の睨みを会釈でかわしながら茶室を通り過ぎ、三つめの物置部屋の窓から逆方向の廊下に跳び出る。

「うわ!!」

すると、角を回って走ってきた游峯と鉢合わせすることになった。逃げないよう壁側に追いつめる。

「な、何を――！」

游峯を追い詰め、空いている手で壁にドン！　と手を突いた。珊瑚が脇に抱えるたぬきも、トン！　と壁に前脚を突く。まさかの展開に、游峯は目を丸くしている。

珊瑚はにっこりと微笑みを浮かべながら言った。

「やっと、追いつきました」

一拍遅れて、たぬきも「くうん」と鳴く。珊瑚の腕と、たぬきの前脚で游峯を囲んだ。

「な、なんで拘束するの!?」

「ゆーほうが逃げるので。こーうの所へいきましょう」

「やだって言っている、っていうか、力強いな、あんた!!」

それから、鷹の爪のようにがっしりと游峯の腕を掴み、紘宇のもとへと連れていく。游峯が嫌がっていたので、さながら連行のようであった。逃げられたら大変なので、問答無用でぐいぐいと引っ張る。珊瑚と紘宇の私室に連れていき、椅子に座らせた。紘宇は執務室にいるようだ。游峯が逃げ出さないための対策として、漬物石のようにたぬきを膝の上に置いた。

「た、狸をここに置くなよ!!」

「少し、そこで、大人しくしていてください」

若干、游峯はたぬきを怖がっているようだった。野生でしか見たことのない生き物なので、仕方がないだろう。珊瑚も、犬と思わなかったら連れ帰らなかったかもしれない。

「ああ、尻尾が、尻尾がフワフワ！」

游峯は手先に触れるたぬきの尻尾に悶絶していた。ぶんぶんと振る度に、柔らかな毛が当たるようだ。

「大丈夫ですよ。たぬきは何もしません」

「すごい僕を見てくるんだけど！」

「可愛いですよね」

しみじみと、珊瑚は言う。たぬきは世界一可愛い生き物である。珊瑚は游峯に狸自慢をしていた。

「いや、狸なんか飼っているの、世界中を探してもいないと思うけれど！　だから、ある意味世界一か……？」

たぬきが世界一可愛い件について同意してくれたようだ。

「ありがとうございます。可愛さをわかっていただけて、嬉しいです」

「ねえ、僕の話、きちんと聞いていないでしょう？」

そんなことはないと反論しそうになったが、ここでたぬきについてじっくりと語っている場合ではなかった。

「こーう……内官を呼んできますので」

「いいよ、連れてこなくて」

その願いは聞けない。珊瑚は執務室にいって、紘宇に声をかける。紘宇は山のように積み上がった巻物に囲まれながら、執務に就いていた。

「ただ今戻りました。星貴妃の新しい愛人を閹官より選び、連れてきております」

「そうか。星貴妃はなんと言っていた？」

「お気に召したようです」

珊瑚の報告を聞いた紘宇は顔を顰める。

「あの、男嫌いの星貴妃が、か？」

「ええ。閹官ですので、その辺は気にならなかったのかなと、思います」

もう少ししたら終わるので、しばし待つように言われた。執務室から戻ると、扉の開いた音で游峯はビクリと肩を震わせていた。

「内官は、もう少ししたらくるそうです」

「焦らすね」

游峯は盛大なため息を吐いていた。たぬきは励ますように、「くうん」と鳴いている。

「くうん、くうん」

「お、おい、この狸、なんか言っているけど！」

「ゆーほうと仲良くしたいのかもしれません」

「お、お断りだから！　ねえ、通訳して伝えて！」

焦り過ぎて、珊瑚におかしなことを言っていることに游峯は気付いていない。たぬきは游峯の胸に手を当てて立ち上がり――。

「う、うわっ、近付くな、わっ……」

顎をペロリと舐めた。

「わ〜〜〜!!」

たぬきは游峯が喜んでいると思って、尻尾を振っている。

「なんだ、騒がしい」

「いや、この狸が――ギャアアアア!!」

游峯は執務室からやってきた紘宇の顔を見て、悲鳴を上げた。珊瑚は慌てて游峯の膝からたぬきを持ち上げて脇に抱えると、落ち着くように背中を撫でる。

「大丈夫です。こーうは怖くない、怖くない、たぶん」

「うわっ、こいつ今、たぶんって言った！」

「何を馬鹿なことを言っているのだ」

辛辣な感想を口にする紘宇。一方で、游峯は涙目になっていた。

「おい、珊瑚。もしや、こいつが新しい宮官なのか？」

「はい、そうです」

紘宇は値踏みするような視線を向けている。ここで、女官が茶を用意したようだった。

「一度、お茶を飲んで落ち着きましょう」

卓子の上には小皿に置かれた数種類の茶請けが用意される。炒った南瓜の種に、無花果、桃、葡萄などの蜜餞、茶梅と呼ばれる梅の加工品など。

女官がガラスの茶器で茶を淹れていた。まず、茶壺に湯を入れて温め、この湯を茶杯に注いだ。同様に温める。茶壺に茶葉を人数分入れて、湯を注いだ。

「この、茶葉が開く瞬間がたまらないですよね……。とっても綺麗です」

珊瑚はうっとりしながら、ガラスの茶壺の中でゆっくりと開く茶葉の様子を眺めていた。祖国のポットは陶器製で、このように茶葉の様子を見ることはできないのだ。

「黄大茶(ファンダーチャア)、でございます」

蜂蜜色の茶は、茶葉の中でも高級品とされる黄茶である。黄大茶は香り高く、味わいは甘くすっきりとしていて、飲みやすいのが特徴だ。続いて、新たな菓子が運ばれてくる。

「こちらは、星貴妃より、煉游峯様への歓迎のお菓子でございます」

卓子の上に置かれたのは、白玉団子にきな粉がまぶされた菓子である。游峯はじっと見つめたあと、意を決したように楊枝に刺して一口でパクンと食べていた。食べた瞬間、目がカッと見開く。続けて、二個、三個と食べていた。恐らく、おいしかったのだろう。

珊瑚も頂くことにする。

「――わっ！」

白玉団子の中には胡桃入りの餡子(あんこ)が入っていた。香ばしい上品な味わいの菓子である。

「ゆーほう、これ、すっごくおいしいですね！」

「え？　まあ、そうだね」

素直ではない游峯も、歓迎の菓子は気に入ったようだ。ここにくるまで張り詰めた様子だったが、おいしい茶と菓子で癒やされたように見える。

「煉游峯といったか」

紘宇が腕を組み、游峯に話しかけた。ビクリと、游峯の肩が揺れる。緊張の面持ちで紘宇を見ると、コクリと頷いていた。

「ここでは、皆、さまざまな役職に就いている」

愛人だからといって、贅沢三昧な暮らしができるとは思うなと、鋭く釘を刺していた。

「お前には、星貴妃の護衛を命じる」

游峯が嫌そうな表情を浮かべると、紘宇は別の職務に就くかと問いかけた。

「残っている役職といったら、〝たぬきの第一秘書官〟しかないが」

珊瑚が抱えるたぬきが、嬉しそうに「くうん！」と鳴き、手足をバタつかせていた。しかし、游峯はもっと嫌そうな顔付きとなる。

「た、狸の秘書とはなんだ？」

「一日中、たぬきの相手をするだけの簡単なお仕事だ」

「それは嫌だ！　あ、いや、じゃあ、星貴妃の護衛でいい！」

「たぬきの秘書官は名誉な仕事だぞ？」

「いや、星貴妃の護衛のほうがましだ！」

「ふむ、わかった」

紘宇は立ち上がり、游峯の首根っこを摑んで言った。

「今から稽古をつけてやる。実力を、確認させてもらうぞ」

珊瑚は游峯の心配をしつつも、紘宇の訓練ならばきっと強くなれるだろうと信じていた。

紘宇に引きずられ、游峯は部屋からいなくなる。酷く怯えていたが、大丈夫なのか。

「ゆくぞ」

「え⁉」

武芸会の準備が進んでいるのは、牡丹宮だけではなかった。

——木蓮宮。淑妃の位を持つ、景莉凛は武芸会にまったく興味を持っていなかった。

「景淑妃、いい加減、武芸会に参加する者を選んでください」

ぼんやりと、窓の外の景色ばかり眺めていた景淑妃は、美貌の第一内官・清劉蓬の言葉をまったく聞き入れていない。

「景淑妃様！」

「あ、雪……」

やっと喋ったかと思えば、はらりと降る雪に反応を示すばかりであった。

清内官はがっくりと肩を落とす。

——鬼灯宮。

「おらぁ、野郎共、勝つぞ〜〜‼」

「ウオオオオ〜〜‼」

物静かな景淑妃と違い、賢妃の位を持つ悠蘭歌は筋肉自慢の宮官と内官を集め、きたる武芸会に備えていた。女官達の顔が青ざめているのは言うまでもない。

――蓮華宮。

「何か、忘れている気がするわ」

「なんでしょうねえ」

「でも、眠いから、寝る」

「それが一番ですよ～」

眼鏡をかけたおっとり内官・紅潤と、徳妃の位を持つ翠白泉は、武芸会のことなど忘れ、呑気に昼寝をしている。

――と、このように、四つの後宮はさまざまな様子を見せていた。


夕方、紘宇より訓練を受けていた游峯が戻ってくる。

「ほら、しっかり歩け！」

「くそ……覚えてろよ……」

「おい、煉游峯、何か言ったか？」

「な、なんでもない！」

紘宇はそのまま風呂に向かうようだ。その様子を見て、游峯はホッとする。

「お疲れ様です」

「まったくだよ」

珊瑚は女官に冷たい飲み物を持ってくるようにお願いする。游峯はどっかりと、椅子に腰かけた。

「こーうとの訓練はどうでしたか？」

「死ぬかと思った」

「私も、何度か思ったことがあります」

紘宇の手合わせは容赦ない。ひとときでも気を抜くと、体が宙に舞っていることがある。毎回、投げ飛ばされたと気付いたのは、床に体を打ち付けた瞬間なのだ。

「こーうとの訓練は、限りなく実戦に近いものです。厳しいですし、体が悲鳴を上げます」

しかし、実力は確実に付く。頑張れば頑張るほど、上達するのだ。

「こーうから教わったことは、かならずあなたの力となるでしょう。きついでしょうが、今が頑張り時ですよ」

游峯は頬を膨らませ、ふんと鼻を鳴らして顔を背ける。こうしてじっくり見てみると、彼はずいぶんと子どもっぽい容姿をしている。実に若輩者らしい、態度でもあった。比べて、紘宇は童顔ではあったものの、態度やふるまいは成熟した大人の男性だった。どうして、年齢を勘違いしていたのか。理由として、見た目が大半を占めるものではあったが。

「では、お風呂の場所を教えますね」

紘宇が風呂から戻ってきたあと、珊瑚は游峯に風呂の場所を案内することにした。

「それは私が教える」

突然間に割って入ってきたのは、紘宇であった。有無を言わさず、游峯の腕を摑んで連行するように連れていってしまった。

「え～っと？」

「くうん？」

たぬきと共に首を傾げる。なぜ、先ほど風呂にいった時に游峯は置いていったのか。結果、紘宇は二回も風呂場にいくことになり、二度手間になっている。それに、游峯は珊瑚直属の部下だ。案内するのも珊瑚の仕事であるが……。紘宇の考えていることについては、いくら悩んでもわからないので、頭の隅に追いやることにした。

気分を入れ替えて、紺々の部屋へ遊びにいく。

「たぬき、こんこんのところにいきましょう」

「くうん！」

たぬきは尻尾を振って、嬉しそうにしていた。卓子の上に残っていた茶菓子を手土産に持っていく。女官はこういった菓子も、あまり食べられないらしいのだ。游峯への歓迎の印であった、白玉団子は本当においしかった。紺々にも食べさせたかったと思う。

乾燥果物と、砂糖まぶしの梅を、手巾に包んで懐へとしまう。

「よし、たぬき、いきましょう」

「くうん」

珊瑚とたぬきは軽やかな足取りで紺々の私室まで歩いていった。

紺々は珊瑚とたぬきの訪問を喜ぶ。

「どうぞ、いらっしゃいませ」

「お邪魔します」

土産の茶菓子も喜んでもらえた。ちょうど、茶の時間にしようとしていたらしい。囲炉裏で沸かした湯で、茶を淹れてくれた。しばし、疲れを忘れてほっこりとした時間を過ごす。

「今日はこのままお風呂にいかれますか？」

「はい、そうですね」

いつもの通り、紺々は「ご一緒させていただきます」と言う。ここで、ハッとなった。紘宇が突然風呂場に案内すると言ったのは、游峯が珊瑚の風呂の世話をすると勘違いをしたからだろうと。上官の世話を下の者がするという話は、騎士にもある。珊瑚は女性で、同性の部下がいなかったのでピンとこなかったのだ。そもそも、異性同士なので風呂の世話を頼むわけがない。紘宇は珊瑚のことを男だと思い込んでいるので、仕方がない話ではあるが。風呂場に向かっている途中、麗美がやってくる。

「珊瑚様。お探ししておりました。妃嬪様が、たぬき様を御所望でして」

「ああ、そうでしたか。こんこん、妃嬪様のもとへ、たぬきを連れていってください」

「えっと、お世話のほうは？」

「一人でも大丈夫ですよ」

風呂の世話は紺々の体を冷やすことになる。やんわりと断っていたが、紺々はいつも大丈夫と言って聞かなかったのだ。たまには、紺々もゆっくり一人で入る日があってもいいだろう。そう思って、たぬきを星貴妃のもとへ連れていくように命じた。紺々に割り当てられた入浴時間までは一刻ほどある。珊瑚は短時間で入れるので、問題はないだろう。ここにきてから、初めて一人で入る。服を素早く脱いで、胸に手巾を当てて浴室へ移動した。桶で湯を掬い、肩から被る。ほどよい温かさで、ほうと吐息を吐いた。浴槽に浸かる前に、体を洗わなくては。そう思って立ち上がろうとしたが――いきなりガラリと浴室の扉が開いた。

「ねえ。背中、流してあげようか？」

聞こえた声は、あろうことか游峯のものだった。どうやら、珊瑚が風呂に入ったところを目撃して、中に入ってきたらしい。あとから紺々がくるかもしれないからと、脱衣所の鍵を閉めていなかったのだ。珊瑚は驚き、その場にしゃがみ込んで叫んだ。

「あの、必要ありません。自分で、できますので！」

「遠慮しないでいいから。いろいろ、気を使ってもらった礼というか、なんというか」

なぜ、今になって素直な態度を見せるのか。遠慮する珊瑚の言葉も聞かずに、ズンズンと游峯は歩いてくる。

「ほら、手巾を渡して――」

背中を向ける珊瑚から、胸に当てていた手巾を取り上げようと手を伸ばす。しかし、彼が摑んだものは手巾だけではなかった。

「ひ、ひゃあ!!」

「え!?」

游峯は手のひらには収まらない、柔らかなものを力いっぱい摑んでしまう。それは言わずもがな、男である珊瑚にあるはずのないものであった。

しばし、二人の中の時が止まる。ぴちゃん、と天井から滴った水滴が浴槽に落ちる音が鳴り響いた。先に反応を示したのは——游峯である。

「柔らか……って、え!?」

ここで、珊瑚は胸にある游峯の手を引き剝がした。

「なっ、どういう……!?」

いまだ混乱状態にある珊瑚は、前に回り込んで確認しようとした游峯をとっさに——湯船の中に背負い投げしてしまった。

「わっぷ!!」

游峯の叫び声と、跳ね返った湯で我に返る。

「わっ! すみません! じゃなくて、えっと、しばらくそこにいてください!」

手巾で前を隠しつつ、踵を返して全力疾走する。急いで体を拭き、服を着る。いつもは紺々の手を借りるので、もたついてしまった。

布で胸を締め付ける余裕などない。全身を覆う布を被り、游峯を呼びにいく。

「あの……游峯?」

浴室の扉を開けると、全身ずぶ濡れの游峯が虚ろな表情で佇んでいた。珊瑚を見ると双眸を戦慄かせ、まるで化け物を見たかのような表情となる。

「えっと、着替えを、持ってきますね」

珊瑚は脱衣所からでて、女官を捕まえる。男性用の着替えを用意するように頼んだが、ここで別の問題が発生した。游峯の寸法に合う服がなかったのだ。珊瑚と紘宇の身長はほぼ変わらない。よって、珊瑚は紘宇の服を借りてしばらく生活していた。一方、下町育ちで栄養が偏った環境で育った游峯は、二人より頭一つ分背が小さい。成長期なので、今から伸びる可能性もあるが。と、いうわけで、游峯のために用意されたのは――。

「何これ？　着替えって、女官の服じゃん！」

「すみません、これしかなかったようでして」

ちなみに、游峯は着の身着のままで牡丹宮にやってきた。風呂に入ったあとも、身に着けていた服を着ていたらしい。

「あの、きっとお似合いになるかと思うのですが」

「そういう問題じゃないでしょ？」

しかし、今はこれ以外に服がない。仕方がないと言って、女官の服を受け取ってくれた。

案外、融通の利く男である。

しばらくして、游峯がでてきた。女官の服は案外似合っている。まったく違和感のない女装姿だった。知らない人が見たら、美人女官と見まがいそうである。

「えっと、お綺麗です」

「嬉しくないから！」

服は閹官用の宿舎にあるというので、あとで珊瑚が取りにいくと約束を交わした。

「濡れた服は、こんこんが綺麗にしてくれます。明日までに乾くかは、わかりませんが」

「こんこん？」

「私専属の女官です」

ここで、会話が途切れる。気まずい時間が流れた。確実に、女性だと気付かれている。どう言い訳をすればいいのか。視線を宙に泳がせていたら、游峯に話しかけられた。

「ねえ、あんたさあ」

「待ってください！」

「いや、待てって、あんた女――もがっ！」

珊瑚は慌てて游峯の口を塞ぐ。誰が聞いているかもわからない場所で話をするわけにはいかない。足音が聞こえて、ぎょっとする。このまま風呂に隠れるか、堂々としていたほうがいいのか。迷っているうちに、バタバタと駆け寄られてしまった。とりあえず、游峯を背後に隠す。その後、焦ってドギマギとしていたら、話しかけられた。

「珊瑚様！」

「こ、こんこん！」

やってきた人物は、紺々だった。珊瑚はホッと安堵する。

「珊瑚様、たぬき様を星貴妃のもとへお連れしました。それから、珊瑚様もお部屋にくるように――と？」

途中で紺々は珊瑚の背後にいる游峯の存在に気付いたが、初めて見る女官だと首を傾げている。ここで、游峯がニッと笑い、紺々に話しかける。

「ねえ、知ってる？　この人、女なんだよ」

「ゆーほう！」

再度、游峯の口を塞いだ。珊瑚は悲痛な表情で紺々を見たが――。

「えっと、存じていますが？」

紺々の言葉を聞いて思い出す。彼女は珊瑚の性別を知る数少ない者の一人であったと。毎日風呂にも入っているのに、慌て過ぎて失念していた。しっかりしなければと、気分を入れ替える。笑みを浮かべ、紺々に話しかけた。

「こんこん、星貴妃はどちらに？」

「寝屋です」

星貴妃は最近、襲撃を警戒して、逃走用の通路がある寝屋に引きこもっている。

たぬきと一緒に遊んでいるらしい。

「こんこん、ありがとうございます。お風呂、ゆっくり浸かってください」

「はい、ありがとうございます」

紺々と別れたあと、逃げようとしていた游峯の腕を引いて寝屋へと移動する。

「なっ⁉」

「ゆーほう、一緒にいきましょう」

「ねえ、なんで僕まで⁉」

「星貴妃と三人でお喋りしましょう」

「嫌だ～～‼」

　游峯は抵抗していたが、珊瑚は力ずくで引っ張っていった。

「皆さん、ご苦労様です」

　女官の横を笑顔で通り過ぎる。

「この人、おん――うぐっ‼」

　余計なことを言おうとする游峯の口は無理矢理手で塞いだ。半ば羽交い締めにするようにして、星貴妃のもとへと辿り着く。帳が下ろされた寝台の前で声をかけた。

「珠珊瑚、参上しました」

「むぐぐ、むぐぐぐぐ‼」

　游峯は人を見かけるたびに珊瑚は女であると言いふらそうとしていたので、口を塞いだまま連れてきた。

「すみません、少々問題が起こりまして、煉游峯を連れてきました」

　星貴妃がそっと顔を覗かせる。游峯の姿を見て目を丸くし、数秒後に女官の恰好をしていると気付いて大笑いしていた。

「あっ、はっは！　ははははは！　ははは、はあはあ」

　星貴妃は息切れするほど笑っていた。

「くそ、ババアめ……！」

「そ、その、美しい姿で言っても、何も、響かぬ」

　ババア呼ばわりも、まったく気にしていないよう。ホッとしていいのか、悪いのか。珊瑚は反応に困っていた。

「よい、近う寄れ、近う寄れ」

「あ、あの、妃嬪様、実は、私達――」

　珊瑚は寝台に上がれない理由を述べる。髪を乾かす暇がなかった。よって、珊瑚と游峯は髪がびしょ濡れである。寝台に上がったら、寝具を濡らしてしまう。

　報告を聞いた星貴妃は、女官を呼び寄せて珊瑚と游峯の髪を拭かせた。丁寧に髪の水分を拭き取り、櫛(くし)を入れてもらう。幼い頃、乳母や侍女に世話をしてもらった記憶が甦(よみがえ)る。懐かしさと故郷への想いがよぎり、なんとも切ない気分となった。現実へ引き戻してくれたのは、游峯の声である。

「あんたさ。慣れているな。いいところのお嬢だろ……むぐっ！」

　また、游峯が女官達の前でいらぬことを言おうとしたので、口を塞いだ。おそらく、世話をされることに慣れているように見えたので、お嬢様育ちだろうと聞きたかったのだろう。手足をバタつかせ激しく抵抗していたが、力任せに抑え込む。女官達がでていったところを見計らい、手を離した。

「ぷぱ!!　は、はあはあはあ……。あ、あんた、馬鹿なの!?　鼻も塞いだら、息ができないでしょ!?　丁寧な物腰だけど、力は強いし！」

「すみませんでした。大変な失礼を働きました」

「謝ればいいって話じゃないから！」

ここで、星貴妃より声がかかる。

「身なりは整ったのか？」

「はい」

「では、こちらへまいれ」

珊瑚は立ち上がり、游峯にも促す。しかし、彼は頬をぷくっと膨らませ、腕とあぐらを組んで立ち上がろうとしない。仕方がないと思い、その体を抱き上げた。

「なっ!!」

「ゆーほう、ここでは、妃嬪様の言うことは絶対です」

「この、くそ!!」

ジタバタと游峯は暴れるが、珊瑚はなんてこともないように持ち上げていた。騎士隊に所属していた時、暴漢を取り押さえる訓練は何度も行っていた。それに比べたら、游峯の抵抗など可愛いものである。寝台に乗り、星貴妃の前に游峯を下ろした。

「改めまして、珠珊瑚、及び、煉游峯、参上いたしました」

星貴妃は角灯で游峯を照らし、「ふふ」と笑い声をあげていた。

「僕は権力者なんかに屈しないからな！」

「くうん」

「うわっ‼」

星貴妃に物申そうとしていた游峯であったが、たぬきに接近されて尻切れ蜻蛉となる。

「お主はなぜ、女の恰好をしておる。似合うから、という他に理由があれば、言うてみよ」

「こいつに、無理矢理着させられたんだ。そ、それに、この珠珊瑚は――」

游峯は珊瑚を指差し、勝ち誇ったような表情で叫んだ。

「男のようにしているけれど、女なんだ‼」

シンと、場は静まり返る。珊瑚と星貴妃は、パチパチと瞬きをするばかりであった。

たぬきは、首を傾げている。

反応が悪いので、游峯は珊瑚が身に着けていた全身を覆う布を引き剝がした。慌てて服を着たからか着崩れていて、女性らしい体の線が見て取れる。言い逃れのできない、絶対的な証拠であったが――。

「これで、わかっただろう？　この人は、男の振りをしていたんだ！」

今まで何度も口を封じられ、言えなかったことをようやく口にできたからか、游峯は満足げな笑みを浮かべていた。しかし星貴妃の表情は変わらぬまま。游峯は不思議に思い、眉を顰めている。

「あれ、あんま、驚いていないけど？」

「こやつが女であることなど、知っておる」

「知っているって……はあ⁉」

星貴妃は珊瑚が女性であることを知っていた。游峯はがっくりと肩を落とす。

「そうか、こやつに、バレてしまったのだな」

「はい、申し訳ありません」

誰彼構わず言いふらそうとしているので、困っていると珊瑚は報告した。口止めは難しいだろうとも。

「たしかに、困った奴である。だが、安心しろ。私はこやつの秘密を知っている」

星貴妃はビシっと游峯を指差しながら言った。

「こやつは、閹官にもかかわらず、生殖機能があった‼」

突然の大暴露に、珊瑚と游峯、双方が目を剝く。

「先ほど、押し倒した時に気付いた」

「なっ……なっ⁉」

「閹官は生殖器を斬り落とすのと引き換えに、武官となる。しかし、こやつにはある。いったい、どういうことなのか？」

皇帝の側近である上級武官は、身分ある者しかなれない。身分のない者は、生殖機能の切除と引き換えに、閹官となるのだ。

「答えよ、煉游峯」

游峯は口をぎゅっと結び、星貴妃から顔を背けている。

「もしも言わないのであれば、私はお主の上司に報告しよう。さすれば、すぐに真なる閹官となれるだろう」

「や、止めろ！」

游峯は星貴妃の胸倉を摑もうと手を伸ばしたが、すぐさま珊瑚に取り押さえられる。羽交い締めにしたが、抵抗はしなかった。

「理由を、言うてみよ」

珊瑚に羽交い締めにされ、顔を背けている游峯の顎を、星貴妃は団扇で正面を向かせた。

「なぜ、お主は閹官なのに、生殖機能を持ったまま武官を続けることができていたのか？」

ぎゅっと口を噤んでいた游峯であったが、もう一度、真なる閹官になりたいかと問われると首を横に振った。そして、彼は語り始める。閹官の処置を施していなかった理由を。

「僕は、最低最悪の貧乏な家に育った」

兄弟は十名いて、母親は早くに他界。父親はぐうたらで、寝てばかりだった。綺麗な水すら飲むことができず、泥水を啜るような毎日を過ごしていたらしい。当然ながら、働き手のいない貧乏一家に食べ物はない。

「毎日、毎日、その辺の草とか、花とか食べるんだ。植物がない冬の間は――通りすがりの金持ちに、食べ物を恵んでくれと物乞いをした」

自尊心が許さない行為であったが、空腹状態となるとそれすら保てなくなっていた。春から秋にかけては地面を這って食べられる野草を探し、冬は物乞いをする。そんな日々を過ごす中、游峯の兄弟はどんどん死んでいく。いつか自分もこうなるのではという恐怖に、じわじわと支配されていった。十一歳の冬に、游峯は転機を迎える。物乞いをした相手が、閹官の人事担当者だったのだ。

「そいつが僕に言ったんだ。閹官になったら、高給取りになって、飢えることもないって」

その当時、兄弟は游峯を除いて二人になっていた。死んだ者もいれば、ある日突然いなくなる者もいる。父親は養子にだしたと言っていたが、羽振りがよくなっていることから、兄弟を売っていたのだと薄々気付いていた。今度は自分の番かもしれない。危機感を覚えた游峯は閹官になることを決意し、家を飛び出した。

「閹官になるために犠牲が伴うことを、僕は知らないまま連れていかれた」

そして当日に説明を受ける。閹官になるには、生殖機能を失う施術を行う必要があると。

「驚いたよ。こんなに残酷なことが行われているなんて、知らなかったから」

閹官のための病院は、劣悪な環境だった。生殖機能を失った者達が痛みを我慢できずに泣き叫び、地獄絵図と化していた。血が止まらない。苦しい。殺してくれと、悲痛な声が耳に残って離れなかった。游峯はだんだんと怖くなり、一度逃げ出そうとした。しかし、それも叶わなかった。途中で捕まってしまったのだ。閹官は人手が十分ではなく、処置後は働けなくなる者も多い。一度やってきた者の辞退は許さず、何があっても施術は行うようだった。しきりに、断末魔のような叫び声が聞こえる。わざわざ聞かなくても、生殖機能を失う施術を行っていることは明らかであった。

「さすがの僕も泣き叫んで嫌だと言った。でも、ここまできたらもう引き返せないと、鬼の形相で言われたんだ……」

そして、とうとう游峯の番が訪れる。作業台の上にあったのは、大振りの斧だった。

「僕の短い生涯の中で、あの日ほどゾッとした日はないね」

斧には血がこびりついていた。きちんと丁寧に手入れされたようにはとても見えない。よくよく見たら、刃は錆びている。おそらく、一撃で斬り落とすことは難しいだろう。

游峯は戦々恐々としながらも、周囲の状況を冷静に見ていた。

部屋にいるのは、執行人の男だけ。紹介した者は報酬を受け取り、いなくなった。どうすればこの場を切り抜けられるのか、游峯は必死になって考える。

しかし、現実は残酷で、施術を行う瞬間はすぐに訪れてしまった。

「無理矢理全裸にされて、作業台の上に乗せられて――」

執行人の手によって、斧が掲げられる。ここで、游峯は叫んだ。

「執行人に言ったんだ。僕の給金を半分あげるから、見逃してくれと」

怖くて、怖くて、怖くて怖くて。游峯は何も考えずに、保身の一心で交渉を持ちかけた。

執行人は首を横に振った。游峯は食い下がる。

「しきりに、紹介した奴が言っていたんだ。僕は綺麗な顔をしているから、お偉方に媚びを売ったら、きっと、愛人になれるって」

話を聞いた当初はしようもない話だと思っていた。しかし、交渉を持ちかける時、その話が役に立ったのだ。

「僕はきっと偉い人の愛人になって大金を得る。そうすれば、旨味があるんじゃないかと」

游峯の美貌を今一度確認した執行人は、その提案に乗った。

「と、いうわけで、僕は生殖機能を失わずに、閹官を続けることができている」

ちなみに、愛人云々はその場しのぎの嘘だったので、実行する気はまったくなかった。

「でも、何もしなくても、向こうからやってくるんだよね」

游峯の美しさは噂となって一人歩きして、数多くの好き者の注目の的となった。しかし、呼び出されて参上することはあっても、要求に応えることは一度もなかったらしい。

「何が嬉しくて、オッサンの愛人にならなければならないのか、ってね」

そんな振る舞いを繰り返していたら、游峯は問題児扱いされてしまった。

「その結果、使えない者の寄せ集めの部隊に配属されたと」

游峯は異動について、気にしていなかった。三食食べられ、寒くない寝所があったらどこでもよかったのだ。

「話は以上。満足した？」

「事情はわかった」

「言っておくけれど、あんたの相手もごめんだからね」

男嫌いの星貴妃はもとより、そのような関係は望んでいない。それらの事情を游峯に話すつもりはないらしく、艶然と微笑むばかり。そんな星貴妃の態度を、游峯は警戒している。

「僕の体は、僕のものだ！　お前にだって、屈しないから」

「ふむふむ」

星貴妃が真面目に応じないので、游峯は悔しそうにしていた。珊瑚はオロオロと、双方を見守るばかりである。

「煉游峯よ。一点だけ、申したいことがある。珠珊瑚についてだ」

星貴妃はここで、交換条件を挙げた。

「もしも、珠珊瑚の秘密を口外したら、私はお前の秘密を暴露し、即座に閹官になるための処置を行うよう命じる」

それは、重過ぎる口止めの枷（かせ）であった。

「でも、なんで彼、じゃなくて、彼女は男の振りをしているんだ？」

「それはだな」

星貴妃は珊瑚の手を引き寄せる。背中から抱きしめ、豊かな胸を薄い寝間着の上から妖しい手つきで摑んだ。

「ひゃっ！」

可愛らしい声をあげる珊瑚と、堂々と胸を揉む星貴妃を見た游峯はぎょっとする。

「こういう関係だからだ」

「は⁉」

もちろん、嘘である。しかし、星貴妃は慈しむように珊瑚を見つめていた。演技は真に迫っている。游峯はすっかり信じてしまった。

「そ、そうか。だったら、大丈夫、か……？」

星貴妃は女性が好きなので、襲われる心配はない。游峯は安心しきったように呟いている。珊瑚は一人、どうしてこうなってしまったのだと、涙目になっていた。

男装している理由として、珊瑚は星貴妃と恋仲であるということになった。游峯に口止めさせるためとはいえ、話が斜め方向に向き過ぎている。

事態は混沌としか言いようがない。

「そういうことだったら、黙っておいてあげる。僕も、秘密を暴露されたら困るしね」

取り引きが成立した瞬間である。

「ついでに、お主は女装して過ごしたらどうだ？」

「なんで？」

「そのほうが、女官達とも打ち解けられるだろう？」

游峯は星貴妃の側付きの護衛となる。珊瑚よりも距離が近い存在となるのだ。女官との付き合いも多くなる。よって、武官の恰好をするよりも、女官の恰好のほうがいいのではと星貴妃は提案していた。

「どういう理屈でそうなるの？」

「武官の姿の者が四六時中張り付いていると、女官らは気も休まらないであろう」

「主人の前では気を休めるべきではないと思うけれど」

「ふむ、正論だ。しかし、それはきちんとした場での話だろう」

どういうことなのか。珊瑚も、その辺の理屈はよくわからなかった。星貴妃は頭の上に疑問符を浮かべているような二人に、事の説明をした。

「ここはおかしな空間——後宮だ。女官達は自由もなく、娯楽もなく、楽しいことすらない。そんな中で、仕える時間のすべてが気づまりだったら、どうなるだろうか？」

「鬱憤(うっぷん)が溜まる？」

「そうだな。それに、疲れてしまうだろう」

通常、貴人に仕える女官は結婚して家庭のある身で、主人のもとへは通っている。しかし、後宮の女官は未婚で、実家に帰ることは許されていない。よって、後宮は普通の場所ではないのだ。女官らには、気楽に過ごしてもらいたいのだと、星貴妃は語る。

「なるほどね。だから、僕に女官のままの恰好で過ごせと言うのか？」

「その通りだ」

星貴妃はピシっと、団扇で游峯を指しながら返事をする。やっと珊瑚も納得することができた。星貴妃は女官を大事にしていると以前より把握していたが、その心遣いは常人には考えが及ばない細部にまで行き渡っていたようだ。これほど想われていたならば、女官達が心酔するのも当たり前のことだと思う。

「それに、私を狙う者も、武官がいたら警戒して尻尾をださないかもしれない」

側付きが女官だけならば、相手も油断するのではと考えているらしい。游峯が女装をするには、利点がいくつもあるというわけだった。

「というわけだ。煉游峯よ、わかったか？」

「ん、まあ、なんとなく理解はしたけれど」

己が女装する件に関しては腑に落ちない様子だったが、女装しなければならない必要性については理解できたようだ。

「僕の背が伸びて、女装が似合わなくなったら止めるからね」

「よいよい。私も、美しくない女装姿は見たくないからな」

「そう。だったら、いいよ」

游峯は女官として過ごすことを受け入れた。だがしかし、彼は知らなかった。華烈の歴史の中で、星貴妃の傍には煉という絶世の美女と謳われた女官が生涯仕えていたと伝えられることになるなど。遠い遠い未来の話である。

游峯は星貴妃の寝屋に残ることになった。

「よし、一緒に眠ろうではないか」

「嫌だ！」

「よいよい、近う寄れ」

「嫌だって言っているでしょ！」

「ははは」

星貴妃は威勢のいい游峯を、初孫を喜ぶ爺婆（じじばば）のような目で見ていた。珊瑚はその様子を眺めながら、人選は間違いではなかったのだと思う。

「妃嬪様、私はこれで失礼します」

「ああ。ご苦労であった」

念のため、游峯にいい子にしているように言っておいた。

「なっ、僕を、置いていくつもりか？」

「あなたは妃嬪様の側付きですから」

「眠る時まで傍にいるなんて、聞いていない！」

星貴妃はぬいぐるみを抱くように游峯の体を引き寄せた。一方の游峯は、一緒に寝たくはないと、手足をバタつかせている。

「く、くそ、この僕が、なんでこんな目に……。っていうかこの人、力強い！」

星貴妃も日々鍛えているので、抱き寄せる力は相当のものである。游峯は武器の扱いに長けていると聞いていた。体術はあまり得意ではないのだろう。この辺りは、紘宇に鍛えてもらって苦手を克服してもらわなければと考える。

「ね、ねえ。僕がいくら綺麗だからって、手をだすなよ」

「男の体には興味ないからな。お主は見た目がよいから、特別傍に置いているだけだ。手だしはせぬ」

「そ、そう。だったらいいけれ……いや、この状態はよくない！」

二人は仲のいい姉弟のようだった。微笑ましい気持ちで、たぬきと共に部屋をでる。游峯が珊瑚に向けて何かを叫んでいたが、聞こえなかった振りをした。星貴妃に任せていたら、間違いは起きないだろう。そう、確信していた。

ペタペタと、素足で廊下を歩く。慌てていたので、靴を履く余裕すらなかったのだ。紺々が回収してくれているだろうか。それ以外にも心配事が次々と浮かんできて、はあと深いため息を吐いてしまった。

たぬきが「くうん」と気遣わしげに鳴いた。大丈夫だと示すために、抱き上げて頬ずりする。途中、紺々の部屋に寄って、身なりを整える。游峯に性別がバレてしまったことも打ち明けた。

「そういうわけだったのですね」

偶然、星貴妃が游峯の弱みを握っていたので、事なきを得たのだ。

「気をつけなければならないですね。特に、こーうには……」

珊瑚が女性だと知ったら、紘宇の気持ちは離れてしまうだろう。悲しいことではあるが、仕方がない。この世には、どうにもならないことがいくつもあるのだ。しかし、このまま性別を隠し続けることは難しいだろう。いつか、バレてしまう日がくるのだ。

「珊瑚様、どうかなさいました？」

「い、いいえ、なんでも！」

今、気持ちが通じ合っていることが奇跡なのだ。永遠の愛など、ないのかもしれない。

珊瑚は自らにそう言い聞かせ、無理矢理納得する。

「もう、帰りますね。こーうにも、游峯の件を報告しなければいけませんし」

ただ、紘宇には游峯の事情は黙っておかなければならない。規律を絶対とする彼のことだ。生殖機能がある閹官であると知ったら、游峯に施術を行うように命じる可能性もあった。そうなったら、珊瑚の秘密も暴露されてしまう。

「というわけですので、ゆーほうのことは、ここだけの話で」

「はい、承知いたしました」

紺々と別れ珊瑚はたぬきと共に私室に戻る。

扉の前で息を整え、平静を装って戸を開いた。

「帰ったか」

紘宇は月灯りが明るく照らす出窓の縁(へり)に腰かけ、珊瑚を迎える短い言葉をかけた。少々ぶっきらぼうな「おかえりなさい」である。しかし、珊瑚は嬉しかった。異国の地で、こうして帰りを待ってくれる人がいることを。珊瑚は言葉を返す。

「ただいま、戻りました」

「どうかしたのか?」

ぼんやりと紘宇を眺めていたら、訝しげな様子で質問される。珊瑚は首を横に振って、ある願いを口にした。

「あの、こーう」

「なんだ？」

「お隣に、座ってもいいですか？」

紘宇の眉間に皺がぎゅっと寄ったあと、好きにするようにと言われる。珊瑚はたぬきを抱えて、喜んで傍に寄った。

「では、お邪魔します」

出窓の縁はそこまで広くない。しかし、密着して座るのは恥ずかしいので、たぬきを間に置いた。

「何が楽しいのだ？」

どうやら無意識のうちに笑みを浮かべていたらしい。紘宇に指摘されて気付く。

「今日は、こーうとあまり一緒にいられなかったので、嬉しくって」

游峯のことで大変な一日だったが、紘宇を見た瞬間に疲れも吹っ飛んでしまった。珊瑚は嬉々として語る。たぬきも嬉しいようで、前脚でちょいちょいと紘宇の腿に触れている。

それに嫌な素振りを見せず、紘宇はたぬきを撫でていた。

「くうん～」

「よかったですね、たぬき」

撫でてもらって満足したのか、たぬきは出窓の縁から跳び下りて寝室のほうへと駆けていった。ここで、珊瑚もたぬき同様に撫でてもらいたいと思う。たぬきと同じことをして、撫でてもらえるだろうか。紘宇を見上げる。

「なんだ？」

「い、いえ」

とても、撫でてほしいとは言えない。恥ずかしいことだった。たぬきみたいに小さくて可愛かったら、目が合っただけでも可愛がってもらえるだろう。しかし、珊瑚は紘宇と身長がほとんど変わらず、華烈の女性と比べてずいぶんとガッチリしていた。欠片も、可愛らしい点はない。腕を組み、真剣に思い悩んでいたが、ここで想定外の事態となる。紘宇が珊瑚の頬に手の甲で触れながら、話しかけてきたのだ。

「難しい顔をして、何を考えているんだ？」

触れられた瞬間、珊瑚の頬は火で炙（あぶ）られているように、どんどんと顔全体が熱くなった。

「あ、いえ、あの……」

可愛がってもらえる方法など、今まで武芸の上達だけを考えて生きてきた珊瑚が知る由もない。だったら紘宇に聞くしかないのでは？　そう思い、勇気を振り絞って聞いてみた。

「えっと、その、どう……」

紘宇は言葉に詰まる珊瑚の顔を覗き込む。余計に緊張してしまった。

「はっきり言わないとわからない」

「はい。はっきり言います」

大事なのは勢いだろう。そう思って、息を大きく吸い込んで言った。

「ど、どうやったら、こーうに、可愛がってもらえるのかと、一生懸命、考えていました！」

珊瑚の告白を聞いた紘宇は、双眸を丸くしていた。可愛がってもらいたいなんて、はしたないことだったのかもしれない。珊瑚は火照った頬を冷たい指先で冷やす。

顔を背けていたが、紘宇はぷっと吹きだす。

「なんだ、そんなことで思い悩んでいたのか」

紘宇は「そんなこと」だと一言で片付けていたが、珊瑚にとっては重要な悩みである。

じっと、睨むように見た瞬間に、引き寄せられる。

「わわっ！」

「お前、色気のない反応だな」

色気とは？　珊瑚の中に新たな疑問が生まれる。そんなことよりも紘宇に抱きしめられているということに照れてしまい、今はそれどころではない。

背中にあった手は頭に移動し、優しく撫でてくれる。

「こーう……」

世界でただ一人だろう。こうして、珊瑚を優しく抱きしめてくれる人は。気持ちが高まって、ぽつりと母国語で呟く。

『あなたのことを、とても、愛しております』

その瞬間、紘宇は珊瑚の肩を掴んで離す。驚いた表情で見つめられる。異国の言葉で愛を囁いたのだ。紘宇が意味を知るはずはない。そう思っていたが――。

「あ、あの？」

「そういえば、言っていなかったか」

　ポツリと呟く言葉に、首を傾げる。何を言っていなかったのか。

「私は、以前よりお前の祖国語を勉強していた。前に、私をたぬきだと呼んだことがあっただろう？　あれは華烈の言葉ではなく、お前の国の言葉だった」

「ど、どうして？」

「ただ単純に、知りたかっただけだ。いずれ、どちらの国の言葉でも話せたらと思って、覚えていた。まだ、完璧に喋れるわけではないがな。聞き取った言葉は、まあ、だいたい理解できる」

　珊瑚は口元を両手で覆う。とても、これ以上なく光栄で、嬉しいことだった。しかし、今、判明してほしい事実ではなかったことは確かである。紘宇は珊瑚の国の言葉を解している。つまり、先ほどの愛の告白は伝わっているということであった。珊瑚はあたふたと立ち上がって距離を取ろうとしたが、すぐさま紘宇に腕を取られてしまう。

「わっと！」

　くるりと体は回転し、紘宇の腕の中にすっぽりと収まった。そして紘宇は、目をつり上げながら問う。

「どうして逃げる？」

「そ、それは……！」

最大級の照れと羞恥が珊瑚に襲いかかっていたのだ。その事情を口で説明するのはいささか難しい。もう、逃げられない。紘宇に捕まってしまった。顔を見上げると、目はつり上がっていなかった。優しく細められている。

「先ほどの、言葉、とても嬉しかった」

「あ、はい」

そして、耳元で囁かれる。

その言葉は、先ほど珊瑚が異国語で言った言葉とまったく同じだった。

第二章　男装宮官は覚悟を決める

　游峯は左足をぐっと踏み出し、指先を刃のようにした右手を首元へと突く。攻撃が届く前に紘宇はひらりと回避し、伸ばされた游峯の腕を摑むと一気に引いた。勢いのままに、游峯は転倒する。

「ぐわっ！」

　悲鳴を上げつつ倒れた游峯に、紘宇は鋭い手刀を首元に突き出したが、当たる寸前でピタリと止めた。ぎゅっと目を閉じていた游峯は恐る恐る瞼（まぶた）を開く。紘宇は低い声で囁いた。

「実戦ならば、お前は死んでいた」

「しゅ、手刀で、殺しができるの？」

「できる」

　戦闘が終了すると珊瑚は勢いよく立ち上がり、紘宇に手巾を持っていく。

「こーう、どうぞ」

「ああ」

　受け取った紘宇は、額の汗を拭っていた。続いて、珊瑚は倒れたままの游峯に手を貸しにいこうとしたが、星貴妃より待ったがかかる。

「よいよい、そやつは放っておけ」

訓練は暗殺者を欺くため、後宮にある地下の部屋の一室で密(ひそ)やかに行われている。表向き游峯は女官だが、実は男で護衛を兼ねているということは一部の者のみが知ることであった。彼の女装姿は完璧で、どこからどう見ても、絶世の美少女にしか見えない。ただし、喋るとボロがでるが。

今日は星貴妃も訓練の様子を見たいと言い出した。初めこそ、星貴妃は膝の上にたぬきを置いて撫でながら嬉しそうに眺めていたが、紘宇の実力が圧倒的に上で、つまらないと言い始めた。その発言を聞いた游峯は、ガバリと勢いよく起き上がって口答えする。

「こんなピラッピラした服装で、まともに戦えるわけないでしょうが!?」

「そうだろうか？　汪紘宇ならば、女装しても見事な勝利を収めると思うが？」

星貴妃はちらりと、紘宇を見る。

「私は女装なんか、絶対にしないからな」

「まだ、何も言っていないだろう。それに、お主が女装しても、可愛げがないことはわかりきっている」

珊瑚は言い合う二人の様子を交互に見て、オロオロとするばかりだった。

「珠珊瑚！」

「は、はい」

星貴妃より、ピシッと団扇で指されながら命じられる。

「次は、お主が汪紘宇と戦ってみせい」

「はっ！」

珊瑚は服の上に着ていた金糸の刺繍入りの華美な上着を脱ぐと、紺々に手渡した。何度か膝の屈伸をし、筋の伸縮がされたのちに、紘宇の前に対峙する。

「こーう、よろしくお願いいたします」

「受けて立つ」

互いに抱拳礼をする。きちんと、このように挨拶しあって戦うのは初めてだった。いつも合図なく唐突に戦いは始まっていた。一挙手一投足が洗練されていて、さまになる紘宇をいつまでも見つめていたかったが、すぐに始め！　という星貴妃がだした合図で戦闘が始まってしまった。

接近し、素早く突き出された指先を、珊瑚は冷静に捌く。上体を捻って攻撃を躱し、迫る右腕に被せて左腕を摑むと、体を引いて密着させる。左手は拳を握って突いたが、あて身は失敗となる。力技で拘束から逃れられてしまった。

それどころか、腹部への一撃が向かってくる。珊瑚はとっさに体を反転させて回避。次なる攻撃を繰り出そうとしたが——顔を摑まれ、軸足に蹴りを受けてしまい、均衡を崩してそのまま転倒する。

「うっ！」

床に背中を強く打ち付けた上に、額を指先で押さえられて起き上がれなくなった。勝負はあっという間についてしまう。手が離された瞬間、珊瑚は跳び上がって戦闘態勢を取ったが、パンパンと星貴妃は手を打って止めさせた。

「ふむ。まあ、煉游峯との手合わせよりは、見ごたえがあったぞ」

珊瑚は深々と、頭を下げた。星貴妃は秘密の話があると言って、団扇を優雅に振りながら部屋にいる者達を近くに寄せた。

「皆の者、どれ、近う寄れ。内緒話がある」

それは、武芸会での話だった。戦いは勝抜戦であった。このままだったら、紘宇一人でも十分優勝できるのではと星貴妃は予測する。

「以前から考えていたのだが、もしも、暗殺者が動くならば、他の妃との交流を行う宴だろう。戦力を固めるならば、武芸会のほうではなく、私のほうだ。そこで、一つ提案したいのだが――」

星貴妃は、もっと近付くように命じた。集まるのは星貴妃が信頼を置く側付きの女官四名――うち、一名は麗美である。他、紺々と珊瑚、紘宇、游峯の八名と、たぬき一匹であった。低い声で星貴妃は発言する。

「私の身代わりを立てようと思っていてな」

武芸会当日、星貴妃は変装して表にはでないつもりらしい。それから、游峯にも場合によっては女装をして傍に控えるように命じた。

「武芸会への参加者は、汪紘宇と、残り二名は見目麗しい閹官を借りて行う。先日、それについての話はつけた」

だったら、武芸会のためにやってきた游峯は意味がないではないかと反発した。

「いや、この作戦は女装を得意とするお主あってのものだ」

「別に、女装は得意じゃないし！」

「いや、得意だろう？」

游峯は周囲の者に「そんなことないよね？」と声をかけたが、誰もがそっと目を逸らし、否定しなかった。游峯は頬を膨らませ、不機嫌顔になる。なんとも可愛らしい拗ね方だった。星貴妃は目を細め、初孫を愛でる爺婆の眼差しを向けていた。女官達も同様である。

その中で一人、珊瑚は気が気でなかった。役目が発表される中で、珊瑚だけがまだ言われていなかった。残る役目は一つしかない。

「珠珊瑚よ、お主は私の身代わりを務めてくれ」

やっぱり、と思いながら心の中で涙を流す。しかし、妃の役などできるわけない。珊瑚はすぐさま訴えた。

「し、しかし、私では、実力不足なのでは？」

星貴妃は後宮の妃の中でも一番の美妃である、という噂が流れていると以前女官から聞いたことがあった。仮面で顔を隠すとはいえ、演じきれる自信がまったくなかったのだ。

「よいよい。最近は、男よりも背が高く、逞しい妃であるという噂も流れておる」

よって、珊瑚にぴったりだと言われてしまった。

星貴妃の身代わりをすることになった。珊瑚は一人で頭を抱える。物心ついた頃からスカートではなく股衣（ずぼん）を穿（は）き、庭を駆けまわっていた。兄達同様に剣を振り出した時から、誰も珊瑚に女性らしくするようにと言わなくなった。おかげさまで、ドレスやワンピースを着た記憶はない。そんな珊瑚の告白を聞いた星貴妃は背中を優しく摩（さす）る。大丈夫と、耳元で囁きながら。星貴妃は秘密裏に命じる。

「尚服部の者に、とっておきの服を用意させよう。華烈いちの美妃にしてやるぞ」

「そ、そんな。もったいないです」

「お主は背が高いから、私の服は合わないだろうが。それに、各後宮の実力を示す武芸会で、安物の服なんかでいったら、他の妃から馬鹿にされるぞ」

星貴妃の言葉に、ドクン！　と胸が嫌な感じに高鳴る。珊瑚の一挙手一投足が、星貴妃の評判に繋がるのだ。

「わ、わたし、やっぱり無理です！　優雅なふるまいなんて、できませんし！」

「挑戦する前に、無理だと言うな」

そのとおりだと思った。しかし貴人らしい優雅な物腰でいることなど、紘宇を倒すことよりも難しい。珊瑚はボソボソと小声で呟く。

「まさか、女装をすることになるなんて――」

思わず、紘宇の顔を見てしまった。目が合うと、サッと逸らされてしまう。

やはり、紘宇は女性の姿をした珊瑚に興味がないのだ。余計に、泣きたくなった。じわりと、瞼が熱くなっていく。しかし、命じられたからにはやらなければならない。礼儀作法は麗美が担当してくれることになった。とりあえず、身のこなしは習えることがわかったのでホッとする。

「今日は解散とする。珠珊瑚と翼紺々、たぬき、煉游峯のみ、私の寝屋へくるがよい」

「待って。なんで僕はたぬきよりあとに呼ばれるんだ？」

「知らなかったのか？　お主の序列はたぬきの下だ」

「なんだって⁉」

游峯はまさかの事実に衝撃を受ける。

「たぬきは私の〝名誉愛玩動物〟だ。ほれ、たぬきをありがたく崇めるがよい」

星貴妃はたぬきを愛おしげに抱き上げ、頬ずりしたあと游峯に差し出したが——游峯はサッと後退した。そして、彼は叫んだ。

「たぬきのほうが偉いなんて信じない‼」

游峯はジロリとたぬきを睨む。

事態を理解していないたぬきは、首を傾げるばかりである。

「とにかく、解散だ」

星貴妃がパンパンと手を叩くと、女官と紘宇は去っていく。珊瑚は紘宇の背中を切なげに眺めていた。寝屋に呼び出したのは、服の寸法を測るためである。紺々は尚服部にいたこともあったので、採寸もお手の物だったのだ。

「翼紺々の職歴を記憶していてな。評価も、採寸だけは上手いとあったから」

「き、恐縮です」

ちなみに紺々は大変不器用で、手先を針で刺しまくり、傷だらけにしてしまっていたらしい。真っ赤に染まった布は、今でも尚服部の伝説になっている。

衝立の外に游峯を追い出し、採寸を行う。

「これ、僕はくる必要はなかったんじゃ……？」

「お主の仕事は見張りだ。役目を果たせ」

「わかったよ」

星貴妃はどっかりと床に座り、団扇で珊瑚を指しながら指示をだす。

「きちんと測らねばならぬから、服は全部脱げ」

風呂や着替えの世話で素肌を晒すことに慣れている貴族令嬢ならば恥ずかしくなかっただろうが、珊瑚は物心ついたころからなんでも自分でしていた。よって、脱げと言われて盛大に照れてしまう。男装姿では、きちんと採寸できない。腹を括らないといけなかった。

帯を取って一枚、一枚と脱いでいく様子を、星貴妃はいい見世物として楽しんでいるように見えた。胸には包帯を巻いている。

「珊瑚よ、それは、苦しくないのか？」

「はい。慣れました」

包帯も、ハラハラと解いていった。一糸纏わぬ姿になると、星貴妃は目を見張る。

「陶器のような美しい肌だな。羨ましい」

「あ……はい。ありがとう、ございます」

露出している部分は日焼けがあり、体のあちらこちらに傷が残っている体だが、星貴妃には美しく映ったようだった。ここで背中の刺青を思い出し、自らの体を抱きしめながら後ずさる。

「ん、どうした？」

「い、いいえ、なんでもありません」

「何か隠すような動きだったぞ」

背中の刺青を隠すための行動であったが、却って不審に映ったようだ。事情を知る紺々は苦笑していた。女官である彼女は自分から星貴妃に話しかけるわけにはいかないので、黙っているようだ。星貴妃は立ち上がり、珊瑚に詰め寄ってくる。

「どれ、隠しているものを見せてみろ」

「いいえ、何もございません」

「いや、何かある！」

衝立からでると游峯に裸を見られてしまう。よって、逃げることはできない。ズンズンと大股で接近する星貴妃から逃げられずに、珊瑚は捕まってしまった。背を向けた瞬間に、珊瑚が隠している背中に刺された庚申薔薇を見られてしまった。

「なんだ、これは？」

「我が国の、武人の誉れです」

シンと、部屋の中が静まり返る。母親に傷物扱いされるきっかけになった刺青を、見られたくなかったのだ。星貴妃の顔を見ることができずにぎゅっと目を閉じたが、反応は想定外のものであった。

「――美しい。なんだ、こんなものを持っていたなんて、なぜ今まで黙っていた？」

「え!?」

「この花はとても珍しく、さらに縁起のよい花で、貴婦人は皆愛している花だ」

「そう、なのですか？」

「ああ」

華烈には体に絵を彫るという技術はないらしい。珊瑚の花を羨ましがっていた。

「しかし、とても痛くて……オススメはしません」

「ふむ。そうなのか」

どうなっているか気になっていたのか、ついと指先で触れる。

「ひゃあ！」

「質感を確認しているだけだ。変な声をだすな」

「す、すみません」

その後も、星貴妃は刺青の薔薇(ばら)を熱心に観察していたが、珊瑚がくしゃみをしたので中断となった。

「今度、ゆっくり見せてくれ」

肌を晒すのは大変恥ずかしいことであったが、星貴妃の言うことは絶対である。珊瑚には「はい、妃嬪様」と返事をすることしか許されていなかった。


翌日より、珊瑚は麗美に女性らしい仕草を習う。服は製作途中なので、長い布を腰に巻いて行った。長い棒を手に持ち、額にはちまきを巻いた麗美が凛々しい表情で指示をだす。

「美しさの基本は姿勢からです。まず、壁に後頭部、背中、尻、踵を付けて、その姿勢を保ったまま一歩前に足を踏み出してください」

珊瑚は言われたとおりにして、一歩前に踏み出す。しかし裾を踏んでしまい、体はグラリと傾いた挙げ句、転倒してしまった。

「わあ！」

紺々とたぬきが駆け寄ろうとしたが、麗美に制される。

「これは、珊瑚様のためにしていることだから。邪魔しないで」

「す、すみません」

「くうん……」

スカートが脚に絡みつき、動きにくい。想像以上に難しかった。珊瑚は立ち上がり、もう一度壁に体を付けて歩き出す。

「珊瑚様。頭のてっぺんから糸で引かれていると想像するのです。常に意識をしていると、美しい姿勢と動きが身に付きますから」

トン！　と手に持っていた棒を床に突き、麗美は気合いを入れる。

「さあ、続けますよ！　背を伸ばして、顎を引いて！」

麗美はとても厳しかった。おかげで、珊瑚はみるみるうちに、女性らしい動きを会得する。姿勢と歩き方を覚えたら、今度は細やかな仕草の訓練が始まる。

「目指すのは、〝妖艶〟です。綺麗だけではいけないのですよ」

その妖艶は仕草で演出するらしい。麗美は熱弁する。

「扇（おうぎ）を扇（あお）ぐ時、目配せをする時、首を傾げる時など、さまざまな場面で相手に妖艶な印象を植え込むのです」

「な、なるほど」

生まれてこの方、色気とは無縁の生活をしてきた珊瑚には、無謀なことのように思えた。

「星貴妃は妖艶を体現なさっているお方です。今度、じっくり観察をしてみるといいですよ。手の動きから、視線の投げ方まで、勉強になりますから」

麗美がやったあと珊瑚も試してみたが、てんで様にならなかった。仕草に気を取られていると、今度は背が丸くなっていると注意を受ける。

「うっ……、筋肉が、攣りそうです」

「まあ、珊瑚様は武人でしょう？　こんなことくらいで、攣るわけありませんわ」

優雅な仕草は戦う時と別の筋肉を使っているような気がする。珊瑚は攣りそうな手首を回しながら思った。

麗美と何日も何日も、美の訓練を行う。暇さえあれば、歩行訓練と仕草の練習をする。紺々やたぬきも付き合ってくれた。もちろん、毎日それだけしているわけではない。紘宇から任された事務作業も行っている。

慣れないことをしているからか、ある日、筆を握ったまま居眠りをしてしまった。紘宇は同じ部屋にいたが、怒るどころか起こしてもくれなかった。いつの間にか握っていた筆は手から抜かれ、肩には紘宇の上着がかかっていた。珊瑚は紘宇の優しさに胸が温かくなるのと同時に、情けなくなる。なぜ、皆ができることができないのかと。それでも彼女は諦めなかった。

ある程度裾の長い女性用の華服に慣れたら、紘宇との戦闘訓練も始まった。これも、簡単なことではなかった。男性用よりも柔らかい布は脚に絡みつく。その中で、戦闘を行うことは困難を極めていた。しかし、すべては星貴妃を守るため。周囲から疑われないように、血の滲むような努力を重ねる。健気に頑張っていた。

武芸会の前日になって、ようやく麗美から合格をもらう。贅を尽くした衣装も、昨日完成した。朱の上衣には、金糸で薔薇の花模様が刺されている。珊瑚の背中にある花と同じ、庚申薔薇(ロサ・キネンシス)である。下は長い脚に沿うような、裾の長い下裳(かしょう)だ。さっそく、身支度をして披露するように星貴妃より命じられた。

性別がバレたらいけないので、身支度は紺々が一人で行う。胸に巻いていた布はすべて取り払った。珊瑚はふうと息を吐く。

「珊瑚様、毎日このような布を巻かれて、苦しいですよね」

「いえ、もう慣れましたから」

「いつか、これを付けなくてもいい日がくればいいのですが」

そんな日などきやしない。紘宇は女性の珊瑚に興味はない。よって、彼の傍に居続けるには男装を続けるしかないのだ。

美しい華服を纏（まと）い、肩から布が被せられる。もともと肌は白いので、化粧は薄めに。目元には、魔除けの朱色が引かれる。唇には、赤い紅が差された。金色の髪は櫨蝋（はぜろう）で固め、上から黒髪の鬘（かつら）を被った。髪は高い位置で結び、二つの輪を作る。そこに、櫛やピンを差し込むのだが、紺々は珊瑚に赤とも薄紅とも言い難い不思議な色合いの櫛を見せた。

「見てください。こちらは、珊瑚様と同じ、珊瑚の櫛です。実家の父に頼んで、準備してもらいました」

紺々からの、贈りものだという。

「これが、珊瑚、ですか？」

「はい。とってもお綺麗ですよね」

これも薔薇に見立てた細工がしてあった。触れるとツルリとしている。美しい櫛だった。

「本当に、綺麗です。こんこん、ありがとうございます」

「いえいえ」

「私は、お返しできるものはありませんが」

「私のほうこそ、珊瑚様からいろいろいただいてばかりなんです」

「何か、こんこんに渡しましたか？」

「ええ」

それは、勇気づける言葉だったり、飾らない笑顔だったり。珊瑚の存在に救われていると、紺々は話す。

「日頃の感謝と、今回の任務を応援する気持ちです。どうか、受け取ってください」

「こんこん……ありがとうございます」

紺々は珊瑚の櫛を髪に挿してくれた。他にも数本櫛で飾り、髪型は完成となる。最後に爪には真っ赤な爪紅（つまべに）が塗られた。紺々一人だったので、身支度には一刻ほどかかってしまった。

「こんこん、ありがとうございます」

「いえいえ」

紺々が全身鏡を珊瑚の前に持ってきた。

「とってもお綺麗ですよ。御覧になってください」

珊瑚は鏡の向こうの自らを見て、息を呑む。黒髪の美しい娘が、驚いた顔をして佇んでいたのだ。

「これが……私、ですか？」

頬に手を当てようとしたが、壊れてしまいそうで思いとどまる。なんだか自分ではないようで、不思議な気分となった。

「さあ、星貴妃のもとへまいりましょう」

「ええ」

果たして、合格点はもらえるのか。珊瑚は早鐘を打つ心を抑えながら、星貴妃のもとへと移動した。

星貴妃の身代わりを務めるにあたって、一つ懸念があった。珊瑚は紺々に打ち明ける。

「あの、こんこん。思ったのですけれど、私と妃嬪様はけっこう身長差がありますよね？」

「はい、ございますね」

星貴妃は華烈の女性の中でもスラリとしていて身長が高いほうであったが、それでも珊瑚の頭一つ分ほど小さい。

「それが、いかがしましたか？」

「いえ、その、立ち姿で、身代わりを立てているとバレてしまうのではと、思いまして」

華烈には、珊瑚ほど背の高い女性は皆無だ。男性でさえ、小柄だった。

姿形で偽物だとわかってしまうのではと、心配だったのだ。

「大丈夫ですよ、珊瑚様」

「大丈夫、とは？」

紺々は立ち上がり、棚を開く。相当奥に押し込んでいたのか、苦労しつつやっとのことで木箱を取り出した。

「正式な場に参列する貴婦人は、こちらの靴を履くのですが――」

紺々の開いた木箱を、珊瑚は覗き込んだ。

「こ、これは……！」

「花盆底靴（かぼんぞこぐつ）といいます」

紺々が木箱から取り出したそれは、厚底の靴であった。靴の底に陶器で作られた高い踵が付いており、身分の高い女性にしか履くことが許されない品である。

「父がふざけて送ってきたんですよ。皇后になった時に、履けばいいと」

もちろん、とんでもないことなので、紺々は誰にも見られないよう棚の奥にしまっていると言う。

「後宮の他の妃嬪様方は、かならず花盆底靴を履いていらっしゃるでしょう」

踵は十五センチほどある。これを履いたら、皆の身長は珊瑚と同じくらいになる。その上、足元は裾に覆われていて見えない。よって履いているか否かは見た目ではわからないのだ。

「ということは、私はそのままいっても問題ない、ということでしょうか？」

「ええ。ご安心ください」

身長でバレることはないとわかり、ホッとする。

「誰よりも先にいって、場所取りをして座っていなければならないと思っていました」

「最初に、ご説明をしていたらよかったですね」

星貴妃は花盆底靴のことを知っており、珊瑚に身代わりを頼んでも違和感は生じないと考えていたのだろう。紺々のおかげで、一つ憂い事がなくなった。

誰の目にも触れないよう、頭から布を被って星貴妃の寝屋へと移動する。最近、星貴妃はすっかり寝屋を活動の拠点としていた。側付きではない女官達の中には、具合が悪いのではないかと噂する者がいる。逆に、星貴妃と親しい女官達は、もしかしたら懐妊をしているのではと期待を寄せていた。このところ、珊瑚は女装を極めるために星貴妃のもとへと通っている。そこで、振る舞いについて学んでいるのだ。とは言っても、酒を飲む星貴妃をひたすら観察するだけなのだが。

夜が更けると、一緒に眠るように提案され、そのまま朝を迎えることも珍しくなかった。それを、周囲はご寵愛を受けていると勘違いしているのだ。当然ながら、星貴妃と夜を過ごすことに対し、紘宇は面白くないと言う。しかし、游峯も一緒で、何もやましいことはしていない。ただ、一緒に眠っているだけだと説明すると、渋々許してくれた。

「というわけで、珊瑚様が星貴妃のもとに通っていると、噂になっているみたいで」

「どうして、こうなったのか……」

ヒソヒソ話をしながら、星貴妃の寝屋を目指す。星貴妃の懐妊が噂され、その相手が珊瑚だという、思わず項垂れてしまいそうな話であったが。珊瑚は頭(かぶり)を振って美しく歩くことを心がけ、背筋を伸ばして前に進む。正体不明の姫君の訪問にしか見えないが、話が通っていたのか、女官に止められることなく寝屋の中に入れた。

星貴妃は膝にたぬきを乗せ、寝椅子に腰かけ寛いだ姿でいる。

「珠珊瑚、ただいま参上いたしました」

「ようやくきたか」

今日も星貴妃は美しい。青の布地に銀糸で百合が刺された華服を纏い、左右の髪を三つ編みに結って、冠のように頭部に巻き付けている。翡翠玉の簪を挿し、端は流蘇と呼ばれる金の花に房が垂れている髪飾りを挿していた。眩いばかりの美妃を前に、女装を晒すことはおこがましい。珊瑚は絶望すら感じながらそう思ってしまう。

「どうした？　どれ、姿を見せてみよ」

「う……はい」

その前に、紺々と游峯は下がるように命じられる。衝立の向こう側へと、でていった。

星貴妃と二人きりとなった状態で、珊瑚は頭から被っていた布を取り去る。

「――ほう」

星貴妃は目を細め、口元には弧を浮かべる。表情だけでは、何を思っているのか感じ取れない。果たして、合格点はもらえるのか、珊瑚は気が気ではなかった。

武芸会は明日である。今日まで女性的な身のこなしを叩き込まれ、裾の長い華服を纏った状態での戦闘訓練を積んできた。

正直、見た目に関して自信はない。贅を尽くした華服や紺々の施してくれた化粧は完璧であるが、素材である珊瑚は女性的な美しさからほど遠い。

じっと、星貴妃は珊瑚を見ている。緊張から、ドッと汗が噴き出ていた。沈黙に耐えきれず、評価を急かすように話しかけた。

「ひ、妃嬪様……い、いかがでしょうか？」

「美しい。実に、美しいぞ」

華服を纏った姿は完璧だと評される。珊瑚はホッとひと息ついたが、即座に星貴妃より厳しい目が向けられていることに気付いた。

「一つ、お主に足りぬものがある」

「えっと、それは？」

団扇で口元を隠しながら、星貴妃ははっきりと言う。

「自信だ。お主には、自分がこの世で一番美しいという自信がない」

妃に選ばれる者は皆、自信がある。それがなければ、付け込まれる隙となると星貴妃は指摘する。それは自覚していることであった。痛いところを的確にグサリと突かれる。

「私は、どうすれば、いいのか……」

「なあに、簡単なことよ」

珊瑚は星貴妃に藁(わら)にも縋(すが)るような思いで質問する。どうすれば自信が持てるのか。

星貴妃は目を細め、微笑みながら教えてくれた。

それには、どういう意味があるのか。

珊瑚は青い目を見開き、星貴妃をただただ見つめる。紘宇を誘惑するように言われた。

「汪紘宇を誘惑するのだ」

「理屈がわからぬ、という顔をしているな。何、簡単な話よ。汪紘宇は都一の堅物だ。あれを虜にしたならば、己に自信が持てるだろう」

たしかに、そのとおりだと思う。けれども、実際に行動するかどうかは話が別だ。

「さあ、今から誘惑をしにいくのだ。武芸会は明日だぞ」

「で、ですが、私に誘惑なんてできるかどうか、わかりません」

「恥ずかしがっているような状況ではないだろうが。私はもう寝る。報告は朝に聞こう」

「もしも、失敗したら、いかがなさるのです？」

「失敗した時の話はしたくない。しかし、お主がどうしてもできぬというのであれば
――」

寝椅子に腰かける星貴妃は、姿勢を変える。目を伏せ、流し目で珊瑚を見る。どれだけ頑張ってもできなかった、色っぽい目付きを星貴妃は難なくしているのだ。

「どうした？」

「いえ、今の目付きが、大変妖艶だったなと」

「無意識だったが」

ここで、星貴妃はぷっと噴き出して笑い出す。珊瑚の流し目の練習を思い出してしまっ

たらしい。

「お主の流し目は、傑作だった」

「とても、難しかったです」

流し目をやる度に、星貴妃より「お腹が空いている犬のようだ。可哀想に」と、饅頭をもらってしまう悲壮感溢れる結果になっていた。

「どうれ。もう一度、してみてくれ」

珊瑚は一度目を閉じて、星貴妃より顔を背ける。先ほど見た妖艶な流し目を思い浮かべつつ、伏し目がちに開いて星貴妃を見たが、星貴妃は涙を浮かべ豪快に笑った。

「可哀想に。お腹が空いているのだな。近う寄れ、菓子をやろう」

どうやら、またしても失敗してしまったようだ。星貴妃は寝椅子の傍にある円卓に置かれた壺から一口大の干菓子を取り出し、やってきた珊瑚の口の中に入れてやる。

珊瑚は床に片膝を突いたまま、立ち上がれずにいた。

「申し訳ありません、私が、ふがいないばかりに」

「よいよい。これはこれで、愛いものだ」

目指しているのは妖艶だ。可愛いではない。珊瑚は盛大に落ち込んでいた。落ち込んでいる様子を見かねたからか、星貴妃は髪に挿していた簪を引き抜く。金細工に房が垂れた流蘇を珊瑚の髪に挿した。

「特別に、これを貸してやるぞ」

星貴妃は円卓の上にあった手鏡で、珊瑚の姿を映す。

「世界一の美妃だ。私が言うから、間違いない」

「ありがとうございます。髪飾りも、とても綺麗です」

「その、珊瑚の簪ともよく合う」

「こんこんが、贈ってくれて……」

「そうか。あの娘、なかなか見る目があるな」

だんだんと、自信が湧いてくる。なんだか、上手くいきそうな気がしてならない。が、その前に、話が中断されていたことを思い出す。

「あの、妃嬪様、先ほど言いかけていたことで、もしも私が、その、誘惑に失敗した時は、どうなるのですか?」

「ああ、それか。それはだな――翼紺々を身代わりにする」

珊瑚の誘惑が失敗したら、紺々が星貴妃の身代わりを務めることになる。命を狙われる、危険な役割なのだ。

「そ、そんな、こんこんが、身代わりをするのですか⁉」

「誘惑し損ねたらどうなるのか、わかっているな?」

珊瑚はコクリと頷いた。そしてふらりと立ち上がると、抱拳礼をして下がる。

「あの、たぬきは……?」

「たぬきは置いてゆけ。一晩、預かっておく」

「はい、お願いいたします」

珊瑚は布を被って姿を隠し、一礼したのちに部屋をでた。

ふらふらと彷徨うように廊下を歩く珊瑚に、部屋の外で待っていた紺々が声をかける。

「あの、大丈夫ですか？」

「こ、こんこん」

紺々を見ると、目頭が熱くなってその身を抱きしめてしまった。

「さ、さん……」

女装姿の時は珊瑚と呼ばないようにしている。よって、紺々は言葉を呑み込んだようだ。

「こんこん、私、頑張りますので」

「え、ええ。応援、しております」

とりあえず、今宵は紺々を下がらせる。化粧落としや着替えは、自分でできると言っておいた。

「身支度がありますので、日の出前にこんこんの部屋にいきます」

「はい、よろしくお願いいたします」

紺々とは部屋の前で別れた。珊瑚は一人で廊下を進んでいく。星貴妃と話し込んでいたからか、すっかり夜も更けてしまった。おそらく、紘宇は寝ているだろう。

しかし、このままでは紺々が星貴妃の身代わりを務める事態となってしまうのだ。なんとしても、紘宇を誘惑しなければならない。

私室に辿り着いた珊瑚は、深呼吸したのちに扉に手をかける。居間も執務室も真っ暗になっていて、紘宇は眠っているようだ。

酷く緊張していて、胸がバクバクと高鳴っていた。一度胸に手を当てて、もう一度深呼吸をした。紘宇は女装姿を見てどう思うのか。もしかしたら、ガッカリされるかもしれない。彼は女性に興味がないのだ。しかし、それを乗り越えた上で、誘惑を成功させなくてはならない。成功したら、珊瑚の自信となる。意を決し、寝室に入った。

寝室も真っ暗だったが、珊瑚が戸を開いた音に紘宇は反応し、モゾリと動く。寝ていたのに、起こしてしまったようだ。

「こーう、ただいま、戻りました」

「星貴妃のところで休むかと思っていたぞ」

二人の間には、衝立がある。珊瑚は寝台に上がり、頭から被っていた布を取り去る。枕元にあった角灯に火を灯すと、紘宇の寝姿がぼんやりと浮かび上がった。

「こーう」

一度声をかけてから、衝立にかかった布に手をかける。すると、紘宇の姿が見えた。

「どうした？」

紘宇は起き上がる。そして、女装をした珊瑚の姿を見て、瞠目していた。珊瑚は星貴妃に「お腹が空いた犬のようだ」と言われた流し目で紘宇を見て、ふわりと微笑んだ。

「珊瑚、だよな？」

「はい」

張り裂けそうなほどに、胸がドクドクと鼓動を打っていた。紘宇は珊瑚を受け入れてくれるのか。それが、一番の課題であった。ただただじっと見つめ合い、静かな時が流れる。

先に視線を逸らしたのは、珊瑚であった。

「あの、すみません」

「なぜ、謝る？」

「すみません」

せっかく着飾ったのに、紘宇は無反応だった。やはり、女性には興味がないのかと、落胆してしまう。珊瑚は男ではない。姿形はそう見えても、男にはなれない。今まで、男になりたいと思ったことはなかった。騎士として身を立てている中でも女の身を嘆くことはなかったし、男と比べて劣っているなどと思ったこともない。

しかし、今、この瞬間に、この身が男に変われればいいと望んでしまった。恋とは、実に愚かなことだと珊瑚は思う。何もかもなげうってでも、成就させたいと願うのだ。

だから、初恋は実らないのだろう。もう、ダメかもしれない。

そう考えたら着飾っている自分が馬鹿馬鹿しくなり、落胆から顔を俯かせると、シャランと髪飾りが鳴った。髪には、星貴妃に借りた流蘇と、紺々からもらった珊瑚の髪飾りが挿さっている。珊瑚はハッと我に返った。この装いには、紺々や星貴妃の想いが込められているのだ。紘宇は女性らしい珊瑚の装いに興味がないかもしれない。しかし、彼を誘惑できなければ、紺々が星貴妃の身代わりを務めなければならない。命を狙われる可能性がある役割を、させるわけにはいかなかった。珊瑚は一瞬にして、覚悟を決める。キッと顔を上げ、紘宇をまっすぐに見た。一方で、紘宇は驚いた顔をしている。

「おい、どうした?」

「あの――」

普段ならば、絶対に訊かないようなことを言ってみる。

「私のこの恰好、どう、思います?」

寝台に手足を突き、四つん這いの恰好でじりじりと紘宇に接近した。

返事はない。乾いた唇をぺろりと舐め、紘宇を見上げる。

「お前、酔っているのか?」

その問いかけには、コクリと頷いた。そして、追い打ちをかけるような反応を返す。

「ええ、あなたに」

その言葉を言った瞬間、くるりと景色が反転する。瞬く間に、珊瑚は紘宇に押し倒されてしまった。

「んっ、こーう!」

紘宇は珊瑚を跨ぐように膝を突き、両手首を押さえている。珊瑚を見下ろす目は――肉食獣のようだった。珊瑚の肌は、ぞくぞくと粟立つ。ジワリと、眦が熱くなっていくのを

感じた。

それは羞恥心か、それとも喜びか。誘惑は――成功した。そう受け取っていいのか。

濡れた目で、そっと紘宇を見上げた。

「なんで、今日、こんなことをする？」

それは、星貴妃に紘宇を誘惑してこいと言われたからだ。言えるわけもないが。

「ただでさえ、明日は武芸会で、気が昂っているというのに」

「こーう、ごめんなさい」

「お前はいつも、そうやって謝るばかりだ」

「ごめんなさい」

「なんの謝罪だ？」

「好きになって、ごめんなさい」

珊瑚の眦から涙が溢れ、頬を伝っていく。

「なぜ……謝る？」

珊瑚は男ではない。紘宇の好みから外れているのだ。今、それを告白する勇気は持ち合わせていなかった。

「もしや、私が今までお前に示した好意は、伝わっていなかったというのか？」

珊瑚はぶんぶんと首を横に振る。紘宇は照れ屋で、わかりやすい好意を向けることはない。しかし珊瑚のことは好きだと言ってくれた。堅物の紘宇からしたら、最大級の愛情表現だろう。

「じゅ、十分、こーうの愛は、伝わっています。でも」

　震える声で、言葉を振り絞る。

「わ、私は、自分に自信がないのです！」

　星貴妃の言うとおりだった。いくら見た目を美しくしても、中身が伴っていなければ意味がない。情けなくなって、余計に泣けてくる。

「泣くな」

「は、はい」

　そう返事はしたものの、涙はとめどなく溢れ出てきた。紘宇は珊瑚の頬に手を伸ばし、指先で拭った。

「色気のない泣き姿だ。おかげで、冷静になれたぞ」

　珊瑚は衝撃を受ける。やはり、誘惑は失敗だったのだ。

「あ、あの、こーう。どうして、私を押し倒したのですか？」

　紘宇はそっと顔を逸らして答えた。

「隙が、あったからだ」

　そもそもこのように押し倒したのは、色気も何も関係ない話だったようだ。紘宇の肉食獣のような目付きは、珊瑚の魅力に中てられたのではない。単なる捕食者の目だった。

「しかし珊瑚」

名前を呼ばれ、ドキリと胸が高鳴る。紘宇は、滅多に珊瑚の名を呼ばない。ぐっと接近し、耳元で囁いた。

「今日のお前は、とびきり美しい」

内緒話をするかのような低く艶のある声で言われたため、珊瑚は恥ずかしくなって頬を薔薇色に染める。

「お前は――」

紘宇は撫でるように頬に触れた。ぐっと接近し、もう少しで唇同士が触れそうな距離まで近付く。珊瑚はドキドキしていたが、すぐに紘宇は離れた。

「いや、今日ではない」

紘宇はぼそりと呟いたあと珊瑚の上から退き、腕を引いて起き上がらせた。

「まったく、らしくないことをした。……私も、お前も。どうせ、星貴妃に何か言われたのだろう？　わかっている」

ここで観念して、白状する。誘惑を成功させないと、星貴妃の身代わり役ができなくなるということを。

「翼紺々を人質にされたから、このようなことをしたのだな」

「申し訳ありませんでした」

星貴妃にはなんと報告すればいいのか。珊瑚は困り果てる。

「星貴妃には、誘惑が成功したと言え」

「え!?」

「なんだ、だって、え？　とは」

「だ、だって、誘惑なんて、欠片も……」

紘宇は目を泳がせながら言った。

「最後の、私が褒めたあとの表情は、なかなかそそった」

珊瑚は目を見開き、口元に手を当てる。

「だから、自信を持って報告するといい」

「こーう!!」

珊瑚は感極まり、紘宇に抱きついた。勢いあまって、押し倒してしまう。

「ありがとうございます！」

「おい、何をする！」

「本当に、ありがとうございます！」

「何がありがとうだ」

「だって、謝ると、こーうは怒りますし」

「時と場合による！」

いろいろあったが、珊瑚はなんとか紘宇の誘惑に成功した。

早朝、珊瑚の身なりが整えられる。服装は贅が尽くされた絹で仕立てられていた。星貴妃の色である、青で揃えられる。上には青地に金糸で蔦模様が刺された襟がついていて、肩や胸には牡丹の花が描かれており、豪奢な意匠が施されていた。下は丈の長いもので、濃い青と薄い青の布を重ねて濃淡が作られているという、美しい装いである。肩から腕にかけては、透けるほど薄く長い絹の肩かけを羽織った。靴は動きやすい、踵のないものが用意される。足元は見えないので、問題はない。髪は櫨蝋で固められ、黒く長い鬘を被った。髪は頭頂部で輪を二つ作り、髪飾りを挿す。紺々からもらった珊瑚の髪飾りと、星貴妃の流蘇が挿された。他にも、花細工や金の櫛で飾られる。一気に、頭が重たくなった。その後、何種類もの化粧水をしっかり塗り込まれ、白粉をはたかれる。眉墨（まゆずみ）で眉を黒く染め、額には花鈿（かでん）と呼ばれる額の化粧を行う。縁起のいい、梅の花が描かれた。目元にも、朱が引かれる。口紅と頬紅を塗ったら、化粧は完璧なものとなった。

「珊瑚様、お美しいですわ」

身支度を手伝った麗美がうっとりと言う。珊瑚は笑顔を浮かべながら、礼を返した。

「そうだな。昨日よりも、綺麗に見える」

大股で部屋を闊歩（かっぽ）しながらやってきたのは、武官の服と帽子を被った見目麗しい青年である。背は珊瑚より少し小さいくらいか。長い髪を三つ編みにしており、一切の隙がない目元はキリリとしている。なかなかの色男であった。

彼はいったい誰なのか。珊瑚の頭上には、疑問符が浮かんでいた。

「あ、あの、あなたは？」

「なんだ。私のことが、わからないのか？」

珊瑚の肩を掴み、ぐっと顔を接近させる。唇と唇が付きそうなほどだったが——ここで誰か気付く。

「ひ、妃嬪様、でしょうか？」

「そうだ。今、気付いたのか」

「す、すみません」

星貴妃は完全な男装を見せていた。声も普段より低いので、星貴妃と気付く者はいないだろうと、本人も自信があるらしい。

「どこで気付いた？」

「匂いです。妃嬪様の匂いで気付きました」

「お主は犬か！」

その言葉を否定する言葉が見当たらず、笑うしかなかった。皆、身なりは整ったようだ。

紺々が報告してくれる。

「たぬきも、綺麗にしてもらったぞ。どれ、たぬきを連れてこい」

女官の一人が、たぬきを抱いてやってくる。

「わ、かわいい！」

たぬきは、星貴妃を象徴する青で仕立てられた服を着ていた。

「あの、もしかして、たぬきも武芸会に連れていくのですか？」

「そうだ。存分に、たぬき自慢をしてくるといい」

「はい！　ありがとうございます！」

最後に珊瑚は冪䍦（べきり）と呼ばれる絹製の紗（うすぎぬ）を頭からすっぽりと被る。顔には白磁の仮面を被っているので、視界はとことん悪い。前を歩くのは、紘宇だ。迷いのない足取りで歩いているように見えた。彼が視界にいるだけで、珊瑚は安心する。

牡丹宮を警備する閹官も、今日は護衛として連れていた。大所帯であった。女官達が珊瑚の周囲を取り囲み、左右の二人が手を引いて誘導している。まるで、お姫様のような扱いだ。当然である。珊瑚は、星貴妃の身代わりを務めているのだから。たぬきは紐で繋がれ、傍を歩く紺々が連れていた。トコトコと元気よく歩いている。会場は四つの後宮が建つ中心部に位置する公園だ。そこに幕を張って囲いを作っている。近くには、四人の妃が休む平屋も建てられていた。まずはそこで、四名の妃達が顔を合わせる。珊瑚は背中をピンと伸ばし、堂々と歩いていく。しかし、内心は穏やかなものではない。礼儀を間違えば、それは星貴妃の恥となるのだ。ただ、そんなことを考えていても仕方ないので、そんな思考は、途中で中断することにした。

「妃嬪様、あちらが休憩をする菊花殿となります」

麗美が教えてくれた。急遽建てられたものだと聞いたが、屋根が重なった寄せ陣造りで立派な建物に見える。塗られたばかりの赤い柱や壁が眩しいと珊瑚は思った。菊花殿の中へと入る。石造りの廊下を抜け、星貴妃に充てられた休憩所へと案内された。

椅子に腰かけ、ここでふうとひと息吐く。

「珊瑚、大丈夫か？」

紘宇が片膝を突き、珊瑚の顔を覗き込んでくる。まるで、童話にでてくる姫君と騎士のようだと思った。今日は、紘宇も華美な装いであった。思わず、見惚れてしまう。

「大丈夫じゃないな」

「安心せよ、汪紘宇。たぬきでも膝に乗せていたら治る」

星貴妃の言う通り、紘宇は珊瑚の膝にたぬきを乗せてみる。今日はたぬきも服を着ているので、衣裳に毛が付く心配はない。珊瑚はたぬきの頭を撫でている間にハッとなる。

「あ、えっと、こーう、何か言いました？」

「武芸会が始まったら、今みたいにぼんやりするなよ」

「は、はい。わかりました」

もうすぐ、武芸会が始まる。もしも、紘宇が負けてしまったら、他の後宮で引き抜かれる可能性もあった。しかし、紘宇が負けるところなど、想像できない。きっと、心配いらないだろうと思っている。しかし、念には念を入れたい。

「こーう、まじないを、させてください」

珊瑚は先日、紺々に呪いを習ったのだ。

「あまり、上手くできませんが」

それは、手のひらに〝護〟の文字を指先で書くだけというもの。しっかりと、祈りを込める。紘宇はじっと見るだけだったので、続けた。

「これで、大丈夫です」

紘宇は珊瑚の言葉で我に返ったようで、照れたように「ありがとう」と言っていた。

会場の雰囲気は優美なものではない。戦う場だからか、少々物々しい空気が流れていた。

游峯がポツリと呟く。

「あ～、やっぱり男の姿のほうが落ち着く」

本日は武芸会へ参加する者の一人として、ひらひらとした女官服ではなく、動きやすい股衣を穿いていた。腰には剣も差してある。

「煉游峯、男装姿も愛いぞ」

「なんで男装なんだ。男だからこれが普通の装いだ！　それを愛いわけがないだろうが！」

なんて生意気な言葉を返しつつ、游峯は壁にかけてあった鏡を覗き込む。まじまじと自らの顔を見たあと珊瑚を振り返り、「僕って可愛いのか？」と真剣に聞いていた。珊瑚はどう答えるのが正解かわからず、苦笑いを返すばかりである。

「馬鹿なことを聞く」

紘宇は眉間に皺を寄せ、ため息交じりで呟いた。

武芸会の前に、後宮を持つ四夫人が一堂に会する茶会が開かれる。連れゆく愛人を自慢する時間でもあるようだった。珊瑚は紘宇を引き連れる。女官も一名傍に置くことが許されていたのだが――。

「なんでなんだよ‼」

珊瑚扮する星貴妃の女官が一人、不服を示していた。艶やかな黒髪に、パッチリとした目、紅潮した頬に、サクランボのような可愛らしい唇を持つ美少女であった。

「今日は武官の役……もがっ‼」

美少女女官は紘宇に肩を掴まれ、口を封じられた挙げ句ドン！　と壁に押さえつけられる。その後、呻（うめ）くような低い声で囁かれていた。

「星貴妃の命令だ。大人しく従え」

「もが、もがもがもが‼」

「うるさいっ！」

怖い顔の紘宇に怒られ、美少女女官は即座に大人しくなる。四夫人の集まる茶会はいつ命を狙われるかわからない、危険な場である。よって、星貴妃は麗美や紺々を茶会にいかせるわけにはいかないと、女官役として游峯に女装をさせたのだ。今日は男の恰好ができる！　と、游峯は喜んでいた。しかし、現実は残酷である。游峯は女性の恰好を強いられ、女官の役をすることになったのだ。もちろん、武芸会が始まったら、戦う者の一人として参加することになる。

「ゆーほう、ごめんなさいね」

「いや、あんたは悪くない。諸悪の大元は別の人だから……」

涙目で睨む先には、星貴妃と紘宇がいた。それに対し、紘宇は不服を申し出る。

「いや、私は悪くないだろうが」

「他人を壁に押さえつけるやつは……悪い奴に決まっている」

游峯の物言いに、星貴妃が大笑いしたのは言うまでもない。

大広間の茶会会場は真っ赤な絨毯が敷かれている。天井からは花の透かし模様の入った灯篭が吊るされ、部屋を明るく照らしていた。大きな円卓には、食べきれないほどの菓子が並べられている。今から四夫人を迎えるということで、待機する女官達は緊張の面持ちであった。
とうとう、茶会が開始される時間となる。
最初にやってきたのは——牡丹宮の星貴妃である。青い紗を被っていた。加えて口元以外を覆い隠す白い仮面を被っているので、噂の美貌を見ることはできない。貴婦人の間で人気の花盆底靴を履いているので、背が高く見える。踵の高い靴を履いているとは思えない、優雅な歩みだった。背後に、見目麗しい愛人である汪紘宇を連れていた。その姿を見た女官達は、ほうとため息を吐く。傍に控える女官も、大変愛らしい。実は男性であることなど、誰一人気付いていなかった。
続いてやってきたのは——木蓮宮の景淑妃である。黄色の紗を被り、白い仮面を付けていた。彼女も星貴妃と同じく、花盆底靴を履いているが、足取りが危ういと思ったのか、左右を支えてもらっている。その様子から、浮き世離れした様子が見て取れた。左は女官。右は愛人の一人である清劉蓬であった。涼しげな目元に片眼鏡をかけた、真面目そうな男である。当然ながら、愛人に選ばれるとあって顔はいい。

三人目は――鬼灯宮の悠賢妃である。緑の紗をかけ、白い仮面を付けていた。他の妃同様、花盆底靴を履いていたが、それをもろともせずにずんずんと大股で入ってくる。女官が小走りであとに続いていた。遅れてやってきたのは、たれ目で目元にホクロのある色男である。長い髪は波打っていて、結ばずに垂らされたままだ。服の胸元は開いていてだらしがないのに、不思議と色気があるように見える。ぽうっと見惚れる女官達に向かって、片目を瞑っていた。彼の名は筝伸士。鬼灯宮イチの問題児であった。

最後にやってきたのは――蓮華宮の翠徳妃。紫色の紗を頭から被り、白い仮面を付けている。花盆底靴を履かずに、愛人である紅潤におんぶをされた姿でやってきた。あとに続く女官が、周囲の者に会釈をして回っていた。

四人の妃が用意された席に着く。円卓が用意されたのは、誰が上座かわからないよう配慮した結果である。

「ふん。後宮の妃がこうして雁首揃えることになるとはな！」

会場の静寂を破ったのは悠賢妃である。

露わとなった口元は、まるで嘲笑っているようだ。

「ふわ～……」

その言葉に反応したのか否か、翠徳妃は欠伸をする。悠賢妃はジロリと翠徳妃を睨み、雰囲気はピリピリとしたものとなる。

「お菓子、すごくおいしそう……」

そこで、空気を読まない発言をするのは景淑妃だ。愛人である劉蓬に「お菓子はあとです！」と怒られていた。

この時点で、この場は混沌と化している。星貴妃に扮する珊瑚は、団扇で口元を隠し、戦々恐々としていた。

緊張感が漂う部屋に、茶が運ばれる。持ってきたのは、武芸会〝百花繚乱〟を運営する尚儀部が遣わした女官である。茶器を乗せた盆を持つ者が四名。毒味係が四名入ってきた。

卓の上に、茶杯が置かれる。透けそうなほどに白い、白磁の器であった。そこに茶を注ぐと、桃の花が浮かび出る。見事な仕掛け磁器であった。茶の色もまた美しい。黄金色に輝いている。琥珀を溶かしたようだった。

「こちらは大紅袍（たいこうほう）という名の茶でございます」

大紅袍――特定の地域の山に五本しか自生していない茶樹から取れる高級茶で、年間を通してもほんのちょっとしか採取されない。市場に出回ることはなく、そのすべては皇帝に献上される。金よりも高価と言われ、伝説の茶とも名高い。

「皇帝陛下は――ご存じの通りですので、本日のために特別にご用意をしました」

説明をするのは、顎の下に髭（ひげ）を生やしたふくよかな体型の中年男である。突然やってきた男を前に、妃達は黙って視線を向ける。

「申し遅れました。わたくしめは、尚儀侍朗、燦秀吏でございます」

燦秀吏と名乗った男は、細い目をさらに細めながら自己紹介を行う。それは相好を崩したというよりは、何かを企んでいるようにしか見えない。曰く、武芸会を企画し、実行したのは彼のようだった。後宮で暮らす妃に、楽しみをと思って催すことを決めたらしい。ペラペラと、よく喋る男だった。

「それにしましても、いやはや、星貴妃に、景淑妃、悠賢妃に、翠徳妃、揃って、今日もお美しく！」

紗を被り仮面を被っている状態では、美醜は不明だ。適当なことを言うので、白けた空気となる。

「なんでしょうね！　妃様方は、こう、緊張しているのでしょうか？　もっと、お話して、仲を深めたほうがよいですよ！」

手揉みしながら、燦侍朗は話す。珊瑚扮する星貴妃は視線を泳がせ、景淑妃は天井を見上げている。悠賢妃は円卓に片肘を突いており、翠徳妃は眠いのか、欠伸をするような仕草をしていた。誰も、話をしようとしない。ここで、燦侍朗は話すネタが尽きたのか、茶を勧めてきた。

「ささ！　せっかくのお茶ですので、温かいうちにどうぞ」

燦侍朗の話が長いので、すっかり茶は冷えている。悠賢妃はわかりやすく、はあ～っと長いため息を吐いていた。

　妃が手を付ける前に、毒味係が茶を飲む。一度女官が円卓より茶杯を下げ、盆の上に載せる。それを、毒味係が手に取って皆の前で飲むのだ。毒味係も、主催である尚儀部が連れてきた者達である。十四から五、六くらいの、少女達であった。皆一同にコクリと、茶を飲む。しばらく待ち、問題なければ茶はそのまま妃へ手渡される。

　そういう手筈であったが――。ゴフリと、星貴妃の隣にいた毒味係が血を吐いた。

　目を見開いたまま倒れる。

「――え⁉」

　ドクン！　と、珊瑚の全身に熱い血が漲ったような気がした。まだ、大人になりきれていない少女が、いきなり血を噴いて倒れたのだ。手を差し伸べようとした刹那、珊瑚の体は紘宇によって抱きしめられる。耳元で「動くな」と囁かれた。

「きゃあ！」

　その叫び声は、女官のものであった。景淑妃の毒味係が血を吐いていた。

　その後、悠賢妃、翠徳妃の毒味係も血を吐いて倒れた。

「な、何、これ⁉　なんで、血が⁉」

　取り乱しているのは、景淑妃であった。愛人である劉蓬は必死に落ち着かせようと背中を撫で、言葉をかけている。

「な、なぜ、このようなことが⁉　いったい、誰が――⁉」

燦侍朗が震える声で言葉を発した瞬間、彼の目の前に迫る者がいた。胸倉を掴み、背後の壁にふくよかな身体を打ち付ける。

「ひゃあっ‼」

「毒を盛ったのは、あんたですか⁉」

「わ、わたくしめは、ぞ、存じません‼」

問い詰めているのは翠徳妃の愛人、紅潤である。

一見しておっとりしているように見えたが、一番血気盛んな青年のようだった。

「おかしいと思ったんだ！　この時期に、催しごとなんて――――！」

「違います！　わたくしは、本当に、妃様達のことを思って」

「黙れ！」

燦侍朗は殴り飛ばされた。障子の壁を破り、廊下のほうへと転がっていく。

「何事だ⁉」

「燦侍朗⁉」

護衛をしていた兵部の者達が集まってくる。兵士達の疑問に答えたのは、緊張した場にそぐわないのんびりとした口調で話す悠賢妃の愛人、箏伸士である。

「毒が盛られたんだよ。怖いねえ」

倒れた四名の死体を前に、兵士達は絶句していた。その後、妃達は別の部屋へと移動することになった。先ほどの大広間より一回り小さい、女官達の休憩所である。

各々、愛人だけを連れて、小さな円卓を囲む。

毒味係の少女が目の前で四名死んだ。さすがに、堪えるものがある。誰も言葉を発さず、神妙な雰囲気となっていた。

愛人達の様子もそれぞれ異なる。一切の表情を殺した汪紘宇に、表情を青くする清劉蓬。一人のほほんとしている筝仲士に、怒りで表情を歪ませる紅潤。

「ふふ……ははは！」

突然笑い出したのは悠賢妃であった。

「もう、こんな生活まっぴらだ。何度、命を狙われたことか！　だが、跡取りが産まれない限り、この馬鹿げた茶番は終わらない」

どうやら、事件が起きていたのは牡丹宮だけではなかったようだ。他の者達の反応を見るに、暗殺紛いの事件は日常茶飯事だったようである。悠賢妃は片膝を突いている状態から、あぐらをかいて座り直し、問いかける。

「どうする？　死ぬか、子を産むかの、二択だ」

今回の暗殺事件は四夫人に対する牽制だと、悠賢妃は言う。

「早く子を産まなければ、殺される、ということ？」

おどおどとした様子で質問するのは、景淑妃だ。

「そうだ。次代の皇帝たる者を作らなければ、待っているのは死、のみ！」

ここで、珊瑚は肩を叩かれる。振り向くと、紘宇は唇に手を当てていた。指先を二本立ている。これは、誰かが二名、話を盗み聞きしているということだろう。珊瑚は目の位置を指す。紘宇は首を横に振った。どうやら、聞き耳を立てている者はいるが、部屋の中を覗かれているわけではないらしい。珊瑚は懐に入れていた口紅と手巾を取り出し、指先で文字を書く。

――話を誰かに盗み聞きされています。注意を。珊瑚はそんなことを書いて、他の妃達に見せた。悠賢妃はぐっと拳を握り、景淑妃はおろおろしている。翠徳妃は、うつらうつらしていたが、すっと背筋を伸ばした。

「死ぬとか、怖いわ。こんな話、聞きたくない」

翠徳妃は本日初めての発言をする。

「そう……ね……。恐ろしい……」

景淑妃が同意する。悠賢妃は舌打ちしていた。珊瑚扮する星貴妃にも、何か喋るよう三人の妃から無言の圧力が集まった。誰かに話を聞かれているので、下手なことは話せない。

何か、関係のない雑談をと考えるが、貴婦人が好みそうな話は思いつかない。しかし、お互いに寄り添うように座っていた景淑妃と愛人である劉蓬を見てハッとなった。

「でしたら皆様の、愛人の好ましい点について、お話し、しません？」

女性は恋の話が好きだと聞いたことがある。名案だと思ったが――。

「だったらまず、星貴妃から言え」

世の中には、言い出しっぺの法則というものがあるらしい。

「連れる愛人、知っているぞ。汪紘宇、だろう？」

「えっと、そうです」

珊瑚は背後にいる紘宇を皆に見せようと、少しずれて座る。

「あ、あなた様は!!」

反応を示したのは、紅潤だ。どうやら彼は兵部の出身らしく、紘宇を知っていたらしい。

一方、紘宇は彼のことを知らないようだ。

「すまない。見覚えがなくて」

「いえ。部隊も違いますし、まだ入って半年でしたから」

「そうだったのか。難儀なことだ。しかし」

紘宇はジロリと紅潤を睨むように見る。

「感情に身を任せ、飛び出していったことは褒められた行為ではない。もしも、兵部に所属している状態で同じことをしたら、紅禁城の外壁を沿うように百周走れと言っていたぞ」

紘宇の言葉に紅潤は目を見開き、身を縮ませていた。二人のやりとりを見ていた悠賢妃が豪快に笑う。つられて翠徳妃は年頃の少女らしく仮面に手を当てて微笑むような仕草をし、景淑妃は控えめに肩を揺らしていた。部屋の雰囲気は、わずかによくなる。

「汪紘宇、さすが、兵部の鬼だ」

「なんだ、それは？」

「おっと。本人には内緒だったな。それで、星貴妃。この男のどこが好きなんだ？」

話は元に戻ってしまった。珊瑚はガックリと肩を落とす。

「えっと、それは」

珊瑚が話し始めたのと同時に、悠賢妃は口紅を使って手巾に文字を書く。

――星貴妃、話を続けろ。今から、これから行うべきことを決める。

どうやら、聞き耳を立てている者達に勘付かれないよう、話をしたいらしい。不審に思われないためにも、紘宇の好きなところを言わなければならないようだ。

「私は、こーうの」

「こーう、こーうだって。可愛いな、星貴妃は」

悠賢妃が茶化す。どうやら紘宇の発音がまだ拙いようだ。珊瑚としては、きちんと発音していたつもりだったが。羞恥心が込み上げ、穴があったら入りたいような気持ちになる。

まず、悠賢妃が手巾に書いて見せたのは――皇帝となる子を産む気はないという宣言であった。続いて、悠賢妃の実家である悠家が一国をとりまとめる立場に向いていないという旨が書き込まれた。その理由は、実家の者は脳みそまで筋肉でできているため、絶望的なまでに政（まつりごと）は向いていないようだ。

どういう反応をしていいかわからないでいたら、悠賢妃より話をするよう急かされる。

「星貴妃、もったいぶってないで、早く言え」

腹を括るほかないようだった。珊瑚は息を大きく吸い込み――吐く。意を決し、紘宇の好ましい点を述べることにした。

「私は、こーうの、その……真面目で、正義感に溢れ、それから、優しいところが、好き……だと、思っています」

珊瑚はもう一度穴があったら入りたい気分となる。仮面で顔が覆われているにもかかわらず、さらに長い袖で顔を隠してしまった。

「うぶだな～。でも、いいな！　次、汪紘宇、お前の想いを聞かせてもらおうか」

悠賢妃からの振りに、紘宇は顔を顰める。

「なんで私が、皆の前で言わなければならない？」

「お前の妃が、こんなにも恥ずかしがって言ったのだから、気持ちを返すのが道理というものだろう」

「どこの国の道理だ！」

紘宇と悠賢妃が言い合いをしている間に、翠徳妃も自らの手巾に何かを書く。手を止め、それを広げて見せた。――わたくしの実家も、怠け者ばかりで、皇帝を支える役目をすることは難しいです。

翠徳妃も、次代の皇帝を産む気はないようだった。

続いて、景淑妃も口紅を使って文字を書く。――私も、絶対無理。実家は、農家。野菜作りしか、知らない。

「ほれ、早く言え！」

「なんでこんな目に……」

「いいから」

はあ～と長いため息を吐いたあと、紘宇は仕方なくといった感じで話し始める。

「私は、彼女の素直でまっすぐなところが好ましい」

それを聞いた瞬間、珊瑚は顔から火が出そうなほど照れてしまう。普段だったら、紘宇は絶対にこんなことなど言わない。それほどまでに、今は緊急事態なのだ。浮かれてはいけないと、気を引き締める。

最後に、悠賢妃がさらさらと手巾に文字を書く。――私は武力を持って、戦う。

翠徳妃も手巾に文字を書いた。――わたくしは、何もしません。

景淑妃も手巾に文字を書いて見せた。――食料なら、提供できます。

どうやら、一致団結して、現状を打開するようだ。星貴妃率いる珊瑚達は何をすべきなのか。今、この場で答えることはできない。ここにいるのは星貴妃ではなく、珊瑚だから。

しかし、悠賢妃により、役目を押し付けられた。――星貴妃は、子を産め。そして、汪家と共に、平和な世を築くのだ。

まさかの役割に、珊瑚と紘宇は瞠目する。

悠賢妃はニヤリと微笑み、皆の手巾を集める。くるくるとまとめて、火鉢の中に投げ入れた。皆の覚悟が書かれた布は、どんどん燃えていく。話した内容は、炭となって消える。

珊瑚は燃え上がる火を、呆然と眺めていた。

——四名の毒味係が死んだ。四夫人を狙った犯行が、白昼堂々と執り行われたのだ。

兵部の調査が入ったが、依然として犯人は不明のまま。当然ながら、武芸会など行っている場合ではない。と、報告をしたところ、憤ったのは游峯であった。

「なんだそれ!!」

武芸会に参加するために星貴妃の愛人にされ、今日まで紘宇から厳しい訓練を受けてきたのだ。怒るのも無理はない。

「ここに女装しにきたようなものじゃないか!!」

怒りの大元は、日々の厳しい訓練の成果を生かす場を失ったことではなかったようだ。

「さっき、すれ違った閹官に笑われたんだ!　クソ……顔見知りに見られるとは」

女装をかつての同僚に見られて、屈辱的だったらしい。

星貴妃は游峯を気の毒に思ったのか、そっと抱きしめて頭を撫でる。

「やめろ!　子ども扱いするな!」

「違う、慰めておるのだ」

そう言ったら、游峯は大人しくなった。実に単純である。周囲を兵部の護衛の者に囲まれて、一同は牡丹宮へ戻ることになった。

場所を星貴妃の寝屋に変え、珊瑚は茶会で起こったことを報告する。寝屋に招かれたのは、珊瑚と紘宇、游峯とたぬきのみだ。紺々や麗美は寝屋の外で待機している。

星貴妃は男装姿のまま寝椅子に腰かけ、物憂げにため息を吐く。

「なるほどな。四夫人の暗殺事件のあと、聞き耳を立てている輩がいたというわけか」

裏切り者の有無については、星貴妃は前から危惧をしていたらしい。

「私は以前より、側付きの女官に秘密と称して嘘をふき込み、その情報が漏れないか確認していたことがある」

その情報が露見したらその女官は解雇にする。そういう作戦を繰り返していたらしい。

「よって、私の周囲にいる者は忠誠心の高い者達であるのだ」

他の妃達は暗殺が日常茶飯事だと言っていた。一方、星貴妃は普段から警戒し、傍に置く者も厳選していたのだ。だから牡丹宮は他よりも平和なのだろう。

「それにしても、どこの妃も子を産む気がなかったとはな」

予想していたのか、この点にはあまり驚いていなかった。

「それで、私に子を産むように言ってきたというわけか」

これには理由がある。子が皇帝の座に納まった場合、星貴妃の実家である星家が摂政をするに相応しいからだ。

「なるほどな。元より、星家の者は国内でも中立的な立場にある。腹芸も得意だ。うち以上に、よい摂政ができる家は他にないだろう」

四夫人が協力して、平和な世を築く。なんとも素晴らしい話であった。ただ、そのためには星貴妃が子を産まなければならない。

「その件だが――」

星貴妃はチラリと珊瑚を見た。ドクン！　と、大きく胸が跳ねる。星貴妃は紘宇と子作りをするつもりなのだろう。だから、想いを寄せる珊瑚を見た。じわりと胸に広がるのは――焦燥感。だが、紘宇の実家である汪家の力があれば、星家も安心だろう。

瞼が熱くなり、眦にはじわりと涙が浮かぶ。珊瑚は顔を伏せた。

「くうん……」

心配したたぬきが、珊瑚のもとへとやってくる。フワフワの体を抱き上げ、顔を埋めた。

「言っておくが――私も子を産むつもりはない」

珊瑚は星貴妃に手招きされる。

「たぬきは置け」

「あ、はい」

たぬきを床に下ろし、星貴妃の前に跪く。

「もっと近う寄れ」

「えっと、これくらい、ですか？」

「もっとだ」

耳打ちをしたいのかと体を傾けたら、ぐっと抱き寄せられる。そして、星貴妃は――珊瑚の耳元でとんでもない言葉を囁いた。

「子を産むのはお前だ。珠珊瑚」

「ええっ⁉」

「声が大きい！」

「す、すみません」

星貴妃は話を続ける。珊瑚が想像していた通り、政には汪家の力が必要だと言う。

「お前が汪紘宇と子をなし、その子を新たな皇帝とする」

「え、でも、私は、異国の者ですし……それに、産まれる子も、その、私の血を継ぐ者が産まれるかと思うのですが」

「それはそうであろう」

「星家の血は？」

「言わなかったら、誰も気付かない」

しかし、もしも金髪碧眼の子が産まれたら、どう説明したらいいのか？　その問いかけに、星貴妃はあっけらかんと答える。

「それは、お前と私の子だということにしておけばいい。幸い、お前が女であると知る者は少ない」

「ええ⁉」

「だから、声が大きいと言うておるであろう！」

「す、すみません……」

いい加減、紘宇に女であると言えと命じられた。珊瑚は目を見開き、わずかに震える。

「どうした？」

「あ、あの……」

紘宇が背後にいるので、今まで以上に声を潜めて話す。

「こ、こーうは、女性嫌い……みたいで。私のことを、男だと思っているから、優しくしてくれて、いるのかなと思っているのですが」

「なるほど」

女性と告白したら、拒絶されるかもしれない。それが、何よりも恐ろしく怖かった。

「珊瑚よ、お前の恋と、国の平和、天秤にかけたら、どちらが重いかわからないほど愚かではないだろう？」

「はい……」

しかし、紘宇がその気にならなければ、子作りなど不可能なのだ。

「難しかったら、寝ている時にやれ」

「返り討ちに遭います」

「ならば、媚薬(びやく)でも使って誘惑しろ」

そういえばと思い出す。以前、紺々からもらった媚薬があったと。

「しかし、こんなことをして、許されるのでしょうか？　こーうの、気持ちを無視して、こんなこと……」

「よい。私が許す」

それは、悪魔の囁きのようにも聞こえた。

星貴妃より下がるように言われ寝屋をでる。紘宇は話があるから残るように言われていた。今日は冷えるからと、たぬきも置いていくように命じられる。珊瑚は紺々を伴って私室へと戻った。廊下を歩きつつ、先ほどの星貴妃の言葉が繰り返し脳内で反芻(はんすう)されていた。

――子を産むのはお前だ。珠珊瑚。

ドクン、ドクンと、胸が高鳴った。ありえない。ありえないことだ。未婚の状態で、そのようなことをするなどもってのほかである。しかも、珊瑚は罪人としてここにいる。普通の娘のように結婚をして母になる人生など、用意されていないのだ。

「珊瑚様、いかがなさいましたか？」

紺々に話しかけられ、ハッと我に返る。このままでは、いけない。そう思ったので、紺々の部屋で話をすることにした。火鉢に火を入れ、そこに薬缶を乗せて湯を沸かす。

「また、実家からお茶とお菓子が届いたんです」

小さな壺に入った菓子を、珊瑚へと差し出す。蓋を開けて中を覗き込むと、円錐状の細長く白い塊が入っていた。

「こちらは奶糖飴(ナンタンイ)という、牛乳を固めた飴です」

「ああ、ミルクキャンディですね。懐かしい」

「珊瑚様の国にもあったのですか？」

「はい、似たようなお菓子がありました」

一つ摘まんで口の中に入れる。素朴な甘い味わいが、口の中に広がった。

「珊瑚様、どうですか？」

「おいしいです」

子どもの頃、苦手だった外国語を勉強する時間に、上手く喋ることができたらご褒美として家庭教師からミルクキャンディをもらえることがあったのだ。あれは四歳か五歳くらいだっただろう。懐かしい記憶だった。同時に、国のこと、家族のことを思い出す。父親は騎士なので、珊瑚に何かあったと聞いても覚悟はできていただろう。しかし母親は、珊瑚のことを聞いて驚いたに違いない。神経質な性格なので、倒れていたりしないか心配だ。

兄達はどうしているのか。それから、華烈を旅しているメリクル王子のことも思い出す。今、どこにいるのか。皇帝不在で、情勢がいいとも言えない。危険な目に遭っていなければいいが……。どれだけ考えても、故郷にはもう戻れない。わかっていたが胸が締め付けられる。だが、これは珊瑚自身が選んだ道でもあった。後ろは振り返らずに、しっかりと自らの人生を歩まなければならない。ミルクキャンディと共に思いを馳せているうちに、紺々が茶を淹れてくれた。

「白牡丹（バイムータン）のお茶でございます」

「ありがとうございます」

　茶杯を手に取って、冷え切っていた指先を温めた。じわじわと、陶器から熱が伝わる。白牡丹茶は、ほのかな甘みがある、すっきりとした味わいの茶だった。

「こちらの白牡丹茶には、解熱作用がありまして」

「そ、そうなのですね」

「珊瑚様のお顔が、赤いような気がしたので」

　ここでハッとなる。紺々は珊瑚の顔色を見て、白牡丹茶を用意してくれたようだ。

「あ、あの、風邪ではないです。熱もありません」

「で、ですが、お元気もないようにお見受けしましたので」

「元気です！」

　両手を上げ、万全な状態であることを示した。

「さ、さようでございましたか。よかったです。しかし……先ほどの宴では、大変なことがあったようですので、そうなります……よね」

「あ、はい。それも、ありますが」

　珊瑚の中にある一番の問題は、紘宇との子作りについて。一人で考えても答えはでないので、紺々に相談してみる。

「というわけでして」

「た、大変なことを、星貴妃に命じられたのですね」

たのだ。

「はい」

正直に言ったら、好きな人の子どもは産みたい。しかし、状況が状況なので困惑してい

「それに、私はこーうに拒絶されるのが、怖いのです」

恋と国を天秤にかけるなと、星貴妃にも言われた。しかし、そう簡単に割り切れる問題ではない。

「私にとっては、こーうが初めての、恋でした」

「ええ、ええ。お辛いでしょう」

「私は――どうすればいいのか」

いつも珊瑚がしているように、紺々は体をぎゅっと抱きしめてくれた。

「こんこん……」

「失礼かと思ったのですが、いつも、こうして珊瑚様がしてくださった時に、不安や憂いが和らいだので」

「ありがとう、ございます」

落ち着いた、静かな声で紺々は珊瑚に語りかける。

「気のせいかも、しれないのですが」

紺々の声色も緊張していた。ひゅっと、空気を吸い込む音も聞こえる。

「こんこん？」

「す、すみません。憶測ですので、言ってもいいのかなと」

「大丈夫です。言ってください」

「で、では」

もう一度、紺々は深呼吸をしてから話し始める。

「汪内官は、珊瑚様のことを、男性とか、女性とか、関係なく愛していらっしゃると思うのです」

「こーうが、ですか？」

「はい。たしかに、汪内官は女性好きには見えません。しかし、男性に好意的な視線を向けているところも見たことがないです」

もしかしたら、同性を好むというのは勘違いの可能性もあると紺々は言う。

「汪内官が珊瑚様に向ける目は——特別です。唯一無二の存在のように思えます。愛を、信じてはいかがでしょうか？」

紘宇の愛を信じる。それは簡単なことのようで、とても難しい。

けれど——勇気をださなければ、前には進めない。

「こんこん、私、こーうと話をしてきます」

「珊瑚様……はい！」

紺々の応援を受け、珊瑚は紘宇のもとへといく。

昨晩のように美しい装いではなく、いつもの男装姿だったけれど、本当のことを打ち明けようと思った。

吹きさらしの渡り廊下を歩いていると、雪がはらはらと降っていることに気付いた。地面は雪の絨毯が敷かれたように真っ白だ。初恋も、雪と同じようなものなのかと、珊瑚は思う。しんしん、しんしんと降り積もり、春になったら溶けてなくなる。それが、季節の流れというものだ。初恋もきっと、そうなる定めなのだろう。紘宇にだったら、すべてを捧げてもいいと思っていた。

もう、彼のように胸の奥底を焦がす相手もできないだろう。恋とは、なんて辛いものなのか。珊瑚は何度思ったかわからない。

ひゅうと吹いた風が、珊瑚の肌を粟立たせる。冷たい風ならば耐えることはできるのに、想いはそうもいかない。珊瑚は奥歯を噛みしめ、一歩、一歩と私室へと戻った。

扉の前で、息を大きく吸い込んで――吐く。白い息がふわりと浮かんだが、すぐに消えた。紺々と話をしている間に、紘宇は戻っていたようだ。意を決し、珊瑚は部屋の中へと入った。部屋の中には火鉢が置いてあり、暖かい。今まで寒い場所にいたので、指先がジンジンと痛む。

紘宇は窓の縁に腰かけ、外の景色を眺めている。灯篭の灯りが照らす彼の横顔は、とても美しい。

「ただいま、戻りました」

「遅かったな」

「こんこんと、お話をしていました」

「相変わらず、仲がいいな」

「お友達、ですから」

珍しく、紘宇が珊瑚に傍にくるようにと手招く。何か、話があるのか。

珊瑚は紘宇の前に片膝を突いた。

「違う。隣に座れと言ったのだ」

「あ、はい」

部屋から突き出た窓には座れるようなスペースがある。ここは紘宇がいつも読書をしたり、休んだりしていた場所だ。隣に座るように言われた珊瑚は嬉しく思いながらも、何か真剣な話があるのだと思って引き締めた表情で腰かける。

「今まで、いろいろあったな」

「え？」

「牡丹宮にお前がきてからだ」

いろいろと言われ、恥ずかしくなる。最初は言葉を半分も理解できずカタコトで会話を行い、互いに勘違いをしていた。珊瑚は紘宇のことを年下の青年だと思い、紘宇は珊瑚を男だと思っていた。紘宇の勘違いは、今も続いているわけだが――。

「牡丹宮内の空気だけでなく、星貴妃や女官達も、変わったように思える。皆、よく笑うようになった」

そう言った瞬間、紘宇も微笑んだ。穏やかで、見惚れるような美しい笑みだ。胸がぎゅっと締め付けられる。それは、風の冷たさよりも、冷えきった指先が温められることによって感じる痛みよりも、ずっと切なくて辛い。もしも、拒絶されたとしたら、二度とこの微笑みは見ることができない。だから、こんなにも苦しくなるのだ。

「どうした？」

「いえ……」

紘宇は珊瑚の手をそっと握る。まるで、大事なものに触れるかのように、やさしく。

彼の手は、とても温かった。

「手が、冷えきっているではないか」

「す、すみません」

「なぜ謝る？」

「こーうの手が、冷たくなります」

「私はいい。お前は普段から、こんななのか？」

「いえ、今日は、外が、寒かったので、体が冷えてしまったのかも、しれませんね」

「もっと着込め。体を冷やすな。ずっと、暖かい場所にいろ」

服を重ねて着たら、動きにくくなる。そうなれば、戦えない。もしも、珊瑚がただの女で、紘宇の妻であったら、笑顔で頷いていただろう。しかし今の珊瑚は、男として剣を腰に佩くことを定められた者の一人であった。

どうしてなのかと自身に問う。故郷では、腰に剣を佩いていながらも、女であることを許されていた。けれども当時は男とか女とか、そういうことに頓着していなかった。

しかし今は、女としてありたいと、強く思う。せめて、夜だけでも、女になれないものか。

紘宇が、許してくれないだろうか。そっと、紘宇を見る。

囁くような低い声で、ずっと秘めていた言葉を口にする。

「私は――あなたに、嘘を吐いています」

勇気を振り絞って言ったのに、紘宇の反応は薄いものであった。

「そうか」

あまりにも淡白だったので、胸の中にじわじわと不安が広がった。もしや、気付いていたのではないのか。表情を見るだけではわからない。

「こーう」

声が震えてしまった。早く言って楽になりたいのに、言葉がでてこない。ジワリと浮かんだ表しようのない感情は、涙となって溢れる。

紘宇は珊瑚の眦に手を伸ばし、涙を親指で拭った。

「お前は嘘を吐く奴ではない。吐いていたとしたら、よほどの事情があるのか、誰かに言わされているかだろう」

ぶんぶんと首を横に振る。嘘を吐いていたのは紘宇に嫌われたくなかったからだという

——保身のためだ。

「辛いのならば、言わなくてもいい。私はお前の嘘を、気付かないようにしておく」

「しかし、こーう」

紘宇は珊瑚を引き寄せ、抱きしめながら耳元で囁く。

「私は、お前の嘘もひっくるめて、愛するようにしよう」

涙が、溢れ出る。それが喜びのものか、困惑のものか、なんなのか、珊瑚にはわからない。ぽろぽろと、止まることなく涙が零れる。

「珊瑚。私も、お前に言わなければならないことがある」

耳元で囁かれた言葉は、想像を絶するものであった。

「お前の国が兵を率いて攻めてきている。私は、戦場にいかなければならない」

後頭部を金槌で殴られたような衝撃を受ける。

「なっ……それは……！　いったい、どうして……？」

「わからない。私も先ほど、星貴妃から聞いたばかりだ」

星貴妃は密偵を雇っているようで、武芸会から戻ってきたのと同時に知らせが届いたのだとか。

「前線で指揮をできる者がいないらしく、私の名が挙がっているらしい。兄は……特に反対をしなかったようだから、そのうち、呼び出されるだろう」

「そんな……こーうが、どうして？」

「私は元より武官だ。何かあったら元いた場所に戻されるだろうことは、想像していた。兄も、その覚悟はできていたのだろう」

突然のことで、珊瑚は頭の中が真っ白になる。紘宇が前線に送られることでさえ驚くべきことなのに、攻めてきたのは珊瑚の国の者であった。

「もしかしたら、二国間で外交があった時から、何か企みがあったのかもしれない」

紘宇の呟きを聞いた珊瑚は、ひゅっと息を吸い込む。

「あの、王子の寝所に女を忍び込ませていた事件は怪しいものだった」

たしかに、メリクル王子が女性を連れ込んだ記憶がないというのに、側付きの騎士が証言したというのは、不可解なことであった。メリクル王子が酩酊（めいてい）状態になるほど酒を飲むことはありえない。騎士と裏で取り引きがあり、誰かに嘘の証言をするように命じられていたら、すべてのことに説明がつく。しかし、事件は想定外の方向へと向かった。

「珊瑚、お前が王子を庇（かば）い、この国に残ったからだ。もとより、事件は仕組まれていて、王子は処刑される予定だったのだろう。当ては外れ、王子は生きて帰った」

これで事件が終わればよかったが――メリクル王子は再びこの地へとやってくる。

「こうなったら、意地でも王子を殺そうと思っていたのだろうな」

だが、メリクル王子の暗殺事件は紘宇と珊瑚の協力によって阻まれる。暗殺は失敗したが、メリクル王子は暗殺されることを恐れ母国には帰らなかった。それは、珊瑚の故郷にとって好機となったに違いない。

「おそらく、王子は華烈に殺されたと主張するつもりなのだろう」

「そんな……そんなのって……！」

戦争が始まる。今から、多くの血が流れるのだ。その地に、紘宇がいく。

珊瑚は紘宇の上着を、ぎゅっと掴む。

「こーう……」

いかないでとは言えない。連れていけとも。祖国の者達に剣を向ける勇気は、珊瑚にはなかった。まだ、頭の中は混乱状態にある。

「この戦で、国内の情勢も変わる」

悠長に、皇帝を決めている場合ではなくなった。

「戦争で活躍した家が、次代の皇帝になる」

この後宮での暮らしも終わってしまうのか。そんなことを考えたら、胸が締め付けられる。悲しみ、焦り、怒り、不安と、悪い感情が珊瑚の中に渦巻いていた。

「珊瑚……お前が、一番辛いだろう」

紘宇の言葉を聞いて、そっと顔を伏せる。珊瑚は華烈で生きると決めたが、祖国も、そこに住む人達も愛していた。二つの国の者達が戦うなど――考えたくない。

「今日は、もう休もう。いろいろあって、お前も疲れただろう」

「はい」

しっかり睡眠を取ったほうがいい。珊瑚もそう思ったので、今宵は眠ることにした。

　翌日。朝から牡丹宮に兵部の者がやってきた。紘宇を訪ねてやってきたのだ。人払いがなされ、紘宇と兵部の者だけで話をしていた。

「思っていたよりも、早かったな」

　珊瑚が報告すると、星貴妃がポツリとこぼした。

「あの、妃嬪様。こーうが、戦場にいくかもしれないから、私に、子を産めと言ったのですか？」

「そうだ。どんどん発破をかけないと、お主らの関係は前に進まんからな」

　せっかく星貴妃が背中を押してくれたのに、珊瑚は何もできなかった。

「私は……自分勝手です。こーうが、戦場にいくのに、頭の中が、真っ白になりました」

「生まれ育った国や人達をすぐに切り捨てることなど、簡単にできないだろう。それは、普通の感覚だ」

　またしても、珊瑚はボロボロと泣いてしまった。星貴妃は珊瑚の体を引き寄せ、優しく抱きしめる。それから、幼子をあやすように、背中を撫でてくれた。

「私は、これから、どうすればいいのか、わかりません」

「汪紘宇の帰りを、待つのだ」

　戦場にいく紘宇のことを考えたら、余計に涙が溢れてくる。二つの国の兵力がまるで異なる。どれだけ出兵しているかは明らかではないが、武器や装備に関しては、珊瑚の故郷のほうが優れているように思えた。そもそも、国の規模から違うのだ。

「この華烈は、お主の国に比べたら小さいからな。閉鎖的ゆえ、文明も遅れている」

だが、と星貴妃は話を続けた。

「その分、侮っている可能性がある。そこに、我が国が付け入る隙があるだろう。しかしまあ、華烈軍が勝利を収めても、お主は複雑だろうが」

「で、ですが、故郷の者は、謀を仕掛けました。それは、許されることでは、ありません」

「それは……そうだな。しかし、華烈のような小国を掌握しても、旨味は少ないだろうに」

「華烈のお茶は素晴らしいです。貴族にとって、なくてはならないものでした」

メリクル王子は戦争の種にされ、殺されそうになった。

「この件は、華烈側にも協力者がいるのだろう」

そうでないと、後宮内で暗殺未遂が発生していることの説明ができない。

「戦争が始まったら、国内は混乱状態となる。それに乗じて、犯人を炙り出すぞ」

それが、後宮に残った者にできることだと、星貴妃は言い切った。

女官より来客の旨が伝えられる。

「誰だ？」

「汪永訣様でございます」

やってきたのは紘宇の兄である。大事な話があるとのことらしいが、弟を戦場に向かわせるようにという話だろうと予測していた。すぐさま、星貴妃の身なりが整えられる。

「まったく、後宮は皇帝と愛人以外男子禁制だというのに、どうなっておる！」

星貴妃は美しく着飾ったものの、頭から紗を被って、顔が見えないようにしていた。

「解せぬ……何もかも！」

後宮以外の者と会う時は顔を隠さなければならない決まりがある。それなのに向こうは平然と決まりを破って、後宮に足を踏み入れているのだ。通常、皇帝の妃と話をしたい場合、文を交わすというのが常識だ。紘宇の兄は先触れすらなく、星貴妃を訪ねてきた。

それだけ、急を要する事態なのだろう。

「珠珊瑚、お主もついてまいれ」

「は、はい」

星貴妃はドンドンと足音をたてながら、廊下を闊歩する。客間の戸は女官が開く前に、星貴妃自身が勢いよく開けた。そこには、堂々と腰かける永訣と、紘宇、それから兵部の将軍の姿があった。将軍は星家――星貴妃の親戚関係にある者のようだった。紘宇以外の者達は皆、一度立ち上がり、抱拳礼の形を取ったあと平伏する。ここで、星貴妃は目を細めた上に口元をつり上げ、意地悪な表情を浮かべる。

「ふむ。そのままの形で話を聞こうか。聞き取りやすいよう、ハキハキ申せ」

返事をしたのは兵部の将軍であった。

「現在、深刻な兵士不足により、汪紘宇の力をお借りしたく、参上しました」

「私からも、それを頼みたく、馳せ参じた」

兵部将軍の言葉に、永訣も続く。

「なぜ、兵士が不足しておる？　皇帝自慢の兵部は、どこにいった？」

「それが——」

皇帝崩御は、兵部の兵士達の士気を下げる事態であった。隠されているとはいえ時間が経てば不審に思い、皇帝不在に気付く者もじわじわと増えていく。

「今では市井のほうでも、噂になるほどでして」

そんな状態となっている中で、兵士達が慕う将軍の一人が役職を立ち退いた。それをきっかけに、次々と兵士達が辞めていっているとのこと。

「汪都尉のお力をお借りしたく——」

華烈で都尉というのは、多くの兵を率いる将軍に次ぐ階級であった。

「汪紘宇は、今は都尉ではない。私の後宮の内官だ」

「しかし、弟紘宇は、もともとは武官。ここの内官ではなかったはず」

「内官になるように命じたのは、お主だろう」

珊瑚は平伏したままなので、汪永訣がどのような表情をしているのかは見えない。だが、滲む声色からは逼迫した様子が伝わっていた。

「もしも——紘宇を戻していただけないのであれば、そこの珠珊瑚を戦場へと送ります。彼もまた、武官です」

それを聞いた紘宇は立ち上がる。兄永訣の腕を取り、無理矢理立ち上がらせた。

力が強かったからか、永訣の表情は苦しげだ。それでも紘宇は力を緩めない。

「兄上、珊瑚を戦場に送るというのは、どういうつもりです⁉」

「言葉の通りだ。彼はもともと、処刑される身だった。それを、私が助けたのだ」

「そもそも、それは兄上が仕掛けたことではないのですか⁉」

華烈にも協力者がいる。星貴妃はそう言っていた。話を聞いていた珊瑚も、汪永訣の顔が脳裏をよぎったのだ。まさか、この場で紘宇が聞くとは夢にも思っていなかったが。

「……そうだ」

そう答えた瞬間、紘宇は兄を殴る。永訣は椅子を巻き込んで倒れ込み、口の端から血を流していた。

「兄上、なぜ、このようなことをしたのです⁉」

「悠長に待っていたら、国が滅びる。そう、思ったからだ」

数ヶ月前に二国間で行われた外交には、裏があった。メリクル王子と共にきていた密使との間に、ある話し合いが行われていた。

「戦争だ。戦争をすると言っていたのだ」

勝つのは華烈という約束のもと、戦争するという話だったらしい。

「そこで、汪家と星家の者が活躍し、皇帝と皇后の座に納まる。報酬として、茶を優先的に輸出すると取り決めていた。戦争の際、五百の兵士を送るという話だった」

しかしながら、約束は破られる。現在、船で華烈へとやってきている騎士の数は、三千ほど。華烈側は兵部の兵士の数をすべて集めても、千五百しかいなかった。

「国家間の陰謀については関わりを認めよう。しかしながら、後宮の暗殺は知らぬ。あとに起きたメリクル王子を狙った事件も、私ではない！」

他にも、混乱に乗じて謀をする者がいるようだった。

「まさか、このような事態になるとは、想定していなかったのだ」

皇帝不在の情報が仇となり、逆に攻め入られる結果となってしまった。華烈は珊瑚の故郷に比べたら、小国である。武力の差は明らかであった。

「これは、話を持ちかけた汪家と星家の責任である。だから、前線で戦うのは――」

一族最強である紘宇しかいない。そう、言いたいのだろう。

「星貴妃よ、どうか、納得していただきたい」

「それはできぬ」

「頼みます、どうか」

永訣は再び平伏の恰好を取った。それを見た星貴妃は舌打ちする。

「だったら、約束を三つほどしてくれ」

「何を――？」

「守るか、守らないか、聞いてから教えよう」

永訣は迷わず守ると頷いた。

「では、言うぞ。一つ目は、戦場へ行くか否かは、汪紘宇の意思で決めること。二つ目は、次代の皇帝は私の子にすること。三つ目は、戦争が終わったあと、野心を抱かず、私に協力すること」

「それは……」

汪家と星家の者が活躍し、政権を握ることを見越しての約束であった。

「約束だ」

星貴妃との約束に不満があるようだったが、了承する他なかった。永訣は紘宇を見て、質問する。

「紘宇、お前は、どうしたい？」

紘宇がだした答えは――彼は、静かに語り始める。

「私は今まで、自分で物事を選んだことがなかった」

紘宇は今まで、兄の言う通りに体を鍛え武官となり、後宮へと送られた。それに対し、疑問を覚えなかったようだ。

「しかし、ここには、自らで人生を切り拓く者達がいた」

貧しい家に生まれたが、生き残るために閹官となった游峯。仕事ができずどんくさいと後ろ指を指されていたが、異国人である珊瑚を根気強く支えた紺々。後宮で貴妃の位を与えられたが、野心を抱く者を次々と排除し過ごしやすい環境作りに努めた星貴妃。

それから――後宮送りとなった身を悲観せず、自分らしさを貫いた珊瑚。

牡丹宮で生きる者は、紘宇にとって眩しい者ばかりであった。

「ただ一人、私だけが兄上の言いなりで牡丹宮にいた」

ゆっくりと時間が流れる後宮内で過ごすうちに、紘宇は気付く。

「私の人生は兄上のものではない。私のものだ」

だから、紘宇は選ぶ。自身が選んだ道を。

「私は守りたい者がいるから、戦場にいく。そして、今後は誰の言いなりにもならない。自分の身の振り方は、自分で決める」

兄永訣は瞠目し、星貴妃は目を細めて口元に弧を描いている。

「珊瑚」

「は、はい!?」

まさかこの場で名前を呼ばれると思っていなかったので、珊瑚は驚いた顔で紘宇を見る。

そんな珊瑚へ接近した紘宇は、片膝を突いて言った。

「戦場から戻ってきたら、私の伴侶となってくれるか？」

紘宇の行動と言葉は、王子が姫君へ求婚するかのごとく。

当然ながら、永訣が口を挟む。

「紘宇！　その者は男だ。伴侶になどなれん。それに、お前は……なかなか結婚に踏み出さないと思っていたが、男相手に懸想していたとはな！」

「黙れ！」

永訣の言葉を制したのは――星貴妃であった。

「二人の間にあるのは、穢れなき愛だ。それを責める権利が、どうしてお主にある？」

「しかし、男が男を好むなど、あってはならない。道理から、外れている！」

「お主は神なのか？　違うだろう！　ただ人が、道理を説くな！」

口の端から血を滲ませ立ち上がれない永訣に、星貴妃は蹴りを入れながら叫ぶ。

「男と男では、幸せには、なれるわけがない！　一応、兄として、弟の幸せを思い――」

「お主は大馬鹿だ！」

もう一度、星貴妃は蹴りを入れた。

「男と女が出会い、愛し合って、子が産まれて、皆が皆、幸せか？　それが幸せになると決まった世界ならばなぜ、この世は幸せで満たされていない？　なぜ、人々は諍いを起こし、戦争が起きる!?」

星貴妃は扇で永訣を指し、問いかける。

「お主は人の道理とやらを歩んだ結果、胸を張って、我が人生に悔いなしと言えるのか？　この上なく幸せだと言えるのか？」

「それは……」

「私から見たら、伴侶を迎え、子がいるというのに、幸せそうには見えん。お主の人生には、妥協というものが存在しているように思えるのだが」

たった一度の人生である。妥協などすべきでないと、星貴妃は説き伏せた。

「生涯において心から愛した人がいるというのは、奇跡のようなことなのだ」

愛の形も、幸せも、人生も、人それぞれ。正解はないので、時には進むべき道を誤るかもしれない。

「だが、他人の人生に周囲がどうこう物申す権利はない。自由に生きて、幸せになるための努力を惜しんではならぬのだ！」

星貴妃の言葉に、永訣は返す言葉がなかったようだ。珊瑚は、星貴妃の言葉に胸を熱くする。今まで選んだ道のりは、間違いではなかったと思うことができた。

騎士になろうと決意したことも、女でありながらも身を立てたことも、メリクル王子を庇ったことも、間違いではない。これからは、胸を張って生きようと決意した。

星貴妃は珊瑚を振り返って言う。

「さあ、今度はお主の答えを聞かせてくれ。珠珊瑚よ、どうする？」

「私は――」

跪く紘宇を見つめる。手を差し伸べたら、同じように紘宇も手を差し出した。

珊瑚は紘宇の手を握り、思いっきり引っ張って一緒に立ち上がった。

「私は、こーうと共に、生きたいです」

目線を同じにして、支え合いたい。それが、珊瑚の願いであった。

紘宇は珊瑚の体を力強く抱きしめた。

「珊瑚……かならず、お前のもとへ戻る。星貴妃のことは、任せた」

「はい」

珊瑚は腰から下げていたあるものを取り、紘宇へと手渡す。

「これは……！」

牡丹宮にきた日に紺々よりもらった椿結びに、紘宇からもらった琥珀を付けた飾りであった。

「これは、今まで私のことを守ってくれたお守りです。悪い存在を遠ざける力があると、思います」

「いいのか？」

「はい。きっと、こーぅのことを、戦場で守ってくれるでしょう」

「ありがとう」

紘宇は兄永訣と星将軍に目配せをする。倒れたままの永訣は、星将軍に支えられて立ち上がった。今度は、星貴妃のほうを見る。

「星貴妃——私は、戦場へと向かう」

「ああ、存分に暴れてこい。珊瑚のことは、私が可愛がっておくから」

そう言うと、紘宇はムッとした表情となる。

「心の狭い男は嫌われるぞ」

「それとこれとは話が違う」

そんな反応を見せる紘宇に向かって、まったく可愛げがないと星貴妃は言った。

珊瑚は二人のやりとりを聞いて、笑ってしまう。

「汪紘宇よ、珊瑚に笑われたではないか」

「私のせいではない」

穏やかな雰囲気になっていたのも束の間。星将軍が紘宇に声をかける。

「紘宇殿」

「ああ」

事態は急を要する。紘宇はこのまま戦場へと向かうらしい。

「では、いってくる」

「はい、いってらっしゃい」

紘宇は颯爽と、部屋からでていった。永訣があとに続く。星将軍は会釈をして去っていった。扉が閉められたあと、珊瑚は膝から崩れ落ちる。眦から流れるそれは、悲しみの涙であった。珊瑚の背中を、星貴妃が支えた。

「す、すみませ……私……弱くて、ごめんな……さ……」

「よいのだ、それで。強く在る必要などない。お主がこうして背中を丸めた時は、私が助けてやる。逆に、私がかつて背中を丸めた時は、お主が助けてくれた。人とは、そういうふうにできておるのだ」

星貴妃の静かな声は、珊瑚の心に優しく響いていた。

◇◇◇

星貴妃は游峯に任せ、珊瑚は一人中庭を歩く。肌を裂く刃のような冷たい風が吹いていた。それは、珊瑚の心の中を具現化しているかのよう。

外套（がいとう）を纏わずにでてきたので、肌寒い。しかし、温かく優しい人の傍にいたら、だめになってしまう。今の珊瑚に必要なのは、キンと冷えたこの空気であった。空はどんよりと暗く、銀色の月すら見えない夜だ。どんよりとした暗い雲が、どこまでも広がっている。

ゴウと音をたて、ひときわ強い風が吹く。珊瑚の三つ編みは揺れ、獣の尾のようにゆらゆら動いた。胸の中の弱い感情が、爆発しそうになった。

その刹那、星貴妃より賜った三日月刀を引き抜く。胸の中にある感情を断つように、刀を振り下ろした。すると不思議なことに、黒い雲が左右に割れたように流れていく。

空にぽつんと浮かぶ、一番星が見えた。

あれは金色の女神（ヴェネレ）と呼ばれるもっとも明るい星で、古代より旅人の道しるべとなると言われていた。

星の女神は珊瑚に道を示したように思える。汝（なんじ）、強く在れ、と。

珊瑚は心の中で誓う、紘宇が戻ってくるまで星貴妃を守る騎士になろうと。

風は止んだ。再び、空は暗い雲に覆われる。珊瑚は三日月刀を鞘（さや）へと納めた。

自身でも驚くほど、心が落ち着いていた。悲しみは、風と共に消え去ったようだ。

踵を返し、柱廊のほうへと歩いていくと、柱に身を隠す紺々の姿があった。腕の中には、たぬきを抱えていた。

「こんこんと、たぬき、ですか？」

「さ、珊瑚様……」

「く、くうん……」

二人の声は、悲しげだった。きっと、紘宇が戦場へ向かったことを聞いたのだろう。

珊瑚はふっと淡い笑みを浮かべ、きびきびとした動きで近付く。

「そこで、何をしているのですか？」

柱からそっと顔をだした紺々とたぬきは、声同様に悲しげだった。

「珊瑚様が、心配で」

「くうん」

「こんこん、たぬき、私はもう、大丈夫です。心配をおかけしました」

紺々とたぬきの頭を撫でる。

「こんこん、私は先ほど、星を見たんです。強い、星を」

珊瑚が華烈で見た、初めての星だった。

「それは素晴らしいことです。星なんて滅多に見えるものではありませんから」

まるで珊瑚を勇気づけ、祝福してくれるようだった。

「私、珊瑚様に初めて出会った時、青い瞳が空に輝く星のようだと思いました。華烈では、金星（ジンシン）と呼ばれています。それは、女神の加護によって輝き、地上の者達に幸せをもたらすものだと」

「そう、だったのですね」

明星の謂れは、珊瑚の国と変わらない。女神の星だった。

「珊瑚様の瞳は、いつもキラキラしていて、美しかったです。これからも、変わらずに輝き続けていただけたらと、思います」

「こんこん……ありがとうございます」

星は珊瑚の中にある。とても、心強い言葉であった。

もう、怖いものはない。珊瑚は生まれ変わったように思えた。

珊瑚は腰に佩いていた三日月刀を鞘ごと抜き取って、手に握ったまま星貴妃の寝屋へと入る。紺々は部屋の外で待機し、たぬきは一緒についてきた。星貴妃は寝椅子に足を伸ばし、優雅な姿で座っている。傍には、游峯が控えていた。

「戻ってきたか」

「はっ！」

三日月刀を床の上に置き、片膝を突く。たぬきも珊瑚の隣に座った。

「妃嬪様、これからは、片時も離れずお傍に置いていただけますか？」

「よい、許す」

近くに寄るように言われ、珊瑚は星貴妃の前に傅く。顔を伏せていたら顎を摑まれ、顔ものか困惑する。

を上に向けられた。

「どうやら、いつもの珠珊瑚に戻ったようだな」

「もう、ご心配には及びません」

星貴妃からしょんぼりしている姿も可愛かったのにと言われ、どういう表情をしていいものか困惑する。

「まあ、どの珊瑚も可愛いことに変わりはないが」

人生でこれだけ可愛いを連呼された覚えはないので、珊瑚は戸惑ってしまう。

「この私が可愛いと言っているのだ。認めよ」

「は、はあ……」

「まあ、冗談はこれくらいにして――これからについて話をしよう」

ドキリとした。いつになく真面目な星貴妃の声色を聞き、背筋をピンと伸ばす。

「子についてだが、私もいい加減、務めを果たそうと思っておる」

「それは……？」

「子作りをせねば、ということだ」

ここで、星貴妃は游峯の名を呼んだ。

「お主、この先を言わぬともわかるな？」

「は!?」

星貴妃は游峯に子作りを頼むのか。そう思っていたが――違った。

「次代の皇帝の種馬となる、よい男を探してまいれ」

「た、種馬って……」

「野心を抱く男は好かぬ。無欲で可憐な男がいい。家柄は問わん」

「いるのかよ、そんな男が」

「できれば、ひと月のうちに探せ」

「そんな、無茶振りだ！」

「いいからいけ。明日の朝にでも」

「朝からかよ！」

「今すぐいけと言わないだけ、ありがたく思え」

「なんだよ、それ……」

游峯は旅立ちの準備をするため、自室に戻るように言われた。たぬきは游峯を見送りにいく。二人きりとなった部屋で、星貴妃は珊瑚に命じた。

「さあ、珊瑚。共に風呂に入るぞ」

「え⁉」

「ひと時も傍を離れないのだろう？」

「それは、そうですが」

星貴妃の口ぶりは護衛として傍に置くというよりも、一緒に入浴しようという意味合いに聞こえた。

「あの、私も、湯あみをするのですか？」

「そうだ。お主が一人で風呂に入っていたら、誰が護衛をする」

「そ、そうでした」

もとより、星貴妃は誰の手も借りずに風呂に入っていたらしい。よって、珊瑚が入っても問題ないとのこと。

「いいから、いくぞ」

「はい」

こうして、珊瑚は星貴妃と湯に浸かることになった。


星貴妃の風呂場は御湯殿〝桃の湯〟と呼ばれ、独立した離れにある。紺々、麗美を含めた女官達を十名ほど引き連れて星貴妃と珊瑚は移動した。風呂の世話をさせないと言ったのは本当のようで、風呂場の前で、女官達は膝を折って星貴妃を見送る姿勢を取る。たぬきは紺々の隣で、キリッとした顔でお座りをしていた。

顔を上げると、艶然と微笑む星貴妃と目が合う。手招きされ、共にくるように命じられた。

珊瑚は覚悟を決めて、湯殿の中へと足を踏み入れる。

脱衣所は火鉢が焚かれ、暖かい。内部は白亜の大理石で造られていて、女官達の風呂場とは違い贅が尽くされていた。星貴妃は迷いのない足取りで進み、服を脱いで用意されていた籠に入れる。ここで、珊瑚は毎回紺々が脱衣を手伝ってくれていたことを思い出す。

「ひ、妃嬪様、お手伝いをいたしましょうか？」

「しなくてもよい。お主も脱いで、私についてくるように」

「は、はい」

ひと時も傍を離れてはいけない。そう思い羞恥心を捨てて珊瑚は帯に手をかける。一糸纏わぬ姿となったが、手にはしっかりと三日月刀を握る。そんな珊瑚を見た星貴妃は、くすりと笑った。

「お主は、そんな状態でも勇ましい」

珊瑚はどういう反応を示していいのかわからず、顔を真っ赤にさせながら消え入るような声で「ありがとうございます」と言葉を返した。

刺客が潜んでいる可能性もあるので、珊瑚が先に入る。星貴妃専用の風呂場は、薬草の匂いが立ち込めていた。

「この湯は――」

緑がかった白濁の湯を見て驚く。匂いも、漢方のような独特のものであった。

「薬湯だ。地方の湯守に頼んで、特別な湯の素を作ってもらっておる」

「そう、なのですね」

保湿、保温、発汗、美肌の効果があるらしい。

「神経痛や、肩凝り、腰痛にも効くぞ」

「素晴らしいです」

星貴妃が楽しみにしている、ささやかな贅沢らしい。

「今まで誰も入れたことがなかったが、珠珊瑚、お主は特別だ」

「ありがたき、幸せでございます」

星貴妃は体を布で隠すことなく、ズンズンと大股で浴槽へと進んでいく。

「まずは、体を温めよ」

桃の湯は、湯船までも大理石であった。壁も天井も床も、真っ白である。浴槽は地面を掘って作られており、足場を下って湯に浸かる。星貴妃一人のものだからか、そこまで大きくはない。大人二人がゆったり浸かれる程度だ。薬湯を楽しむために、大きく造らなかったようだ。珊瑚は三日月刀を床に置き、桶に湯を掬って星貴妃の背中を流す。星貴妃は足場を下り、湯に浸かる。珊瑚もあとに続いた。

「ふむ、よい湯だ」

「はい。とても、気持ちがいいですね」

温かな湯に浸かり、珊瑚の緊張もいくらか解れる。ただし、護衛としてこの場にいるので、気を引き締めることは忘れない。

「珊瑚よ、すまない」

「え？」

星貴妃の突然の謝罪に、珊瑚は目を丸くする。

「汪家の者のいる前で、お主を女だと言えなかった」

「それは――」

もしも、女だと露見したらどういう扱いを受けるかわからない。だから、その点は気にしていなかった。星貴妃は珊瑚が女であると言わなかった理由を語る。

「汪紘宇がいなくなった今、牡丹宮の女官達は、珊瑚が男であるほうが安心できるだろうと思ったのだ。もちろん、女であるお主が頼りないと言っているわけではない」

この国では、男が女を守ることが自然の摂理となっている。それは、簡単に覆ることではない。女官達を思って、このような判断をしたのだと星貴妃は言う。

「たしかに、私の女である部分は、とても弱いです」

「その弱さが、お主の可愛いところではあるのだが」

またもや、反応に困ることを言われた。どう答えようか迷っている間に、星貴妃はザバリと湯から上がる。白い肌は湯に浸かって火照っていた。十分体は温まった状態にある。

「あの、妃嬪様、お世話を――」

断られると思ったが、振り返った星貴妃は「好きにせよ」と言葉を返した。

他人の世話をすることは、初めてである。星貴妃の白い肌は、白磁の陶器のようであった。珊瑚が触れたら壊れてしまいそうな、そんな繊細さがある。紺々にしてもらっていた世話を思い出しながら、慎重な手つきで星貴妃の髪に触れた。まずは粉末の洗髪剤を湯で溶き、濡れ羽色の髪を洗う。仕上げは櫛を使い、椿油を揉み込む。緊張でドキドキと胸が高鳴った。体は絹の垢すりを使う。こわごわと、星貴妃の腕を洗った。

ふっ、と笑われたので、珊瑚はぎょっとしてしまう。何か、失敗をしてしまったか。

「す、すみません！　何か、失敗をしましたか？」

「いいや、あまりにも真剣だから笑っただけだ。よい、そのまま続けよ」

「はい」

星貴妃の体が冷える前に、なんとかお世話を終えることができた。ホッと息を吐く。

「では、私は湯に浸かっているから、お主も体を洗え」

「はっ！」

星貴妃はどこからか細長い壺を持ち出し、湯船の縁に置く。開けた蓋に壺の中のものを注いで、チロリと舐めた。

「妃嬪様、それはなんですか？」

「隠し酒だ」

桃の湯は寝屋同様に脱出口があるらしい。そこに、酒を置いていたのだとか。

「ここで酒を飲むのが、私の楽しみなのだ」

「それはそれは……」

危ないのではと思ったが、いつもは女官を脱衣所に待機させているらしい。物音がしなくなったら、声をかけにくるのだとか。

「今日は花見をしながら、酒が飲める。贅沢だ」

「花、ですか？　花はどこに……」

大理石に花の意匠が彫られているのかと思っていたら違った。

「花は珊瑚、お主の背中に」

星貴妃の言う花とは、珊瑚の背中に刺された庚申薔薇（ロサ・キネンシス）である。

「美しく、見事な花だ。酒も美味くなる」

そんなことを言いながら、星貴妃は花見を楽しんでいた。珊瑚を連れてきた理由はこれが目的だったのだと、気付き脱力することになる。

第三章　游峯の旅立ち

游峯は旅にでることになった――いい男を探しに。

「なんだよ、いい男って」

ぶつくさと呟きながら、游峯は旅支度を整える。結局、昨晩はふて寝をしてしまって、準備をしないままだった。朝食はいつもの通りだった。女官が用意してくれる、至れり尽くせりのもの。星貴妃の側付きである游峯は、召使いの身分でありながら特別な扱いをされていた。このあと旅にでるとは、まったく実感が湧かない。しかし、星貴妃が現れて「早(はよ)うい け」と急かされると、否(いや)が応(おう)でも旅にでなければならないのかという気になる。

游峯は替えの服や女官からもらった餞別(せんべつ)の菓子などを、大きな布にまとめて包む。恰好は、目立たないほうがいい。そう思って、星貴妃より賜った美しい青の服は抽斗(ひきだし)に戻す。代わりに、閹官時代に着ていた、よれよれとなった服を引っ張りだした。もう、二度と袖を通すことはないと思っていたが、捨てられなかったのだ。貧乏性が幸いする。金を持っているような装いは、自らの危険に繫がるのだ。藁を編んだ帽子を被り、顔は見えないようにする。荷物を背負い、その上から外套を着込む。身なりを整えた游峯は、星貴妃へと挨拶にいった。

「ほれ、これを持っていけ」

差し出された革袋はずっしりと重かった。中は、見たこともないほどの大金である。

「なっ、これ……！」

「旅の資金と、連れてくる男へ渡す褒美の前金だ」

「ゆーほう、私からは、これを」

游峯の腕に巻かれたのは、花のような形を模したよれよれの青い飾り紐であった。

「昨日、こんこんと編みました。一晩で作ったものなので、上手くできませんでしたが」

「いや、一晩とかそういう問題じゃなくて、謙遜するまでもなく、どヘタクソだけど」

「す、すみません。星の形は、難しくて……」

花かと思っていたものは、星を模したものであった。

「これは、金色の女神という、私の国で導きの星と呼ばれる旅人の道しるべです。どうか、女神のご加護がありますように」

「まあ……ありがとう」

最後に、星貴妃が游峯にぐっと接近し、耳元で囁く。

「国内の情勢はかなりよくない。危ないと思ったら、戻ってくるんだ。それから――」

星貴妃が右手を挙げる。さすれば、麗美が鳥籠を持ってきた。

「こいつを、連れていけ」

「は？」

鳥籠の中にいたのは、灰色の鳩である。

「何コレ。非常食？」

「違う。伝書鳩だ。これは、どこにいても、私のもとへと戻ってくる。火急の知らせがあれば、使え」

鳥籠からだして脚に括りつけた紐を解くと、星貴妃の手のひらにちょこんと飛び乗った。

それを、游峯へと差し出す。

渋々と鳩を受け取ったら、肩に飛び乗った。耳元で「ポッ！」と鳴く。

「せっかくだ。旅のお供に名でも与えてやれ」

「じゃあ、鳩一号」

「安易だな」

游峯は鳩一号と共に旅立つ。


游峯は短くても一年くらい後宮でぬくぬくできると考えていた。しかし、現実は厳しい。

女官達に見送られながら、後宮をでる。空は曇天。肌を突き刺すような冷たい風がヒュウヒュウと吹いている。旅のお供は一羽の鳩のみ。案外大人しく、じっと游峯の肩に止まっていた。馬車に乗せられ、広大な皇帝の敷地をあとにする。

街へでるのは、数年ぶりだった。基本的に、閹官は後宮の警護を命じられる場合が多い。

外出できるのは、一部の高官だけだった。

　華烈の都は――以前の記憶では美しく華やかな街だった。しかし、大通りを見た游峯は呆然とする。何度も重ね塗りされた赤い塗装は褪せたり、剝がれたり。以前は大変賑わっていたのに、今は人通りもまばらだ。客引きの声でうるさいくらいだったが、それもない。

　魚屋の店内を覗き込む。港から毎日新鮮な魚が揚がっていたが、今日は小さな鯵が数匹並ぶばかり。

「いらっしゃい」

「ねえ、今日ってこれだけ？　海が時化ていたの？」

「いいや、違うよ。最近漁師への税金がはね上がったから、廃業になって、みんな辞めちまってこのザマさ」

「そんな……」

　八百屋や精肉店はマシだったが、それでも品数はぐっと減っていた。冬だから、というわけでもないだろう。

　理由は一つである。皇帝の不在だ。皆が皆、好き勝手な政をした結果がこれなのだろう。游峯でもわかるありさまだ。街の様子は、悲惨なものであった。

　話を聞いたら、たった数ヶ月でこのような状態になってしまったらしい。今は、一ヶ月に一度塗っていた店の塗料を買う金もないと話す。これならば、他国に攻め入られても仕方がない状態である。

街を見回る兵士も、一度もすれ違わない。皆、戦場に送り込まれたのだ。路地裏では腹を空かせた子ども達が、物乞いをしている。

ふと、実家のことを思い出す。最悪の事態が脳裏をよぎった。

しかし、すぐに頭を振る。今は、寄り道をしている場合ではなかった。

北の大陸で戦争が始まる。ならば游峯は南にいけと、星貴妃は命じた。南の地方の者は、気質も穏やからしい。星貴妃の気に入る者がいるかどうかはわからないが、いくしかなかった。游峯は港町に移動し、南の大陸へ向かう船に乗り込む。一週間の船移動であった。

游峯にとって生まれて初めての船旅であった。もちろん、港町にやってきて、広大な海を見るのも初めてである。小さくなっていく港町を、船尾から眺める。

閹官仲間に港町出身の者がいた。市場には毎日新鮮な魚が揚がり、大変賑わいのある場所だと聞いていた。しかし――先ほど立ち寄った街は閑散としていたのだ。

旅の食料を商店に買いにいったところ、物価が倍になっていて驚く。これも、皇帝不在の影響だろう。国はどんどん、悪いほうへと傾いている。都だけではない。それは、一目瞭然だった。戦争をきっかけに、国はよいほうへと変わるのか。紘宇の汪家が、星貴妃の星家が、正しい国に導いてくれたら心強い。物乞いも、いなくなればいいと游峯は思う。

豊かな治政を得るためには、次代の皇帝が必要だ。後宮が機能しているうちに、星貴妃は子を産まなければならない。種馬――夫となる者を探すという、大変な役目を游峯は担っていた。正直、重荷である。さっさと、汪紘宇と子を作ればいいのにと思ったが、可愛くないというので仕方がない。紘宇の可愛げのなさは、游峯も同意する。星貴妃の好みは、珊瑚のような者だろう。金髪碧眼の男なんて、この国にいるわけがない。

游峯は珊瑚が巻いてくれた腕の飾り紐を見る。旅人の女神が導いてくれるというが、ご利益はあるものか。不安から、はあとため息を一つ落とした。

船は超満員だった。船代を節約するため二番目に安い第三級の船室を選んだところ、寝泊まりする大広間は人でぎゅうぎゅう。見たところ、若い男が多い。

場所取りに失敗した游峯は、こうして切ない目を海原と港町へ向けていたのだ。

「よう、お兄さんも南の地方へ職探しかい？」

振り返ると日焼けした船員が「よっ」と言いながら、手を上げている。気さくな船乗りのようだ。〝お兄さんも〟ということは、どうやらこの大勢の乗船客は南の島へ出稼ぎに向かっている模様。游峯もそのうちの一人と思われたようだ。これ幸いと、話題を振る。

「そうなんだ。僕も、母親に無理矢理船に乗せられて……南の島がどんなところで、どんな仕事があるかどうかわからないんだけれど」

「それは大変なこった。南の島は——国内有数の豪族、景家が経営する大農園がある。あそこは不況の波の影響も受けず、比較的平和らしい。物価も、都よりずっと安いんだとよ」

南の島から安く野菜を仕入れても、関税で値段が跳ね上がる。船の輸送費も高くなっていた。だったらと、職を失った若い衆は出稼ぎに向かうようになったらしい。

「南の島を領する景家も、出稼ぎの者を好待遇で迎えているとか」

「景家って、後宮入りした人がいたような」

「あ～、いたいた。景淑妃、だったか。あの御方が次代の皇太后になったら、食いもんで困ることもないよなあ」

　それはどうだろうかと思ったが、頷いておく。游峯はさらに探りを入れた。

「そういえば、南の島で妹の夫になる男を探してこいと言われたんだ。島に、いい男っているのか？」

「おうおう、南の島の男は、どいつも明るく働き者で、気持ちがいい奴らばかりだよ」

「そっか」

　星貴妃の好みの者がいるかはまだわからないが、話を聞いているといい男がいそうだ。

「そういや、ドえらい綺麗な男がいるって聞いたな」

「え!?」

　詳しく聞かせてくれと、船乗りに迫る。

「なんでも、見たことねえくらい生っ白い肌に、黒光りした髪、ガラス玉みたいな青い目に、見上げるほど背の高い男だ。村の女共は、色っぺー、色っぺーって騒いでいるらしい」

　船乗りの説明ではいまいち見た目が想像できなかったが、星貴妃の気に入りそうな男がいるようだ。背が高く青い目ということは、珊瑚と同じ異国人だろうか。俄然、気になる。

「そいつ、どこにいるの？」

「景家の屋敷にいるらしい」

「ゲッ」

その辺にいるのかと思っていたら、景家に身を寄せているらしい。会える確率がぐっと下がった。下々の者達が、身分が高い者と関わりのある人と簡単に会えるわけがないのだ。

「おじさん、その人見たことある？」

「いんや、ないなあ。この客船に乗ってきたらしいけれど、その日は非番だったからな」

「そうだったんだ」

まあいい。いい情報が手に入った。游峯は幸先のいい出発になったと一人満足していた。

船の中でも、游峯は星貴妃の婿候補を探す。しかし、どの男達も痩せていて、目は落ち窪んでいる。健康そうには見えなかった。今まで、自分達は贅沢な暮らしをしていたのだなと、実感することになる。

船内には食堂があって、朝と夕の二回食事が提供された。乗船賃に食費は含まれておらず、各自負担で食べることになる。夕食時、游峯は食堂に向かった。机や椅子などはなく、床に座って食べるようだ。游峯は閹官時代の一日の給料と同じ値段の代金を支払い、食事を受け取った。物価が上がっているので、価格も十倍以上にはね上がっているのだ。

食事の内容は——粥と漬け物のみである。

「うわ……」

粥はほとんど具がなく、漬け物は塩気がない。想像以上の貧しい食事に、游峯は言葉を

「ひでぇ」と漏らした。毎日これだと、游峯も出稼ぎの男のように痩せ細ってしまう。早く南の島にいるいい男を連れ帰らなければと、決意を固めた。

游峯はやっとのことで、南の島――景家が領する恵地方に到着する。のほほんとした小さな島かと想像していたが、かなり大きな島だった。小舟に乗って上陸すると思いきや、港町があってきちんと機能している。まず入港検査を行い、荷物や乗客の確認がなされた。続いて、下船が始まる。船員達は船に積んであった荷物を、積み荷帳と照合しながら下ろしていた。籐を編んで作った箱が、荷馬車に次々と積み上げられていく。

「あれは、全部景家の買い物だ」

ぼんやりと積み荷が下ろされる様子を眺めていたら、船員の一人が教えてくれた。

「へえ、景家って景気がいいんだな」

「そりゃそうよ。だから、みんなやってくる」

港町は賑わっていた。商店を覗いてみたが、物価も安い。これならば、出稼ぎにいきたがるのも無理はない。ただ、出稼ぎ労働者の募集は男性のみらしい。それは、この恵地方の事情があった。ここに住む村人の多くは女系で、男子が生まれにくい傾向にあるのだ。よって、出稼ぎ労働者を迎えることは、恵地方の発展にも繋がる。

「あら、お兄さん、武官か何かをしていたの？」

店の若い女性が游峯に絡んでくる。

いきなり胸元に触れてきたので、慌てて距離を取った。

「な、なんだよ！」

「この辺りで、剣を下げている方は珍しいから」

「これは……旅の守りだ」

「そうなの」

武器は高価な品だ。普通の村人は一生手にすることはない。平和な恵地方では、游峯のように剣を下げて歩く者は珍しかった。

「剣といえば、景家にとびっきりのいい男がいるの、ご存じ？」

例の男だろう。游峯は身を乗り出して、話に耳を傾ける。

「なんか、噂になっているな」

「ええ！　本当に、素敵な御方で」

なんでも、数日前に畑を荒らす巨大猪を剣で一刀両断したらしい。

「その前も、鹿を倒したり、狐を追い払ったり」

とにかく、野生動物の討伐に慣れている様子だったという。

「あれだろ？　黒い髪に、青い目、白い肌を持った、異国人」

「ええ、そう！　あ、今日、景家のお屋敷で、仕留めた猪を村人にふるまうみたいだから、あなたも行ってきたら？　もしかしたら、直接採用してもらえるかもよ？」

「ああ、そうだね」

游峯の次なる目的が決まる。村までは馬車がでていた。驚いたことに、乗車賃は無料だった。その代わり、ぎゅうぎゅうに詰め込まれる。游峯の頬が壁に強く押し付けられた状態で、馬車は進んでいった。

到着後、游峯はたたらを踏むようにして馬車から外にでる。半刻の移動だったが、体のあちこちが悲鳴をあげていた。

游峯はぐっと背伸びする。さらりと、爽やかな風が流れた。周囲に目を向けると、地平線まで続く広大な畑がある。これが——農業が盛んな恵地方。游峯は豊かな自然に目を奪われる。荷車には、野菜がたくさん積まれていた。村人達はせっせと働いている。この豊富な食材は、どこに消えているのか。その疑問を解消するかのように、前を歩く出稼ぎ労働者が話し始める。

「この食材、都に運ばれる前に、船員や役人が中抜きしているんだとよ」

「よそに売り飛ばして、小遣い稼ぎもしているらしい」

「ひでえ話だ」

皇帝不在を多くの者達が気付いている。そのため、信じられないような悪事が横行しているようだった。とりあえず、景家の猪のふるまいについて、村人から詳しい話を聞かなければならない。恵地方の調査も必要だ。游峯は歩きながら目や耳でさまざまな情報を集めていた。景家が領する村には、木造のしっかりとした佇まいの家がいくつも並んでいた。村の小高い丘に、立派な石造りの外門が見える。あそこに、景家の屋敷があるのだろう。

「――ん？」

游峯は目を凝らす。外門から、ポツポツと黒い何かが並んでいた。よくよく見たらそれは人で、百名ほどが列をなしていた。もしや、ふるまわれる猪をもらうために、並んでいるのか。近くにいた老婆に聞いてみる。

「なあ、あれ、もしかして猪の列か？」

「ああ、そうだよ。若い人ばかりだけどねえ。猪の肉は、年寄りには硬いんだ」

早くいかないとなくなるよと言われ、游峯も急いだ。村から屋敷までは、そこそこ距離がある。小川が流れる橋を渡り、ちょっとした森を抜け、島が一望できるような小高い場所にその丘はあった。ようやく屋敷の屋根が見える所まで辿り着いたが、景家の屋敷へと繋がる長蛇の列を見た游峯は「げっ！」と声をあげた。百人どころではない。三百人はいるように見えた。周囲の者達の会話を聞いていると景家には大鍋があり、それで猪汁を作っているようだ。たしかに、外門の一部からもくもくと煙が立ち上っている。游峯は根気強く並び、陽が傾くような時間に景家の中へ入ることができた。驚いたことに、村人へ猪汁をふるまっているおじさんは景家の当主だという。年頃は四十半ばほどで、日焼けした肌にがっしりとした腕は農家の男といった風貌である。とても、国内でも有数の豪族には見えない。

前にいた娘達が、突然きゃあきゃあと騒ぎ出す。どうやら、噂の美貌の異国人がやってきたようだ。いったい、どれほどいい男なのか。游峯は背伸びをして、男の顔を覗き込む。

「きゃあ、素敵！」

「待って、見えないわ！」

前にいる娘達も、ピョンピョンと跳びはねていてよく見えない。游峯は苛つきながらも、男のいる先を覗き込む。やっとのことで、その姿を見ることができたが――。

「は⁉」

異国人の男を見た游峯は、瞠目した。

長く黒い髪を一つに結び、切れ長の青い目、高い鼻筋に形のよい唇を持つ、長身の男。年頃は二十代半ばに見えるが、異国人なので正確な年齢はわからない。珊瑚だって、二十代半ばくらいかと思っていたが、実際は二十歳だった。

いやいやいやと首を横に振る。気にする点はそこではない。問題は、游峯が景家の客人として迎えられている異国人に見覚えがあったことだ。

「お、おい、そこのあんた！」

手を伸ばし、声をかけようとするが――ドン！　と体格のいい村娘に体当たりされた。

游峯の華奢な体はぶっ飛び、転倒してしまう。

「な、何すんだ！」

「抜け駆けは厳禁だよ！」

「は、はあ⁉」

どうやら、気軽に声をかけることは禁じられているらしい。村娘達の、厳しい掟（おきて）のようだった。地道に並んで、近付くしかない。と、思って起き上がろうとしたら、きゃあ！と村娘達の歓声が聞こえる。同時に、すっと目の前に手が差し出された。驚くほど長い指先に、白い肌。見上げると、そこにいたのは例の異国人の男である。

「あ、あんた！」

「大丈夫か？」

珊瑚とは違い、流暢な華烈語である。游峯が彼に会ったのは、ほんの数ヶ月前。場所は、牡丹宮の前にある庭園であった。

「ここで、何をしているんだ？」

異国人の男は、かけられた言葉に首を傾げる。どうやら相手は游峯のことをこれっぽっちも覚えていなかった。それも無理はない。当時の游峯は、その他大勢の閹官だったから。

「僕は、あんたに会いにきた。話をしたい」

「お前は、誰だ？」

「珊瑚の仲間だ」

「珊瑚、だと？」

珊瑚の名を聞いた異国人の男は、瞬く間に目の色が変わる。

「珠珊瑚、金色の髪を持つ、星貴妃の愛人だ。あんた、〝めりくる〟だろう？」

游峯が珊瑚の他に知る、唯一の異国人。彼の名は、メリクル・サーフ・アデレード。珊瑚の祖国の王子だった。

「髪はどうしたんだ？　そんな色じゃなかっただろう？」

「こい」

倒れていた游峯は無理矢理立たされ、ぐいぐいと腕を引かれる。景家の池のある立派な庭を抜け、柱廊から屋敷の中へと入った。途中、すれ違った女官達は、頬を染めながら抱拳礼をしている。異国人の男改め、メリクル王子が景家で貴賓扱いされていることが窺える。果てがないような長い廊下を歩き、やっとのことで奥の部屋に辿り着く。

人払いがなされ、メリクル王子と二人きりとなった。

「して、お前の名は？」

「僕は煉游峯。星貴妃の女官……じゃなくて、護衛だ」

帽子を取って、形だけの抱拳礼を行う。

「女か、男か……」

「どこからどう見ても、男だ！」

姿形と顔は女、声や仕草は男だったので、メリクル王子は判断が難しいと思ったようだ。

游峯は顔を真っ赤にして、抗議する。

「まあ、そんなことよりも、お前の身分を証明するものを示してくれ」

星貴妃より受け取った金の入った革袋には、星家の紋章が入っている。それを見せたが――。

「すまん。どこの家の者だか、わからん」

「だったら、何を以て己を証明するんだ？」

「そうだな……コーラルについて、話をしてくれ」

「こーらる？」

「この国では珊瑚という名だったか」

「ああ、あいつのことか」

　游峯は自らの身分を証明するため、珊瑚について語り始める。

「あいつの性格は呆れるくらい真面目で、お人よしで、顔がいいのに自覚がなくて、鈍感で、腕っぷしがいい。誑しで、やたら女にモテる……変な奴！」

「なるほど。コーラルに間違いないな」

　この説明で、游峯の身分は確かなものになったようだ。信用に値する人物だとも。メリクル王子は、質問があれば答えると言う。

「で、あんた、ここで何をしてんの？　お付きの商人は？」

　異国の王子であるが、国が違うので敬う気はゼロである。メリクル王子は不遜な游峯に顔を顰めていたが、質問には答えた。

「船で移動中、襲われたのだ。同行していた者の行方はわからん」

「なんだ、それ！」

　メリクル王子は後宮を出たあとも、何度か命を狙われたらしい。嵐の中、商船に乗っていたら蛮族の船に襲われ、負傷した状態で海に身を投げ出された。

「運よく、私はこの島へと流れついた。助けてくれたのは、趣味で釣りをしていた景家の当主だったのだ」

「あんた、めちゃくちゃ運がいいな」

命を助けてくれた恩返しをするため、メリクル王子は景家で働いていたらしい。

「金の髪は目立つからと、鬘を用意してくれたのだ」

最初の一ヶ月は怪我で動けなかったらしい。その翌月から、活動を始めていたのだとか。

「農作業に害獣退治、当主の釣りに付き合ったり、草刈りをしたり。初めてのことだらけだった」

恵地方の者達は皆温厚で、異国人であるメリクル王子を温かく迎えてくれた。

「特に、当主殿は、いっとう優しくしてくれている。彼のような立派な御仁が、本当の父親だったらと、思うことは一度や二度ではなかった……。あ、いや、すまない。関係のない話だったな」

游峯はメリクル王子の話を聞いたことがあった。実の父親である国王に疎まれ、戦争の種にされた悲劇の王子。親子の仲は、最悪だったことが窺える。ここで、大変なことを言っていなかったと思い出す。

「あ、そうだ！　あんた、あんたの国、大変なことになってんだよ！」

「私の国が？」

「ああ。あんたが華烈で殺されたことになっている。それで、向こうの国の軍が、進軍してきているんだ！」

「なんだと⁉」

游峯は懇願する。メリクル王子へと。

「お願いだ。僕と一緒に、星貴妃の後宮にきてくれ！」

メリクル王子の青い目が、揺れる。その刹那、游峯は気付く。彼は、二十歳を超えた青年ではないと。大人だったらとっくに割り切れているはずの、迷いや焦燥の色が瞳に滲んでいた。年若い閹官には、こういう目をする者が多くいたのだ。

「父は、私を殺すだけでは飽き足らず、この国を我がものにしようとしているとは」

「ここに、戦争の知らせはきていないのか？」

「先日、都から使者がきたと、噂されていた。当主殿は、知っているのかもしれないが」

村人達は戦争が起ころうとしていることすら知らない、平和な暮らしをしている。

「領民には、不要な情報だと判断したのだろう」

現状、戦争があると言われても、徴兵などが行われているわけではないし、食料を強制的に納めるように命じられているわけでもない。

そのため、領民を混乱させないように、情報は隠されているのだろう。

「ただ、都の混乱は出稼ぎ労働者の口から伝わっている。あまりにも酷い状態なので、皇帝の崩御も予想している者がいた」

急がねばと、メリクル王子は独り言のように呟く。どうやら、心はすでに固まっていたようだった。

「ってことは、あんた、僕と一緒にきてくれるのか？」

「無論だ。しばし、ここで待っていてくれ。当主殿と話をしてくる」

「わかった」

メリクル王子がいなくなったあと、温かい茶と菓子が運ばれる。蒸籠の中の菓子は、蒸したてのあんまんであった。游峯はふかふかの生地を二つに割って食べる。甘いものは久々だった。疲れた体が癒やされるような甘さである。茶も、名前などはわからなかったが、さっぱりしていておいしい。游峯は景家のもてなしを、存分に味わった。

それから半刻後、メリクル王子が戻ってくる。

「景家の許可が下りた。明日の早朝の船で都に戻る。当主が、一晩泊まっていくといいと言っていた」

「それは助かる」

そんなわけで、游峯は景家の屋敷に一泊することになった。

夜、游峯は景家の当主に食事をしないかと誘われる。案内された大広間には、先ほど見かけた腕の太い日に焼けた中年当主と、その妻、そして、二十代から三十代くらいの息子が五名に、妻や子と思われる者達がズラリと座っていた。大変な大家族である。

游峯は注目を浴び、気まずい思いをしていた。大豪族であれば、夕食はさぞかし素晴らしい食事がでてくるのだろうと決めつけていたが――膳の上に置かれた食事は粥に焼いた鰯、梅の漬け物と、非常に質素なものであった。ガッカリしている游峯を見て、景家の当主はガハハと豪快に笑う。

「すまんな！　うちの食事は昔から、こんな感じでな！」

魚があるだけ贅沢なのか。游峯は鰯を頭から齧りながら思う。

「景家の美徳は、慎ましく堅実に、だ。贅沢を知ったら、元には戻れなくなる。それに、領民の努力で栄えるこの島の繁栄を考えたら、自分達だけおいしいものを食べ続けるなど、とてもできない」

「それ、都の役人達に聞かせてやりたい」

食後、当主は游峯を私室に招き、とっておきの酒で歓迎してくれた。游峯は都の現状を語って聞かせた。景家の者達は、真剣に話を聞いてくれた。

「都の様子は聞いていたが、それ以上の酷さだ。こういう状態であれば、他国に攻め入られてもなんら不思議ではない」

「もしかしたら、前線の兵士はすでに、戦っているかもしれない。僕も、どういう状況かわからなくて……」

「とにかく、急いだほうがいい」

メリクル王子は焦っていた。

我を失っているようには見えないが、余裕は欠片もなかった。

「景家の当主よ。世話になった上に、祖国の者が無礼を働き、なんと謝罪していいものか」

「ああ、頭を下げるのは、やめてくれ。国が万全であれば、攻め入られることもなかっただろうから。俺が助けた日お前は国を捨てたと言った。関係ない国のために、頭を下げることはない。そもそもだ。お前を裏切った国のために、ここをでていくこともないのでは？」

「それは——」

一度切って捨てたつもりでも、生まれ育った国を見ない振りはできないのだろう。珊瑚同様、メリクル王子は馬鹿真面目な奴だと游峯は思う。

「それでも、私にできることもあるかもしれない。だから、この島をでる。世話になった」

「こちらこそ、だ」

メリクル王子がやってきたおかげで、村も活気づいていたらしい。

「今度は、珊瑚と一緒に、遊びにいけばいいじゃん」

「珊瑚？」

景家の当主は、興味津々といわんばかりの視線を向ける。

「もう一人、都に異国人がいるんだ。やたら女にモテる、証しで——まあ、おまけに江紘宇もついてくるかもしれないけれどね」

紘宇の名前をだした途端、メリクル王子の眉間に皺が寄った。二人は珊瑚を巡って、殴り合いの喧嘩をしたのだ。その様子は、閹官の間でも熱い戦いだったと噂になっていた。

「あの男は、まだ珊瑚と共にいるのか？」

「いや、汪紘宇は……戦場にいる」

紘宇も、珊瑚も、星貴妃も、皆、戦っている。游峯には何ができるのか。考えながら夜を過ごした。

翌朝、游峯とメリクル王子は港から都を目指す。広大な海を眺めながら、游峯は気付いた。星貴妃の愛人になる件を、話していなかったのだ。

第四章　男装宮官は衝撃の知らせを耳にする

游峯が旅立った日。牡丹宮の星貴妃に、変化が訪れる。――牡丹宮、とある寝室にて。

「妃嬪様～～！」
「おいたわしい！」
「ううっ……！」

側付きの女官達が、床に伏せる星貴妃を囲んで嘆いている。ここは星貴妃の寝屋ではなく、空いている寝室だ。星貴妃の寝屋は、血に塗れて使える状態ではない。その血は、星貴妃自身のものであった。星貴妃は苦しげに咳き込む。その度に、女官達は涙をポロポロ流した。

「ああ、嘆かわしい……！」
「苦しいでしょうに……！」
「ああ、わたくし共は、無力……！」

星貴妃を診察するのは、後宮の侍医である真小香（しんしょうこう）。阿鼻叫喚の寝室の中で、一人冷静だった。患者である星貴妃を診る、小香の目は厳しい。

「それで、朝、寝屋に行ったら、血を吐いて倒れていたと？」

「はい」

神妙な面持ちで返事をするのは、星貴妃の側付き護衛を務める珊瑚だった。珊瑚はその時の状況を説明する。

「妃嬪様は、毎朝散歩にでかけられます。しかし、今日は寝屋からでていないと女官から聞き、不審に思ったのです」

女官の一人――麗美が余計にわんわん泣き出す。昨晩、星貴妃の傍に侍る役目は彼女が務めていたのだ。

「お声をかけましたが、反応もなく……失礼を承知で寝屋の中に入ると、布団と枕を血で濡らした妃嬪様の姿がありました」

話が終わると、珊瑚は唇を噛みしめて俯く。女官の一人が、布団の敷布に付着した血を小香へと差し出した。

「これは、喀血（かっけつ）か!?」

一言に血を吐くといっても、出血している場所によって呼び方が複数ある。肺や気管支など、呼吸に関連するところから出血するものを喀血と呼び、食道や胃など、消化管から出血するものを吐血という。喀血の色は鮮やかな赤で、吐血は黒ずんだ血色をしている。女官が持ってきた血の色は、鮮やかだった。よって、小香は喀血と診断し、肺か気管を患っていると診た。

苦しそうに咳き込む星貴妃を見て、小香はハッとなる。

「あんた達、早くここからでていくんだ！　星貴妃は、肺結核の可能性がある！」

肺結核——その病名を聞いた珊瑚は表情を曇らせる。それは、不治の病と言われているものであった。一方、華烈の者達はピンときていない。

「これは空気感染する病気だよ。あんた達も、こうなりたくなかったら、一刻も早くでな！」

その言葉に、女官の一人が逆らう。

「いいえ、いいえ。わたくしは、星貴妃のもとを離れません！」

「死にたいのか⁉」

「この身は星貴妃に捧げたもの！　死は、怖くありません！」

その女官につられるように、他の女官達も星貴妃のもとを離れようとしない。

「たいした忠誠心だが、感染者が増えたら困るのはあたしなんだよ。珠珊瑚、この女官達を外へ連れていけ！」

「は、はい」

珊瑚は言葉で説得するのも難しいと思い、女官の一人一人を抱きあげて寝屋の外へと連れていく。それから、病に伏してしまったら星貴妃が悲しむという旨を伝えた。

とりあえず、看病は小香に任せ、皆は星貴妃の寝屋の後始末に向かうように命じる。珊瑚は深いため息を吐き、先ほどの寝室へと戻った。部屋の中は星貴妃に縋る女官一人と小香と麗美、珊瑚と、横たわる星貴妃の五名のみとなった。

　今まで泣き叫んでいた女官は急に真顔になり、サッと起き上がる。

「ふむ、上手くいったな」

「大した演技力だ」

　先ほどとは違い、ヒソヒソと低い声で喋る。

「おい、翼紺々よ、もう、起きてもよいぞ」

「は、はい……」

　布団から起き上がったのは紺々であった。傍に侍っていたのは、女官の恰好をした星貴妃である。一人、珊瑚は明後日の方向を向いていた。小香はため息を吐きながらぼやく。

「まったく、あたしに演技しろなんて言ってくるのは、星貴妃くらいだよ」

「迫真の演技であったぞ」

　この一連の騒ぎは、星貴妃が画策したものである。星貴妃は結核で不治の病気であると噂が流れれば、暗殺の対象とならないのではという狙いがあった。他の三つの後宮の妃達も同様に、結核にかかったことになる予定だ。先日の武芸会の会場で、空気感染してしまったという設定である。牡丹宮では星貴妃は女官に扮して行動する。ここに出入りするのも、女官の振りをした彼女である。

「これから、私のことは本名である紅華（こうか）と名乗るわけにはいかぬから――読み方を変えて、紅（こう）を紅（べに）と呼ぶようにしよう。どうれ、珊瑚、呼んでみよ」

「え、そんな、妃嬪様の名を呼ぶなど、恐れ多いのですが」

そう言った途端、珊瑚は星貴妃にジロリと睨まれる。

「あ、いえ……ベニさん」

「発音が怪しいな」

「名の発音は、難しい、です」

「まあよい」

紺々や小香にも、同様に呼ぶように命じていた。最後に、作戦を実行するにあたって、小香より注意を受ける。

「街中で結核患者が増えているのは事実だから、あんたらも気をつけなよ？」

「わかっておる」

結核が流行の兆しを見せているらしい。体力のない子どもや老人が、バタバタと倒れているのだとか。

「早いうちに問題を解決せねば、国が滅びてしまう……！」

星貴妃はぐっと、拳を握る。大捕り物が、始まろうとしていた。


星貴妃はまず、後宮に出入りする商人に探りを入れる。初めて見る顔に警戒されないように、たぬきを連れていった。狙いは当たり、女性の商人は小首を傾げるたぬきに相好を崩している。

「申し訳ありませんが、本日は欠品もございまして――」

女性の商人が、布の上に商品を並べていく。それを、一品一品検品していくのだ。女官に扮した星貴妃は、白粉を手に取って厳しい目を向ける。

「あら、この化粧品、質が落ちているのではなくって？」

星貴妃の指摘に、商人は苦笑を浮かべる。

「やはり、お気付きになりましたか。申し訳ありません。最近は市場も荒れておりまして」

「荒れている？」

「はい。役人の介入で中抜きや意味のわからない税金がかけられるようになりまして。用意された予算では、今までと同じ品をお持ちすることが難しい現状で……」

「まあ！　それは、いったいどなたの仕業ですの？」

「ここだけの話ですが――」

数名の役人の名が上げられる。それを、商人には見えない場所に控えていた麗美が巻物に書き写す。その中に、前回武芸会にやってきていた礼部侍朗、燦秀吏の名もあった。

「大変なことになっていますのね」

「ええ。情勢は悪くなる一方で。商人達の中にも、役人の味方をして取り入ろうと思っている者も多数で、悪化の一途を辿っているようです」

「あなたも、大変ですのね」

手のひらに金を含み、星貴妃は商人の手をそっと握る。

「後宮は毎日平和で退屈だから、また何か面白い話があったら聞かせてくださる？」

「ええ、もちろん」

商人は思いがけない収入を手にしたまま、笑顔で帰っていった。


ここ一週間ほどで星貴妃が集めた情報は膨大なものであった。普通だったら、見慣れぬ女官に警戒を抱きそうだが、たぬきが一緒だったからか、ペラペラと情報を喋ってくれるのだ。もちろん、彼女一人の力だけではない。密偵の成果もあるし、紺々の実家である翼家の力も借りていた。

「翼紺々、お前の実家は優秀だ」

「も、もったいないお言葉でございます」

珊瑚は翼家から届いた巻物を開き、麗美がそれを一つ一つ読み上げる。星貴妃は顎に手を当て、じっと報告書を眺めていた。

「なるほどな」

悪事を働く役人は少数ではなかった。権力を持つ者が、今以上の力を得るために幅を利かせているのだ。

「意外だったのは、汪家の当主が加担していなかったことか」

「こーうのお兄さんは、こーうに賭けていたのでしょうか？」

「そうだな。お前にも、期待を寄せていたのかもしれぬ」

紘宇の兄、永訣は珊瑚の国の者と手を組んで、よからぬ企みを計画した。しかしそれは、国を思ってのことだったのだ。それが失敗したあとは、紘宇に想いを託していたらしい。

「こーうのお兄さんは、このままでは国が滅びると言っていましたね」

「ああ。ヤツも、何か情報を握っているはずだ。話を聞き出そう」

後宮ではなく、牡丹宮にある閹官の宿舎に汪永訣を呼び出すことになった。使者を送った翌日。星貴妃に珊瑚、麗美、紺々まで、皆一様に男装をして閹官の宿舎へと向かう。


永訣は実に迷惑そうな顔で、閹官宿舎の客間にいた。

「この忙しい時に呼び出さなくともよいだろうに」

星貴妃はまったく悪びれない様子で「すまんな」と謝った。

「して、なんの用件だ？」

その問いかけに対し、星貴妃は短く簡潔な言葉を返した。

「悪い役人をこらしめたい」

星貴妃の一言に、永訣は目を見張った。

「これは私が個人的に調べ上げた、悪い奴らの一覧だ」

珊瑚は巻物の紐を解き、はらりと卓子の上に広げる。

「汪永訣、お前の名前はないぞ。よかったな」

星貴妃の挑発するような言葉にも、反応は示さない。それに永訣は、役人の名と共に書き連ねてある悪事の数々に、驚いた様子はなかった。

「ここにあることに、間違いはないようだな」

沈黙は肯定を示す。

「星貴妃よ。この役人を、どうするのだ？」

「捕まえて牢屋送りにしたい」

ここ最近の中央政治機関は、機能しているようで、していない。だったら、手っ取り早く悪を排除したほうがいいのではと、星貴妃は提案する。

「だが、代わりの役人はどうする？」

「とりあえず、星家と汪家、それから、景家、悠家、翠家の者を立てる。我らが四夫人は、同盟を結んでいる」

武力も多少はある。星家と悠家率いる同盟軍だ。

「騒ぎを起こしたら邪魔するであろう兵部は戦争にいっている。今しか機はない」

「簡単に、決められることではない。それに、四夫人のうち、景家、翠家、悠家とは、連携が取れていない」

「そこが、お前の腕の見せ所だ」

「しかし、もしも失敗した場合はどうする？」

「まあ、仲良く皆で獄中暮らしをするしかない。危険のない賭けごとなど、ないのは知っているだろう？」

星貴妃は扇を扇ぎながら、返事を急かす。

「時間がない。決めるならば、今だ」

永訣は顔を歪ませる。他人に急かされて物事を即決することをよく思っていないことは、ありありとわかった。しかし、じっくり検討する時間はない。それに熟考などしたら、この作戦の粗にも気付かれてしまう。だからあえて、この混乱の中に乗じて提案をしたのだ。

「汪家は新しい時代に、陰で生きる者となるのか？」

永訣は実に悔しそうな表情となる。しかし――。

「わかった」

汪永訣は、今この瞬間に、星貴妃の企みに加担する覚悟を決めたようだ。

「十日間、時間をくれ。役人の罪状をまとめた書類を作る」

「七日だ。七日で仕上げろ」

「無理を言う」

星貴妃と永訣は、七日後、ここで再び会う約束をした。


税金が増え、市場が崩壊し、路頭に迷う者は飢えて死ぬ。美しかった華烈の都は、瞬く間に衰退している。今日も、皇帝の名を騙った役人が、市民に税金の徴収にやってくる。皇帝を表す龍ののぼりに、大きな銅鑼を鳴らしてやってくるのだ。徴収する税金は、〝都滞在費〟〝空気使用権〟〝生存確認費〟などなど、わけのわからないものばかり。支払う金がなければ、家にある品物を押収した。しだいに、銅鑼の音が鳴ると、民達は身を隠すようになった。しかし、税金逃れは死罪である。大きな柳葉刀を持った首切り役人が、逃亡者の息の根を止めるのだ。皇帝亡き都は、悲惨な状態となっている。

まともな思考の役人は、次々と牢屋送りになっていた。だが、役人達の横暴なふるまいに、大人しく従う民ばかりではなかった。十人、二十人と大挙を成して役人に反抗したが、首切り役人に捕らわれ、殺されてしまった。

ここは地獄だと、路地裏の壁に背をもたれかける老人が一人呟く。貧しい者達は、家に火を熾す金もない。食べ物も高騰し、人々は空腹から荒んでいく。仲良くしていた隣人同士で、争うようになった。下町のほうでは、不治の病が猛威をふるっている。こんな現世では、死ぬのも怖くない。常世――死後の世界のほうが、幸せかもしれない。もう、終わりだ。そう言って、老人は静かに息を引き取った。

今日も、街中に銅鑼が鳴る。先頭を役人が歩き、そのあとに首切り役人が続く。役人は毛皮をたっぷり使った外套に、絹の服を纏っていた。贅沢三昧な暮らしをしていることは、明らかである。食糧難で痩せ細る市民とは違い、ふっくらしていて、顔にも照りがあった。

一方、首切り役人は――真っ赤に塗られた仮面に鬼の形相が描かれているものを被り、ボロボロの外套を身に纏っていた。ひょろりとしていて、足元はおぼつかない。手には、抜き身の柳葉刀を持っている。それは血色に錆びていて、不気味としか言いようがない。

首には縄が巻かれ、あとから続く役人が三人がかりで持っていた。その様子は、見世物小屋の猛獣使いの如く。荷車を牽いていた中年男は役人のお渡りに腰を抜かし、運んでいた水を零してしまった。首切り役人を見た子どもは恐怖で泣きわめき、小便を漏らす。

「クソガキが、汚ねえな……」

役人は子どもに汚物を見るような目を向けたあと、左手を挙げる。

それは首切り役人に、処刑を命じる合図だった。首切り役人の動きを封じていた縄は手放され、自由の身となる。泣きわめく子どもは、足が竦んでいるようで逃げることすらできない。通りに並ぶ家は、閉じた貝のように戸を開こうとしなかった。首切り役人は、柳葉刀を振り上げる。刃の切っ先が太陽を反射して、ギラリと妖しく煌めいた。

柳葉刀は振り下ろされる。その刃は、子どもの柔肌を裂いて、命を奪うものだと、誰もが思っていた。しかし――。

ガキン！　という鋭い音が、首切り役人の刃を受け止める。それは、三日月のような美しい刃だった。

「はあっ！」

凛としたかけ声と共に、首切り役人の刃は弾き返される。想定外の反撃に、首切り役人は二、三歩とからあしを踏んだ。子どもの前に現れたのは――狸の仮面を被った剣士である。青い外套を纏うその姿は、血で穢れきった街に流れる爽やかな風のようだった。

「なんだ、お前は!?」

役人が叫ぶ。その問いに、言葉は返さない。代わりに、剣を揮う。一歩、二歩と踏み込んで、首切り役人に切ってかかった。素早く猛烈な攻撃に、首切り役人のほうが圧されている。民を恐怖に陥れた血濡れの柳葉刀は、狸仮面の剣士にはまったく届かない。

そして――。

「ギャアアア‼」

首切り役人は断末魔の叫びをあげる。狸仮面の剣士が、刀を握る腕を斬り落としたのだ。

そして、血飛沫を浴びた刀を、役人にも向ける。

「あ……、あ……、ば、化け物……！」

「化け物は、お前だ‼」

どこからか、叫び声が聞こえた。その声は重なり、しだいに大きくなっていく。

「そうだ、そうだ！」

「ここから、でていけ！」

「でていけ！」

隠れていた者達が集まり、次々と役人に石が投げられた。

「く、くそ！」

役人は手を振った。それは、撤退の合図である。銅鑼がボーン、ボーン、ボーンと三回鳴らされたが、飛んできた石が銅鑼に当たってなんとも収まりが悪い感じになる。

役人は逃げるように走って去っていった。

痛みにもがき苦しむ首切り役人は、縄を持っていた役人に運ばれながらいなくなる。

まさかの逆転劇に、ワッと歓声が上がった。初めての、勝利となる。狸仮面の剣士は刀を振って血を払い、三日月のような刀を鞘に収めている。その周囲に、人が集まった。

民達は、颯爽と現れた狸仮面の剣士を称えた。彼こそが、我らを救う大英雄であると。

狸の仮面を被ったおかしないでたちであるが、その強さは圧倒的である。

絶望しかなかった市井の者達に、一縷（いちる）の希望の光が差し込んだ。


集まっていた人々にもみくちゃにされていた狸仮面の剣士であったが、なんとか脱出し、仲間達と合流する。周囲に警戒しながら、本拠地となる牡丹宮へと抜け道から戻った。

「おかえりなさいませ、珊瑚様」

「こんこん、ただいま戻りました」

狸仮面の剣士・珊瑚は、仮面を外してため息を一つ落とす。

「紅さんが、滞りなくことが済んだならば、先にお風呂に入るようにと」

「ありがとうございます」

紅――星貴妃の気遣いに、珊瑚は感謝する。跳ね返った血の感触が、まだ肌に残っているような気がしていたのだ。まっすぐ風呂場に向かい、狸仮面の剣士の装束を脱ぐ。

熱い湯で血を流した。こんなところで立ち止まってはいけないと、何度も己に言い聞かせながら湯を被る。珊瑚は気持ちを入れ替えた。

風呂から上がったあと、星貴妃のもとへ報告にいく。女官に扮する彼女は、芋の皮を剝いていた。珊瑚の姿に気付くと剝いていた芋を投げ、前掛けで手を拭き、笑顔で迎えた。

「おかえりなさい、珊瑚！」

星貴妃はいつもより高い声で珊瑚に呼びかけ、ぎゅっと抱きついてくる。

「あんたがいなくて、寂しかった」

甘い声で話しながら、背中や腕をバンバンと叩く。これは星貴妃扮する紅が、体に触れながら珊瑚が怪我をしていないか確認しているのだ。耳元で、そっと囁かれる。

「ふむ。怪我もなく、作戦は滞りなく進んでいるようだな」

珊瑚は返事をせずに、コクリと頷いた。その後、別々の方向へと別れたあと、同じ部屋で落ち合う。それは、星貴妃の寝屋であった。そこには複数の抜け道に繫がる仕掛け扉があって、入り口から入らずとも中に入れる。

寝屋には、紺々とたぬきがいた。星貴妃と珊瑚が現れたので、尻尾を振って出迎える。

「くうん、くうん！」

「おうおう。大歓迎だな」

星貴妃はすり寄ってくるたぬきの頭を、ぐしゃぐしゃと撫でた。

「それで、〝星貴妃〟は大人しく眠っていただろうか？」

星貴妃の問いかけに、紺々が答える。

「はい。状態は、変わりないようで」

星貴妃は布団を覗き込み、布団を捲ったあと顔を顰める。布団の中には、星貴妃を模した人形が横たわっているのだ。

「何度見ても、気持ち悪いな」

寝台に横たわる人形は見事な人型で、星貴妃そっくりだったのだ。それは、地方の人形職人から贈られた星貴妃への献上品である。なんでも不遜な態度の男を次々と腐刑にした星貴妃の噂話を聞いて、創作意欲が湧いたらしい。

わざわざ西地方の星家から星貴妃の絵姿を取り寄せ、作ったのだとか。

「届いた時は二度と見ることはないと思っていたが、まさか役に立つ日がくるとはな」

星貴妃人形は、病に伏した星貴妃役を務めていた。たまに、病気が感染してもいいので、ひと目でもいいから星貴妃の顔を見たいという女官がでるのだが、この人形を見せたら二度とその申し出をしなくなるのだとか。

「生きているようだけど、死んでいるようにも見えるらしいな」

「ええ、本当に、よくできています」

伏し目がちの目に真っ白い肌は、まさに、病に伏せた姿のように見える。

「そんなことはさておいて。報告を聞こうか」

日に日に、国民の感情が皇帝への不信感から怒りに染まっていることは、手に取るようにわかっていた。怒りの緩衝材役がいないと国民の感情は爆発し、皇帝の宮殿——紅禁城に押し寄せることは安易に想像できている。

そのため、星貴妃は国民の味方である、〝狸仮面の剣士〟を立てることを提案した。

狸仮面の剣士役を務めるのは珊瑚である。

「私は汪紘宇に頼もうと思っていたのに、予定が狂った」

狸仮面の剣士の構想は、ずいぶんと前からあったようだ。

「こーうの狸仮面の剣士、素敵だったでしょうね……」

珊瑚はうっとりとした顔で言う。

「私は、汪紘宇に嫌がらせのつもりで頼もうと思っていたが――」

「はい？」

「いや、なんでもない。とにかく！　作戦は功を奏した」

狸仮面の剣士の出現は今日で二回目。昨日も、珊瑚扮する狸仮面の剣士が悪徳役人を追い払ったのだ。今まで役人に酷い扱いを受けていた者達は、希望の光を見出していた。

「明日は、下町のほうにいくらしい」

「承知いたしました」

役人の予定を聞き、先回りしているのだ。ちなみに、役人の街回りの予定は、紘宇の兄汪永訣が提供してくれる。役人達も、まさか汪家が裏切っているということは想像もしていないだろう。また、捕らわれた罪のない役人の救助作戦も動いている。彼らは長い間、まともな食事を与えられずに牢屋の中にいたようで、憔悴しきっていた。時期がくるまで、じっくり休養を取ってもらっている。

「まったく、奴らは酷いことをする。目先の利益に囚われ、百年、二百年と続く未来のことを考えることすらしない。自分達が、誰の作った土台の上で生きているか、しっかりと理解した上で働かねばならぬというのに」

星貴妃の言葉に、珊瑚も頷く。人は、人が作った歴史と文明の中で生きている。現代で生きる者は、百年、千年と先に生きる者のことを考えて、時代を創らなければならない。

「未来のために、私は剣を揮います」

ぐっと拳を作った珊瑚に、星貴妃が指先を重ねる。目と目を合わせると、強い眼差しで見つめられる。それはまるで、珊瑚に一人で頑張るなと言っているかのようであった。

「だが、珊瑚一人で狸仮面の剣士をするのも限界がある。なるべく早急に、事態をひっくり返したい」

狸仮面の剣士やそういった作戦を支えているのは、星貴妃に心酔する閹官であった。

「彼らには、本当に助けてもらっている」

「私も、自分一人では狸仮面の剣士はできなかったでしょう」

「閹官といえば、煉游峯はどうしているのか――」

いい男を探してこいと言って送り出した游峯だったが、出発してからそろそろ二週間ほど経とうとしていた。連絡はまだない。今は信じて待つしかないのだろう。

珊瑚や閹官の活動が功を奏したからか、街の様子はガラリと変わる。何もかも諦めていた街の者の目にも、光が戻ってきていた。中抜きする役人を拘束した結果、街に豊富な食材が流通するようになった。物価も下がりつつある。活気が、戻ってきていた。

牡丹宮は星貴妃が病に伏しているということで、明るくはない。心配する女官は気の毒だが、今が耐え時なのだと星貴妃は言う。皆、各々自分のすべきことを頑張っている。

星貴妃は女官の振りをしながら、後宮に出入りする者から情報を集め、紺々は実家と協力して、物流の改善に努める。麗美は病に伏す星貴妃を、献身的に支える振りをする。たぬきは、落ち込んでいる女官達を癒やして回った。そして珊瑚は、美しい三日月刀を揮って民達の英雄を演じている。一日の終わりに、珊瑚と星貴妃は寝屋で落ち合った。

「ふふ、このように逢瀬をしていると、秘めた恋人同士のようだな」

「そうですね」

珊瑚の反応に、星貴妃は目を細める。

「あの、妃嬪様、何か？」

「いつものお前だったら、恥ずかしがっていた。私は、お前の恥ずかしそうにする顔を見たかったのに」

「すみません」

珊瑚の神経は擦り切れている状態なのだ。そのため、星貴妃の冗談に反応する余裕もない。そんな珊瑚を、星貴妃はぎゅっと抱きしめる。そして、耳元で囁いた。

「珊瑚、すまない。お主にばかり、辛い役目をさせてしまい」

「いいえ。私は、妃嬪様のお役に立てることが、何よりも嬉しいです」

「大した忠誠心だ。私は、お主という存在を誇らしく思う」

「ありがとう、ございます」

――あと少しだ。星貴妃は珊瑚の背を撫でながら、そんなことを言う。

「今が、耐え時だろう。もうすぐ、時代は、変わる」

戦場の情報も少しずつ入ってきている。華烈軍は、大国の侵攻に耐え、見事な奮闘をしているらしい。

「優秀な指揮官がいるという」

「そ、それって――こーうのこと、ですか？」

「ああ、そうだ」

前線にいる紘宇のことは常に心配していた。だが、星貴妃の密偵の報告により、無事が知らされてホッとする。

「あいつは犬死にするような男ではない。だから、安心しろ」

「はい。私もそう、信じています」

珊瑚の張り詰めていた心は、少しだけ和らいだ。話は変わり、星貴妃が珊瑚に巻物を広げて見せる。

「珊瑚、見てみろ。密偵が街で買ってきた」

「こ、これは……！」

巻物に書かれていたのは、三日月の刀を構える、青い服を纏った色男の姿であった。刀を持つ逆の手に、狸の仮面を持っている。英雄狸仮面の剣士を見事に描いたものである。

「街で男女問わず大人気らしい。飛ぶように売れているとか。目元ら辺が、お主に似ていると思わないか？」

「な、なんと答えればいいものか」

街が活気に溢れることはいいことである。だが、この事態は想定外であった。

「狸仮面は、絶対に外せませんね」

「安心せい。珊瑚はこの姿絵以上の美人だ。皆、逆に信仰心が増すだろう」

珊瑚は明後日の方向を向き、落ち着かない胸を押さえた。

翌日。今日も珊瑚は狸仮面の剣士の装いで街に繰り出す。目立ってはいけないので、全身をすっぽりと覆う旅商人の外套を纏っていた。路地を抜け、人混みを避け、今日も役人のお出ましを屋根の上から待つ。閹官は民の中に上手く紛れ込んでいた。痩せている者を採用しボロの服を纏わせたら、武官にはとても見えない。もしも珊瑚が危機に陥ったら、彼らが助けてくれるのだ。
そして——街中に銅鑼の音が鳴り響く。ボーン、ボーン、ボーンと、間延びした音は、恐怖を煽るような音だった。先頭を歩く役人に、首切り役人が続く。

今日の首切り役人は筋骨隆々で、いつもと雰囲気が違った。通常、首切り役人は殺人を犯した罪人などから選ばれる。そのため、食事は十分でないのか痩せ細り、刀が重たいせいか、前かがみな姿勢の上に亡霊のような不確かな足取りで歩くという特徴があった。

しかし、今日の首切り役人は、武官のように背筋がピンと張っていて、隙はまったくない。珊瑚の胸は、ドクドクと嫌な感じに高鳴る。

果たして、勝てるのか？　嫌な予感は、頭を振って打ち消した。

今は、戦うほかない。何があっても、刀を握り続けないといけない時であった。

役人が一軒目の家に入ろうとしたその時、珊瑚はその前に踊り出た。すると、役人は勝ち誇ったように叫ぶ。

「出たな、狸仮面の剣士！　私は、他の役人とは違う！」

それは、悪いことは何もしていないという弁解ではない。他の役人と違って、狸仮面の剣士を迎え撃つ準備ができているという意味だ。

「おい、こいつを殺せ!!」

役人は首切り役人に命じる。首切り役人は鞘からすらりと刀を抜き、珊瑚に切っ先を向けた。珊瑚も同じように、刀を抜く。動いたのは、同時だった。

首切り役人は刀を振り上げ、珊瑚に斬りかかる。珊瑚は刀の腹でそれを受け止め、弾き返した。

その後、二、三歩後方に跳んで距離を取る。やはり、いつもの首切り役人と違った。

刀が重い。それに、身のこなしなど、訓練を積んで培ったもののように思える。

もう一度、刀を交えた。力比べをしてはいけない。そう判断し、刀はすぐに受け流す。

何度か打ち合ったあと、接近を許してしまった。珊瑚はハッと息を呑む。

しかし首切り役人は踏み込んでこない。

その代わり、周囲に聞こえないような声で囁いた。

「よお、狸仮面の剣士。初めまして、だ」

返事をしないでいると、首切り役人は話し続ける。

「刀を交えてわかった。お前――汪紘宇だな？」

首切り役人の言葉を聞き、珊瑚の胸はバクンと高鳴る。どうやら首切り役人は、紘宇のことを知っている者のようだ。背格好が一緒だからだろうか？

そう思っていたが――違った。

「こんなところで、会えるとはな。お前の惚れ惚れするようなその太刀筋、忘れはせんぞ！」

その言葉と同時に、珊瑚は首切り役人を突き飛ばす。距離を取り、再度刀を打ち合う。

彼は剣筋も身のこなしも、今までの殺人狂――首切り役人とはまるで違っていた。

紘宇の知り合いであることも踏まえて、武官なのだろうと予測する。

「汪紘宇、そんな恰好をして英雄気取りとは、笑わしてくれる！」

どうやら珊瑚の戦い方を見て、紘宇だと思ったようだ。それは、無理もない話である。

珊瑚に華烈の剣の使い方を教えたのは紘宇だ。紘宇の指南のもと、珊瑚は星貴妃より賜った三日月刀を使いこなせるようになったのだ。

首切り役人の重たい一撃を、珊瑚は受け止める。刀を持つ手が痺れたが、歯を食いしばった。首切り役人は大柄なわりに、動きは珊瑚よりも素早い。続け様に容赦ない攻撃が繰り出される。刃を受けるだけで精一杯なのに、首切り役人はもう一本剣を抜いた。

彼は、二刀流の遣い手だったようだ。攻撃は勢いを増す。

素早く繰り出される剣戟に、反撃をする隙など一切ない。

「どうした、汪紘宇？　お前は、その程度ではないだろう？」

紘宇の名でその程度かと言われ、珊瑚の心に火が点る。小さな火は、瞬く間に燃え上がって大きくなった。同時に気付く。

珊瑚の中に、紘宇がいることを。紘宇の教えが、志が、戦い方が、珊瑚の中にある。

一人で戦っているわけではなかった。ずっと、紘宇が一緒だったのだ。

その刹那、珊瑚は何もかも、怖くなくなった。瞬時に、脳内にあった戦術を新しいものへと切り替える。騎士であった珊瑚は、ひたすら剣を極めていたが、紘宇が教えてくれたのは剣術だけではない。

戦うとは、剣と剣を交わすことだけではないのだ。それを、今この瞬間に思い出す。

迫りくる一撃目を刀で受け流し、二撃目はひらりと躱した。振り返るのと同時に、首切り役人の刀を持つ手を思いっきり蹴り上げた。

「うっ！」

首切り役人の手から、刀は離れていった。もう一本。珊瑚は手にしていた三日月刀を──首切り役人に向かって投げた。

「なっ⁉」

当然、想定外の攻撃に首切り役人は回避するが、隙ができた。珊瑚は向かいにあった民家まで走り、箱を蹴って跳び上がり、出窓に足をかけて屋根まで上る。

そして──屋根から地上へ大飛翔。首切り役人目がけて、飛び蹴りをくらわせた。

珊瑚の蹴りは首切り役人の腹部へと命中し、巨体は地面に倒れる。首切り役人は急所へ強烈な一撃を受け、気を失ったようだ。

珊瑚は刀を拾い、今度は役人に向かって刀の切っ先を向ける。

「お……おい！　わ、私ではなく、そこの、首切り役人を、殺せ‼　そいつが、悪の権化だ‼」

一瞬、静寂となる。だが──。

「違う‼」

誰かが叫んだ。

「悪の権化は、お前だ！」

「そうだ、そうだ！」

「でていけ！」

街の者達は役人に向かって、桶やら靴やら、さまざまなものを投げる。

「ク、クソ！　お、覚えてろよ！」

そんなお約束のような捨て台詞を言って、役人は逃げていった。珊瑚は三日月刀を鞘に収め、周囲の閹官に指示をだす。気を失った首切り役人を、四名の閹官で担ぐように連れていった。

首切り役人は牡丹宮ではなく、閹官の宿舎に運ぶ。閹官に命じ、汚れていた服を着替えさせ、怪我があれば治療しておくように頼んだ。念のため、手足を縛っておくことも命じておく。一刻ほど経つと、目覚めたという連絡が届いた。星貴妃と共に、珊瑚は狸仮面の剣士の姿のまま首切り役人のもとへと向かった。

「――よう」

首切り役人の男は手足を縛られた状態であったが、あぐらを組んだ恰好で明るく声をかけてきた。仮面は外され、素顔を晒している。四角い顔に、無精ひげを生やしていた。年頃は三十前後だろう。ひげを剃れば、もっと若く見えるかもしれない。

「汪紘宇、お前も素顔を見せてくれないか？　兵部イチの美貌を、もう一度見てみたい」

その問いには、女官姿の星貴妃が答えた。

「その前に、あんたの身分をおしえてくれるかい？」

「俺か？　俺は、傳志貴だ」

「ふうん。ただの犯罪者には見えないね」

「犯罪者だよ。謀反を起こしたからな」

傳志貴と名乗る男は、悪政に耐えかねて反乱を起こしていたようだ。しかし、謀反は失敗し、捕らわれてしまった。首切り役人に抜擢(ばってき)されたのはいいものの、連れていた役人は首切りを命じることはなかったらしい。

脅しのために、筋骨隆々な志貴を連れ回していたのだ。

「それであんた、兵部に属していたのだろう？」

「まあな。汪紘宇とは、同期だよ」

「そうかい」

星貴妃が珊瑚の顔を見上げる。珊瑚は一度頷き、狸の仮面を外した。

「――なっ！」

志貴が驚きの声をあげる。ずっと、珊瑚のことを紘宇だと思い込んでいたようだ。

「あ、あんた……！」

「見ての通り、この男は汪紘宇ではない」

「そんな。俺は何度も汪紘宇と剣を交えたことがあるが、剣筋を見間違えることなど――」

「ああ、たしかに、その目は曇っちゃいないよ。こいつは、汪紘宇の愛弟子なんだ」

「弟子……そう、だったのか」

ここで、星貴妃は志貴に質問をする。

「あんたと同じように、反乱を起こして捕まっている奴らはたくさんいるのかい？」

志貴は一度俯いたのちに、コクリと頷く。反乱を起こした者達は都ではなく、別の場所に収容されているようだ。星貴妃は口元に弧を描く。そして、珊瑚にだけ聞こえる声で囁いた。

「いい駒を見つけたぞ」

悪政強いる政府に反感を抱き、謀反を起こした兵士達はかなりの数がいたらしい。

傅志貴が、どこか他人事のように事情を語る。

「最初は後宮に送り込まれた汪紘宇を引き抜こうという話になっていたんだ」

正義感の強い男なので引き受けてくれるだろうと、満場一致だったらしい。

「と、いうのも、汪尚書は、〝こちら側〟の人間だったんだ」

紘宇の兄永訣は、皇帝亡きあとも以前と変わらぬ政治を行っていたようだ。そして、悪事に手を染める役人を、静かに非難していたらしい。さらに、反旗を翻そうとしていた兵部の者達と役人の緩衝材役になるなど、裏でさまざまな活動をしていたようだ。

「汪尚書は、絶対に謀反などするな、時を待てと言っていたのだ。だが、血気盛んな兵部の者達を押さえつけることもできず――」

謀反するならば、先導役は汪紘宇に。兵部の者達はそう望んでいたが、永訣は頑なに頷かなかったという。

「汪紘宇がいるのは、皇帝の母となるならばこの人しかいない、と言われている星貴妃のいる牡丹宮だ。手を貸すわけにはいかないと言って、頷かなかった」

そんな状況で、兵士達はくすぶりを押さえることができず、謀反が行われることになった。運悪く、志貴は謀反の先導役を押し付けられてしまう。

「で、結果はこのザマさ。謀反は大失敗だった」

兵士の数は十分だった。作戦も練っていた。それなのに失敗したのは、裏切り者がいたからだ。

「正義、怒り、喪失と、さまざまな感情を持つ者が一致団結していた。志は一つだと思っていた。しかし――金の力には勝てなかったらしい」

兵士達は困窮していた。そんな中、狡猾な役人が金をちらつかせて情報を抜き取ったのだ。兵士達は女子どもを盾に寝込みを襲われ、あっさりと捕らわれてしまった。

謀反は大失敗となる。兵士達は都から離れた、川沿いの倉庫に収容されている。食事は一日一回。味のない粥と干した野菜のみである。護衛の数は十分ではないのか警備は手薄だったが、逃げようと思う者はいなかった。また、一人でも裏切ったら、何もかも無駄になる。そんな考えを、誰もが抱え込んでいた。

「捕らえられた兵士は、絶望の淵に立たされていた」

そんな状況であったが、金を使って面会にやってきた男からある情報がもたらされた。

「役人と単独で戦う、狸の面を被った謎の剣士がいると」

それは、珊瑚扮する狸仮面の剣士であった。民に乱暴を働く役人をこらしめ、次々と平和をもたらすその姿は、理想的な英雄像だったのだ。

「彼の存在に――俺達は、勇気づけられた。もしかしたらもう一度、奮起できるのではないかと、前向きな考えができるようになっていったのだ」

知らぬ間に、狸仮面の剣士は捕らわれた兵士の希望にもなっていた。

「兵士の誰もが、狸仮面の剣士は汪紘宇に違いないと言っていた」

それを確認し、接触を図るために、志貴は首切り役人を買って出たのだ。

「手を組んだ奴が、効率至上主義で助かった」

志貴と組んだ役人は悪い奴だったが、殺しだけはしなかった。

「誰かが誰かを殺せば、負の連鎖が連なっていく。そのしっぺ返しは最終的に自分に返ってくる。だから、殺しはしない。そう、奴は言っていた」

ずる賢い役人であるが、彼の在り方には、志貴も一目置いていたらしい。そんな役人と共に志貴は税金の徴収を行った結果――狸仮面の剣士と出会った。

「刀を持つ手が震えたよ。目の前に、話に聞いていた狸仮面の剣士がいたから」

孤独の英雄と出会い、志貴は歓喜の中にいたようだ。それに、背格好や佇まいが紘宇そのものだったので、本人で間違いないと確信していたらしい。

「見た目は完全に汪紘宇だったが、戦ってみても汪紘宇だった。間違いないと思っていたが――」

狸仮面の剣士は、汪紘宇ではなかった。彼の弟子である、珊瑚だったのだ。

「そういえばここは、牡丹宮を守る閹官の宿舎だと言っていたな。汪紘宇を知っているか？」

　その問いには、星貴妃が答える。

「あの人は、今は戦場だよ」

「戦場、だと？　あの最低最悪の戦場に、汪紘宇を送ったというのか？」

「ああ」

「馬鹿だ！　なんてことを……！」

　新しくなる国に、紘宇は絶対に必要な人材であると、志貴は訴える。

「そう言われてもねえ。あの御方を戦場へと送ったのは、汪永訣様だしねえ」

「はあ!?　汪尚書が、汪紘宇を戦場に、送ったと？」

「そうさ」

　志貴は口があんぐりと開いたまま、塞がらないようだった。

「信じられない……あの、汪尚書が、愚かなことをするなど……」

「でも、あの汪尚書は戦争に勝つ気で送ったみたいだよ」

「それで、汪紘宇を英雄にして、汪家が新たな皇帝一家になると？」

「いいや、そんなことは考えていない」

「だったら、どうするつもりなんだ？」

「最初に決まった後宮の仕組みをそのまま有効にして、星家の貴妃様が子を産んで天下を取らせると。汪尚書は表舞台に立つ気はないらしい」

「そ、そんなことが……上手くいくわけ……」

「まあ、そうさね。でも、〝やる〟んだよ」

星貴妃は、手足を縛られた状態であぐらを組んでいる志貴の胸倉を摑んで言った。

「あんたは、捕らわれた兵士達のいる場所へ案内しな」

志貴は目を丸くしながらも、コクンと頷いた。

紘宇は荒野を眺め、ため息を一つ落とす。異国の騎士が三千ほど押し寄せた戦場に、彼は身を置いていた。何日経ったとかは、もはや覚えていない。
兵士が千五百しかいない華烈軍は——意外なことに善戦していた。というのも、戦地が黄土高原（おうどこうげん）だったことが幸いしている。吹き荒（すさ）ぶ風が、砂が、敵国の騎士を翻弄しているのだ。黄土高原というのは、砂泥で黄濁した川が中心に流れる高原で、これまでも他国の進撃を許してきた国境である。見渡す限り緑はなく、あるのは砂と泥、それから強い風だけ。数千年間、この地は他国の侵略や開墾、遊牧民の放牧、森林伐採が繰り返され、荒れ果ててしまった。今は、華烈の者でさえ近付く者のいない土地となっている。今日も空は晴天であったが黄土高原の砂が舞い上がり、ぼんやりとした景色となっている。

この砂嵐の影響はここだけにとどまらない。華烈全体に行き渡り、夜空の星を遠ざけるのだ。異国の地は満天の星が見えると珊瑚は話していた。

いったい、どのような光景なのか。

紘宇には想像もつかない。

また、珊瑚の同郷の者を斬ることに、胸が痛んだ。戦争は国と国、思想と思想の紛争である。そこに個や心は存在しない。剣を交える騎士も、華烈が憎くて戦っているわけではないことは、重々承知の上だ。それでも、紘宇は剣を振るう。

感情は胸の奥底に押し殺し、戦争を終わらせるために戦うのだ。

今日も、黄土高原には風が吹いている。不思議なことに、華烈軍がいる場所が追い風となるのだ。敵は毎回強い向かい風を受けている。これは、華烈を守護する龍の力だと、兵士達は口々に言っていた。砂が混じった風は、異国の騎士達の視界を塞ぐ。そのおかげで、戦いは有利に運んでいた。

しかし、戦況は厳しい。兵士の数が、圧倒的に足りていないのだ。それに、兵糧も日に日に量が減っている。食料の流通がどこかで滞っているのだと、誰かが話している。

皇帝不在の影響が、じわじわ浮き彫りになってきているのだ。紘宇は天幕の陰でじっと息を潜め、兵士達の雑談を聞く。

「なんでも、皇帝が崩御したらしい」

「嘘だろ!?」

「そんなの、信じられるか！」

皇帝崩御の噂は、このような末端の兵士達にも知れ渡るまでになっているようだ。おそらく、宮中で働く役人のほとんどは把握しているだろう。でないと、戦場に兵糧食の配給が滞ることなどありえない。皇帝不在の中、役人達が好き勝手しているに違いないと紘宇は考える。後宮は——牡丹宮はどうなっているのか。維持費のかかる後宮が潰されていないか、心配になった。ただ、牡丹宮にいる女達は皆強かだ。中でも、星貴妃は強い。珊瑚がきっと、支えてくれているだろう。戦場に身を置いていると、珊瑚と過ごした日々が遠いように思える。短い間であったが、紘宇の中であの日々は平和の象徴だったように感じていた。

今日は、あのまぬけ面のたぬきの頭を撫でたい。珊瑚の笑った顔も見たかった。

紘宇は、平和な日々を取り戻すまで、剣を握っている。負けるわけにはいかなかった。

それから数日が経つ。今日も追い風が吹き、戦場は有利な状態であった。数で劣っていたが、統率と地理を生かした戦いをし、なんとか相手を撤退まで追い込む。

異国の騎士は、半分ほどに減っただろうか。華烈軍の負傷兵は二百ほど。痛手であるものの、千五百対三千だったことを考えると、よくやっているほうだと判断している。

今日、紘宇は腕を負傷した。利き手ではないものの、傷口がズキズキと鈍い痛みを訴えている。傷口から熱を発していたが、だいぶマシになってきた。

夜となり、報告書をまとめたあと、何も書いていない巻物を取り出した。今まで、後回しにしていたこと——珊瑚へ遺す手紙を書き始める。こんなもの必要ない。そう考えていたがどうしてか書かなければならないと思い、筆を手に取る。

これが珊瑚に届くのは、紘宇が命を落とした時だ。最後に、気持ちを伝えなければならない。書き綴ったのは、感謝の言葉だ。

今まで何度も冷たく接してしまったが、紘宇は珊瑚の存在に救われていた。それから、今日まで戦場で頑張れたのも、珊瑚が待っているからだ。託された琥珀の紐飾りにも、何度も勇気をもらっている。深く、感謝していると、何度も書いた。

そして最後に、死んだ自分のことは忘れ、珊瑚らしく、自由に生きてほしいと、たった一つの願いを認める。

墨が乾くのを待ち、くるくると巻いて紐で結んだ。それを、部下に託す。自分が死んだあと、牡丹宮にいる珠珊瑚という男に届けるように命じていた。

天幕の中、なんとも言えない感傷的な気分になった紘宇は、一人外にでる。

砂交じりの、冷たい風が吹いていた。空を見上げると、星の一つも見えない。

以前、珊瑚が話していた、強い光を放つ彗星ならば見えるだろうか。

そんなことを思いながら、空を眺める。と、ここで、見回りをしていた兵士の話し声が聞こえてきた。

「いやはや、兵糧がまともに届くようになってよかった」

「本当に」

兵士達の話す通り、兵糧食は人数分届くようになった。戦場から何度も抗議文を送っても効果はなかったのだが、数日前から急に改善されたのだ。

「なんでも、悪政を強いる役人を殺して回る奴が現れたらしい」

「すげえな」

都では、役人の政治に憎悪を抱く者が、反乱を起こしているようだ。

「今では英雄扱いなんだとか」

「いったい誰なんだ？」

「鼬仮面の剣士と呼ばれているらしい」

都の英雄は鼬の仮面を被った、筋骨隆々の大男だという。

「なんでも、謀反を起こして捕らわれていた兵士達を、己の拳のみを武器にたった一人で助けたんだとか」

「おお……！」

「それから、悪政強いる役人の首を大鎌で刎ね、流れる血を啜って力を蓄えているらしい。鼬の纏う外套は役人の血で赤黒く染まり、殺されることを恐れた役人は真面目に仕事をするようになったと」

「すげえな」

「夜な夜な、役人の枕元に鼬仮面の剣士が現れるんだとよ。悪い役人はいないか～、悪い役人はいないか～って囁きながら」

「今夜、眠れないかもしれねえ」

そんな話を聞いた紘宇は、誰もいない場所で一人ツッコむ。

「化け物か！」

清廉潔白な英雄狸仮面の剣士の噂が、巡り巡って面白可笑しく脚色されていることなど、紘宇は知る由もない。

星貴妃の指示で、捕らわれていた兵士達を救出し、閹官の宿舎で匿う。幸い、大きな怪我をしている者はいなかった。だが、食事を満足に与えられなかったからか、衰弱している者もいる。すぐに動ける兵士は全体の半分くらいか。

悠賢妃の鬼灯宮では、兵士達の訓練が秘密裏に行われている。全体の数は百くらいか。兵力としては、いささか心もとない。都に残る兵士は三百ほど。戦場にいる兵士は千五百。死傷者数は把握していない。珊瑚の報告に、星貴妃は顔を顰める。

「ふむ。厳しいな。戦場に向かった兵士くらいの兵力が欲しいが」

「難しいですね」

戦場の状態は、良くも悪くもなく。思っていた以上に善戦しているようだが、いかんせん数が敵勢力より圧倒的に少ない。それは、時間が経てば経つほど不利になる。

「こーう、無事だといいのですが」

「珊瑚よ、今は心配している場合ではないぞ」

「はい、すみません」

狸仮面の剣士は、複数人に分担して活動するようになっていた。珊瑚の負担も減り、空き時間を使って兵士達の稽古を付けられるようにもなる。

暇があれば、執務室にこもって紘宇がしていた事務仕事をこなす。

「くうん、くうん」

たぬきが珊瑚を心配するように鳴く。

「たぬき、こんこんと遊んでいてくださいね」

「くうん……」

珊瑚は目配せして、控えていた紺々にたぬきを連れていくように頼んだ。そして、せっせと巻物に目を通していく。

そんな珊瑚に、星貴妃が顔を合わせるなり命じる。

「お主、しばらく休め。目の下のクマが酷いぞ。それに、顔色も悪い。あまり、眠っていないのではないのか？」

「いえ、しっかり眠っていますが――」

しかし、眠りが浅いことは否定できない。夜中に何度も目が覚め、そこから再度眠りに落ちるのに時間がかかるのだ。

「たぬきと昼寝でもしていろ」

「くうん」

紺々が抱くたぬきが、寂しげな声をあげる。抱えている仕事もすべて寄こすように言われたが、ただでさえ紘宇の仕事の半分以上は星貴妃が代理で行っていたのだ。これ以上、任せるわけにはいかないと主張したが——言うことを聞くように怒られてしまった。

「翼紺々、お主も珊瑚と一緒に眠ってやれ。人の温もりがあったら、よく眠れる」

紺々も、たぬきと二人で珊瑚を温めるよう、命じられた。

「珊瑚様、いきましょう。星貴妃の命令は、絶対ですよ」

「ええ……」

紺々の私室に移動し寝台に腰かける。紺々は、温めた牛乳に蜂蜜を垂らしたものを作ってくれた。

「これ、珊瑚様が以前おっしゃっていたものです。何日か前からこっそり試作していて、おいしく作れるようになったので」

「ありがとうございます」

蜂蜜入りの温めた牛乳は、子どもの頃眠れない時に乳母がよく作ってくれたのだ。一口飲むと、甘くて、優しい味がした。懐かしさと安堵感が、同時に押し寄せる。体がじんわりと温かくなり、眦から涙がポロリと零れた。

「珊瑚様？」

「ごめんなさい、こんこん……」

握っていた器を置き、たぬきを抱える紺々ごと抱きしめた。

「しばらく、このままで」

「はい」

祖国の者の進撃と、紘宇の不在と、民の不安と期待と。さまざまなものを目の当たりにした珊瑚は、心身共に弱り切っていた。紺々の作った懐かしい飲み物が、珊瑚の張り詰めた心を解したのだ。

「すみません……もっと、強かったら、よかったのですが。私は無力で、何も、できない」

「いいえ、珊瑚様は、お強いです！　無力でも、ないです！」

今まで、自信がなくて言葉尻が萎むことが多かった紺々の、力強い言葉だった。

「珊瑚様は希望も何もなかった牡丹宮にやってきて、沈んだまま暮らしていた私達を、一点の光へと導いてくださいました」

珊瑚がやってきて、皆変わったと言う。何もかも諦めていた紘宇は、自分の意思で戦う決意をした。虚ろだった星貴妃は、強い自分らしさを取り戻す。女官達は、明るく誠実な珊瑚に、心癒やされていた。たぬきも、珊瑚に拾われて楽しく暮らしている。

「キラキラと輝く、美しく澄んだ青い瞳に、犬の尻尾のように楽しげに動く金の御髪――私も、珊瑚様の前向きに生きる姿に、勇気をいただきました」

「こんこん……」

思いがけない言葉に、励まされた。これで話は終わりと思いきや、そうではないようだ。

「あの、ずっと思っていたことを言わせてください」

「なんですか？」

紺々は珊瑚から離れ、目と目を合わせて言った。何やら緊張をしているようで、たぬきを下ろして胸に手を当てて深呼吸している。

そして、紺々は意を決するように言った。

「珊瑚様。あなたは私の――彗星です」

彗星は強い光を放つ類い稀なる流れ星。曇り空を切り裂き、美しい空を見せてくれる。

「世界は楽しいことばかりで、希望に満ち溢れていて、優しくて、美しい。前向きに生きていたら、そんな奇跡のような光の粒が、おのずと集まってくるのです。それを、珊瑚様と過ごす中で、気付いたんです」

感謝しても、し尽くせないという。

「これから先も、いろいろあるかもしれません。けれど、珊瑚様は自分らしく、生きていただけたら、嬉しいなと思います」

「こんこん……」

再度、熱いものが込み上げ、紺々を抱きしめる。珊瑚は自分がどうあるべきか、思い出した。

この世は、思うようにはならない。時には下を向いてしまうこともあるが、それでも前を向いて生きなければならないのだ。

紺々の言う通り、人生はいろいろある。けれど、この世は楽しいことばかりで、希望に満ち溢れて、優しくて美しくもある。前向きに生きて、奇跡のような光の粒を呼び寄せなければならないのだ。

「こんこん、ありがとうございます。嬉しいです」

紺々は何も言わず、珊瑚の背中を優しく撫でた。


しっかり休んで、たぬきとたくさん遊んで、元気を取り戻した珊瑚は牡丹宮の廊下を歩く。星貴妃に呼ばれていたのだ。こうして、朝から呼ばれることは珍しい。

いったい何事なのか。隠し通路を通り抜け、星貴妃の寝屋へと辿り着く。

「珊瑚、きたか」

心なしか、星貴妃の声が硬い。

「妃嬪様。珠珊瑚、参上しました」

「そこに座れ」

「はっ」

膝を突いて座ると、目の前に巻物が差し出される。

「これは？」

「汪紘宇から、お前に手紙だ」

「こーうから、ですか⁉」

一瞬喜んだものの、星貴妃の顔は硬い。珊瑚はすぐに察する。これは、悪い知らせだと。

バクン、バクンと、嫌な感じに胸が鼓動する。巻物の紐に手を伸ばしたが、指先が震えて摑むことさえできない。嫌な推測が脳裏を過り、頭を振る。

絶対に、ありえない。自らに言い聞かせる。

大丈夫だ。心配はいらない。呪文のように言い聞かせながら紐に手を伸ばすが、震えが治まらない。そんな珊瑚に、星貴妃が言う。

「汪紘宇は死んだ」

珊瑚の手の中から、巻物が落ちた。星貴妃より告げられた言葉は、雷が頭上に落ちてきたような衝撃を珊瑚に与える。景色がぐにゃりと歪んだ上に、ズンと奈落に落ちるような感覚にくらくらと眩暈を覚えた。汪紘宇は戦死した。そう、聞こえた。信じたくなくて、嘘だと思いたくて、もう一度星貴妃に問う。

「ひ、妃嬪様、い、今、なんと、おっしゃいました？」

「汪紘宇は死んだのだ。何度も言わせるな」

嘘ではなかった。聞き違いではなかった。珊瑚の眦から、つうと熱い何かが流れる。

混乱した頭の中では、零れる涙が何か理解できなかった。

「あ、あの、そ、それは、いつ、届いたのですか？」

「先ほど、早打ちが届けられた。私の密偵からの報告ではなく、汪永訣からだ」

珊瑚はハッと息を呑み、そのまま数秒息をすることを忘れてしまう。紘宇の兄永訣からの連絡ということは、嘘偽りのない確かな情報だろう。

「汪紘宇は戦場で利き腕を損傷し、完治しない状態のまま戦いに挑み――」

敵の騎士に囲まれ、無残な姿で味方兵士に発見されたという。

「お主にだけ、手紙を残していたようだ」

そうだったのですね、と返そうとしたが言葉にならない。何度か咳き込んだあと、今まで息をしていなかったことを自覚する。

紘宇は死んだ。間違いなく。

そして――落としてしまった紘宇の手紙が書き綴られている巻物を手に取り、ぎゅっと胸に抱いた。

「こーうは、都に帰ってきているのですか？」

星貴妃は唇を噛み、顔を逸らす。

「妃嬪様、教えてください」

「ああ、戻ってきておる」

「でしたら、一目、こーうに会いたいです」

役人のお渡りまで、数刻の余裕がある。その間に会えないかと、珊瑚は願った。

「もう二度と、会えないので、どうか……」

「そう言うと思ったから、教えたくなかったのだ。汪紘宇に会うことは、ならぬ」

「お願いします。最後に、最後に一度だけ、彼に触れて、言葉を、かけさせて、ください」

床に額を付け、珊瑚は星貴妃に懇願する。ポタリ、ポタリと珊瑚の目から次々と流れる雫は、雨のように床の上に水滴を残す。止まることを知らない。

「もう二度と、このような願いは言いません。これより先は、あなたの忠実な剣になります。だから――」

星貴妃は返事をせず、じっと珊瑚を見下ろしていた。その間、珊瑚は平伏し続ける。

たっぷりと五分間、二人はその状態でいた。先に動いたのは、星貴妃であった。

扇を広げ、口元を隠しながら珊瑚に問いかける。

「汪紘宇は、生前と同じ姿で戻ってきたわけではない。それでもいいのか？」

それは、五体満足ではないことを意味する。星貴妃が紘宇に会わせることを反対した意味を、今になって理解した。

珊瑚が衝撃を受けることを案じていたのだ。再度、星貴妃は珊瑚に問いかける。

死した汪紘宇が汪紘宇の姿をしていなくても、会う勇気はあるのか。

星貴妃の問いかけに、珊瑚は頷いた。

「わかった。だったら、ついてこい」

星貴妃は汪永訣に呼び出されていたようだ。まずは、身なりを整える。死を悼む時は、華美な恰好をしてはいけない。

珊瑚と星貴妃は黒を纏い、隠し通路から外にでる。紘宇の遺体は、兵部の地下にある安置所に置かれているという。案内された客間で、永訣と合流する。

長椅子に座る威厳ある礼部の尚書は、項垂れていた。珊瑚と星貴妃がやってきても、声をかけるどころか顔を上げることすらしない。いつも自信に溢れ、高圧的な態度にでる永訣とはほど遠い、弱りきっている姿だった。

「汪永訣よ、汪紘宇のことは……残念だったな」

星貴妃が声をかけても、反応しない。黙ったまま立ち上がると、部屋をでる。どうやら、紘宇のもとへと案内するようだ。

地下は、石の床に点々と蝋燭（ろうそく）が置かれているが薄暗く、ヒヤリとしていた。石造りの個室が並び、一部屋につき一人の遺体が収められているようだ。既に使われている部屋には見張りがいて、神妙な面持ちで立っている。ここは上官用の安置所であり、また見張りの兵士の少なさからも、部屋のほとんどは使われていないことが窺えた。

地下だからか、それとも遺体の安置所だからか、雰囲気が重々しい。どこからともなく独特な薬草の香りが漂い、誰かのすすり泣く声がかすかに聞こえていた。

珊瑚は拳を握りしめて、自らを鼓舞しながら一歩、一歩と前に進む。

そしてついに——奥から三番目にある二枚扉の前で永訣が立ち止まった。

ここに、紘宇がいるようだった。永訣は涙を浮かべながら、部屋を指し示す。

「私は、もう見た。お前達だけで、別れを済ませてくるといい」

本人確認は済んでいるようで、珊瑚と星貴妃だけ中に入るように促した。

「先に、私がいこう」

星貴妃はそう言って、珊瑚の反応も確認せずに中へと入る。すると、数秒と経たずに、中から星貴妃の嗚咽するような声が聞こえてきた。

「妃嬪様!?」

「無理もない。あれは、紘宇ではない。ただの、骸だ」

珊瑚は意を決し、中へと入る。内部は部屋の四方に灯篭が置かれ、独特な強い匂いを放っていた。石の棺に、紘宇は横たわっていた。

その姿を見て、珊瑚は膝から崩れ落ちる。紘宇は首、左腕、両足が切断された状態で、戻ってきていた。

頭部があった部分に布がかけられているが、そこには何もない。それはあまりにも無慈悲で残酷で、衝撃的な姿だった。

困惑、悲嘆、絶望、悲しみ、苦しみ、憎しみ、恨み、怒り、苛立ち――さまざまなものが珊瑚に押し寄せ、強い感情に押しつぶされそうになる。

声もでない。涙もでない。ただただ、脳がぐらぐらと滾るような熱さに侵されていた。

説明できない感情に支配され、身動きすら取れなくなる。

時間が経つと、じわりじわりと怒りが湧き上がってきた。いったい、誰が紘宇を殺したのか。どうして、こんな酷い姿になるまで切り刻んだのか。

あのような痛めつけ方は、賊がするようなことだ。ここで違和感を覚える。

祖国の騎士達は、ここまで人の尊厳を粗末にする戦い方はしない。人の命を奪う時には、急所を一点突きする。珊瑚も、そう習った。人体を深く切りつけると剣が悪くなる。それに、人を斬ると、体力も精神も擦り切れる。騎士の気力だって無限にあるわけではないのだ。さらに、戦場でこのような見せしめを行うことも禁止されていた。

皆、騎士道に則って、剣を握り戦っているのだ。いくら、敵将が恨めしいからと、こんな下卑た行為をするわけがない。ならば、いったい誰が殺したのか？

そんなことを考えてどうするのかわからなかったが、今は他に何も考えられない。

全身が沸騰しそうなほどの怒りに満たされ、紘宇にかけるつもりだった言葉すら消えてなくなっていた。

祖国の騎士が殺したようには思えない。紘宇は兵部の兵士達に恐れられていた。だが、恨みを買っていたというわけではなく、話をする者の言葉尻には尊敬が滲んでいるように感じられた。だから、味方兵士が紘宇を手にかけた可能性も低い。

もしかしたら、ここにいるのは紘宇ではないのでは？　そんなことすら考えてしまった。

辛過ぎる現実から目を背けるために閉じていた眼を開く。視界の端に、地面に伏す星貴妃が見えた。肩を震わせ、紘宇の死を嘆いている。

かける言葉は、見つからない。紺々ならば、なんと声をかけただろうか。

彼女はいつでも落ち込む珊瑚を励ましてくれた。けれど、いざ自分が誰かを案じる立場になった途端、どうしていいのかわからなくなる。

紺々が珊瑚にかけてくれた言葉を振り返っていたら、ある一言にハッとなった。

——前向きに生きていたら、奇跡のような光の粒が、おのずと集まってくるのです。

その言葉は、珊瑚の心を占めていた、黒く醜い靄のようなものを、ほんのわずかだが取り払ってくれた。

しかし、だからといって気分が完全に晴れたわけではない。

それでも、このままここで蹲っていては、いけないということはわかる。どれだけ泣いても、怒っても、紘宇は戻ってこない。それよりも、確認すべきことがある。

大きく息を吐き出し、珊瑚は一気に立ち上がった。横たわる紘宇は、直視できない。すぐに踵を返して、遺体安置室からでる。部屋の外には、顔色の悪い永訣が佇んでいた。

勇気を振り絞り、話しかける。

「あ、あの、こーうは、どのようにして、発見されたのでしょうか？」

その質問に対し、明らかな嫌悪感を顔にだす。だが、永訣は状況説明をしてくれた。

「想定外の敵の強襲により、陣形も組めぬまま戦いとなったらしい。紘宇は、最前線で指示をだしていたが、潜伏していた騎士に囲まれ、味方から離されたあと、捕らわれてしまった。その翌日に、遺体となって放置されているところを、味方兵士が見つけたのだ」

どうやら、直接手にかけたところは誰も見ていないらしい。一瞬見えた遺体が纏っていた装備は、将軍職の装いではなく一般の兵士の装備と同じに見えた。

「あの、服装が、兵士と同じように見えたのですが……？」

「ああ、あれは、装備がなくて、仕方なく着ていたようだ」

紘宇は永訣に、とにかく現場は物不足で困っていると訴えていたらしい。

「せめて、いい鎧を装備していたら、腕の怪我もしなかったし、無残に殺されることもなかったかもしれない。どうして私は、紘宇のためにそれをしてやらなかったのか」

悔やんでも遅い。ただ、永訣は何もしていなかったわけではない。都で戦っていたのだ。役人の悪政に苦しむ民のために、奔走していた。その中で、紘宇のことは後回しになっていたのだろう。

「紘宇は、死なないと思っていた。昔から運がよく、馬車にぶつかっても、流れの速い川に落ちて流されても怪我も病気もしないまま、大人になった」

永訣は紘宇のことを、劣勢さえも跳ね返すような強運の持ち主だと思っていたようだ。

「私はかつて、紘宇が産まれる前の日に、夢を見たのだ。地上に降り立った龍に片膝を突く、精悍な青年の姿を」

この国での龍という生き物は、神をもしのぐ尊い存在とされている。彼こそが、汪家を繁栄に導く。産まれた紘宇を一目見た瞬間から、永訣はそんなふうに確信したらしい。

「私は昔から、紘宇に賭けていた。だから、一番に後宮へと送り込んだし、戦場にいくようにも命じた」

しかし、紘宇は死んでしまったのだ。

「けれどなぜ、顔がわからないのに、こーうだとわかったのですか？」

「私は、戦場にいる紘宇に剣を送った。その剣を、握った状態で発見されたのだ」

剣は手から離れず、今も握っているらしい。その剣とは、紘宇が後宮にいる間、寄越すようにと再三手紙を送り続けていたものであった。

「そ、れは……？」

珊瑚は震える声で問いただす。

「珠珊瑚、お前が祖国から持ち込んだ、宝剣だ」

珊瑚の持っていた宝剣とは、メリクル王子より賜ったものである。永訣はそれを紘宇が欲しがっていると勘違いし、託したようだ。

「どうした？」

「あ、あれは……メリクル王子の、剣です」

メリクル王子は暗殺対象になっていた。顔を覆う兜を装着した状態ならば、紘宇とメリクル王子の見分けなどわかるはずもない。判断材料は王家の紋章がある宝剣しかないのだ。

「なんということなのだ！　紘宇は、私の託した剣のせいで、殺されたのか？」

紘宇は珊瑚に宝剣を取り返してあげたいと思っていたので、永訣に要求していたのだ。

それを、永訣は紘宇が欲しいと勘違いし、戦場へと送った。

永訣のせいというわけではない。珊瑚も、紘宇の死に関与している。

しかし、胸が苦しくなって、真実を言えなかった。

再び、珊瑚は紘宇のもとへと戻る。ちらりと姿が視界に入ってしまい、嗚咽が零れた。

ふらふらとした不確かな足取りで向かったのは、石の床に伏して嘆く星貴妃のもとである。丸められた背中を摩りながら、声をかけた。

「妃嬪様……」

「す、すまぬ、珊瑚……私が、戦場へ向かう汪紘宇を、と、止めていたら……」

珊瑚は首を横に振る。

「すべては、こーうが決めて選んだ道です。妃嬪様は、悪くない」

そう、ここにいる者達に、罪はない。皆が皆、それぞれ迷った中で判断を下したのだ。

「一点、報告があります。こーうが今、握っている剣なのですが、あれは、メリクル王子の宝剣、でして」

珊瑚が汪永訣に取り上げられていた品であった。以降、言葉が続かなくなる。

息を吸い込んで、吐いた。言わなければ。そう決意し、真実を口にする。

「私が欲していたので、こーうが牡丹宮に送るよう、陳情していたのです」

それを永訣は紘宇が欲しがっていると判断し、戦場に送った。

「宝剣を使ったこーうが、暗殺対象になっていたメリクル王子と間違われた可能性も、あるのです……」

「なっ、そのようなことがあったとは……」

あまりにも強く握っているので、手から離れないらしい。

鞘はもう片方の手に握っていたのだろう。こちらも手から離すことができなかったから
か、腕ごと切断したようだ。

「しかしなぜ、剣ではなく、鞘を奪ったのだ？」

「鞘に、王家の紋章が彫られていたのです。だからでしょう」

「そうか」

あまりにも残酷で、悲しい運命だった。幾つもの偶然が重なった結果である。

紘宇はこのまま埋葬されるらしい。

「剣は、どうする？」

「こーうが守り、遺してくれたものですので」

珊瑚の手元に置いておきたいと思う。

「ただ、死後硬直をしていて、手から剣は離れなかったのだろうな」

「ええ……」

珊瑚は意を決し、立ち上がる。紘宇の最期を見届けなければと思ったのだ。視界に、首
と片腕、足が欠けた姿が映り込む。目の前がぐにゃりと歪み、呼吸ができなくなる。

「珊瑚！」

「しっかりしろ」

倒れそうになったが、星貴妃が肩を支えてくれた。

「す、すみません……」

しっかりと、見なければ。どんな姿になっても、ここにいるのは珊瑚の愛した紘宇に違いないのだから。

もう一度、紘宇を見る。たしかに、メリクル王子の宝剣を握っていた。だが――。

「え⁉」

珊瑚は瞠目する。

「どうしたのだ?」

「こ、これ……」

珊瑚は剣の柄を握る手を指さした。すると、星貴妃もハッとなる。

「おかしいな」

「はい」

二人が違和感を覚えたのは、剣の握り方だ。通常、剣は小指から人差し指までしっかり締め、親指はまっすぐに握る。これが、華烈風の持ち方である。しかし、宝剣を持つ手は拳を丸め、ただぎゅっと握りしめただけと言えばいいのか。まったく、武人の握り方には見えなかったのだ。

珊瑚は指先にも注視する。牡丹宮にきてから執務漬けだった紘宇の手には、剣だこと筆だこの両方があるのだ。死後硬直している指先を、剣の柄から剝がしていく。

「くっ、本当に、硬い」

「折るなよ?」

「はい」

なんとか、手を広げた状態にする。手のひらに顔を近付け、ジッと観察した。

その手は剣だこも筆だこもない、綺麗な手だ。紘宇の手は、もっとごつごつしていて大きい。それでなくとも、この手の持ち主は戦う者の手には見えなかった。

もう一点。珊瑚は腰の辺りを探る。紘宇は珊瑚が託した琥珀の紐飾りを、帯に結んでいたのだ。それも身に着けていない。

それらのことを考えると、この遺体はおそらく――紘宇でない可能性が浮上する。

「ひ、妃嬪様、彼はこーうでないかもしれません」

「ということは、ここにいる彼は誰なんだ？」

「わかりません」

戦争の混乱に紛れて、兵士に扮し盗みを行う者がいるらしい。おそらく、この体の持ち主もそうだろうと星貴妃は予測していた。しかし、相手が死している以上、事情を問うことはできない。盗みを働いたという証拠はないので、珊瑚と星貴妃は、しばし黙禱する。

そして――永訣に事情を話すことになった。

ここにあるのは紘宇の遺体ではない可能性を話すと、永訣は激しく動転した。無理もない。紘宇と思っていた遺体が、別人のものかもしれないからだ。

珊瑚と星貴妃で体を支え、先ほどの客間へと移動する。

「そういうことだったのか。首も片腕も、両足もない状態では、判別がつかない」

「ええ、それが普通です」

「紘宇と恋仲であるお前だからこそ、気付いたのだろう。感謝する」

だからといって、騎士達に捕らわれた紘宇が生きている保証はなかった。

「許されるのであれば、今すぐにでも、探しにいきたいのですが――」

珊瑚には役目がある。これから半刻後にも、それを果たさなければならない。

「いけばいいではないか」

あっけらかんと言い放ったのは、星貴妃だ。

「珊瑚、お主だったら、上手く潜入もできるかもしれぬ」

「妃嬪様、しかし、私には狸仮面の剣士をする役目があります」

「今、狸仮面の剣士をしているのは、お主だけではない。だから、気にするな」

本当にいいのか。目を伏せる珊瑚に、永訣が頭を下げた。

「珠珊瑚よ、私からも、頼む。どうか、弟を探しにいってくれないだろうか？」

「汪紘宇を捜せるのは、珊瑚、お主しかおらぬのだ」

その言葉が、後押しとなる。珊瑚はまっすぐな目を向け、頷いた。

第五章　男装宮官は愛のために戦う

その後、珊瑚は牡丹宮へと戻り、身支度をするようにと命じられた。

「妃嬪様……本当に、ありがとうございます」

「よい。その代わり、お主は何があっても戻ってこい」

「もちろんです」

早く旅支度をするよう、背中を押される。

「もう、私のもとに挨拶などこなくてもよい。一刻も早く、でかけるのだ」

「はい、承知いたしました」

「次に会う時は、調査結果を報告する時だ」

星貴妃は珊瑚の背をばん！　と力強く叩いた。

「気を付けろよ」

「はい！」

「では、いってまいれ」

星貴妃の命を受け、珊瑚は私室へと急いだ。急ぎ足で歩いていると、さまざまな感情が入り乱れる。あの無残な遺体は紘宇ではなかった。だが、身元不明の誰かが死んでいることに変わりはないので、手放しでは喜べない。

けれども珊瑚の胸に希望が芽生える。故郷の者に捕らわれているのならば、殺されている可能性は低い。捕虜を痛めつけたり殺したりすることは、騎士道精神に反するからだ。

珊瑚は紘宇を、きちんと確認したかった。腕を怪我していたと聞いていたので、生きていたとしても完全に無事な状態であるとは言えないだろう。

本当に死んでいたとしたら、今度こそ供養したい。紘宇に直接、ありがとうと言いたかった。私室に戻ると、紺々とたぬきが出迎える。

「珊瑚様！」

「くうん！」

いち早く駆け寄ってきたたぬきを片手で抱き上げ、そのあとやってきた紺々もぎゅっと抱きしめる。おそらく、紺々とたぬきは星貴妃と珊瑚の様子から、何かあったのだと察したのだろう。珊瑚は紺々の耳元で囁く。

「こんこん、こーうが死んだという連絡があり、遺体確認にいきましたが、その遺体はこーうではありませんでした」

「そ、そんなことが、あったのですね」

「はい。ただ、華烈軍は相変わらずの劣勢で、苦戦を強いられているそうです。こーうは敵軍に捕らわれ、生死はいまだ不明です」

となった。

「そう、でしたか」

紺々を離し、目と目を合わせた状態で話す。真剣な眼差しを向けていたら、紺々はハッ
「珊瑚様、まさか――！」

「こんこん、私は、今から戦場へこーうを捜しにいってきます」

「そ、そんな！」

紺々は顔を覆い、その場に膝を突く。

「こ、こんこん！」

「汪内官がいなくなって、さ、珊瑚様までいなく、なるなんて！」

珊瑚も膝を突き、紺々の顔を覗き込む。頭を撫で、幼子を諭すように語りかけた。

「こんこん、私は、かならず戻ってきます」

紺々は珊瑚を彗星のようだと言ってくれた。一度流れた星は戻ってこない。燃え尽き、キラキラと瞬いて空の塵となる。しかし、珊瑚はそうならない。結果はどうであれ、かならず牡丹宮に戻ってくる。その決意を口にした。

「今度は、こんこん。あなたを目指して、戻ってきます」

「さ、珊瑚様！」

「くうん、くうん！」

再度、珊瑚は紺々とたぬきを抱きしめる。今まで、珊瑚は自分のことを後回しにして、

他人のために生きてきた。今日初めて、珊瑚は自分のために行動を起こすのだ。

紺々やたぬきと別れを惜しむ気持ちは尽きないが、旅支度を行わなければならない。

珊瑚は紺々と共に、準備を始める。まずは、身なりを整える。狸仮面の装いはやや華美なので、黒い服が用意された。顔が見えないよう、商人が被っているようなつばの広い帽子も用意する。続いて手荷物の準備を行った。風呂敷を広げ、着替えに地図、財布や食料と、必要最低限のものを持っていく。たぬきが近付き、口に咥えていたものを珊瑚の手のひらに落とした。

「くうん」

それは、生の栗の実だった。たぬきの朝食だったらしい。あとで食べようと取っていたものを、珊瑚に持っていくよう渡したのだ。

「たぬき、ありがとうございます」

「くうん！」

頭を撫でると、嬉しそうにすり寄った。

「珊瑚様、私からも」

「これは？」

「翼家の商船に乗ることができる、旅券です」

現在、紺々の実家であり商家でもある翼家は、戦場への物資の運搬をしているらしい。

通常であれば関係者以外立ち入ることはできないが、紺々の手紙と共にある旅券があれば話は別だという。紺々の二番目の兄が忍ばせていた、たった一枚しかない旅券である。

「泣き虫で意気地なしの私がいつでも後宮からでて、逃げられるようにと用意してくれていたみたいです。まさか、役立つ日がくるとは思いませんでした」

「こんこん、ありがとうございます」

珊瑚は単独で馬を駆り、陸路でいこうと考えていたのだ。海路であれば、半分以下の日数でいくことができる。

「私にできることは、これくらいしかありませんが」

「いいえ、そんなことはないです。こんこんは、本当に謙虚ですね」

「そんなことを言ってくださるのは、珊瑚様くらいですよ」

「またまた」

もうそろそろ、出発しなければならない。珊瑚はもう一度、紺々とたぬきを抱きしめた。

「こんこん。あなたは、私の自慢の友です」

「ううっ、珊瑚様、私なんかが友だなんて」

「お友達です。そうですよね？」

「あ、ありがとうございます！」

珊瑚はポロポロと涙を流していたが、それは喜びの涙だった。しゃくりあげる紺々の背を、珊瑚は優しく撫でた。

「こんこん、戻ってきたら、たくさんお話しましょう」

「はい」

「おいしいお菓子も、用意して、たぬきと、れいみさんと一緒に、お茶会もしたいです」

「はい」

「こんこんの歌も、また聞きたいです。私が二胡を弾くので、歌ってくれますか？」

「もちろん、私の歌でよろしかったら、いくらでも」

「うれしいです」

ここで、珊瑚は紺々とたぬきから離れる。風呂敷に包んだ荷物を背負い、金の髪は見えないように外套の中に入れ、最後に笠帽子を被った。

「では、いってきます」

「いってらっしゃいませ、珊瑚様」

珊瑚は紺々とたぬきの見送りを受け、牡丹宮をでた。


珊瑚は二人と別れ、牡丹宮をあとにする。周囲を警戒しながら、宮廷の敷地内から脱出する。大通りにでたら、商人に扮した閹官が珊瑚に馬を手渡す。珊瑚は馬の手綱を引き、街の中心にある大正門のほうへと向かった。

街の様子は変わりつつある。悪政を強いる役人がぐっと減ったからか、賑わいを取り戻していた。道行く人々の表情も、いくぶんか明るい。市場にも、まともに品物が並ぶようになった。まだ流通は完全に回復していないのだろう。物価は高めだ。買い物客はまけるように言い、商人は困った表情を浮かべていた。大通りを抜け、兵部が行う検問の列にぎょっとする。長蛇のように並ぶ、人々の列があったのだ。これは、一刻半くらい並ぶのを覚悟しなければならない。そんなことを考えていたら、背後より声をかけられる。

「旦那様、そこの、馬を引いている、男前の旦那様！」

珊瑚は旦那様ではないが、華烈の者からしたら男に見えている可能性があった。男前という言葉には該当しないのではと思ったが、振り向かざるをえない。なぜかと言ったら、かけられた声の主を知っていたから。珊瑚が振り向くと――男装姿の星貴妃がいた。

「やはり、あなた様でしたか」

「ああ、そうだとも」

一人できたわけではなく、閹官の護衛を数名つけていたらしい。珊瑚と目が合った護衛役の閹官は散り散りとなる。星貴妃は珊瑚の前にずんずんと歩いてきて、背負っていた細長い包みを差し出した。

「これは？」

「お主の大事な剣だ。忘れておっただろう」

「いえ……」

一度、宝剣は証拠品として汪永訣が持ち帰ってしまったのだ。それを、星貴妃がすぐに取り返してくれたらしい。

「あ、ありがとうございます」

珊瑚は感極まり、涙目で宝剣に手を伸ばしたが——剣を持つ星貴妃の手はすぐに引っ込められた。

「あ、あれ?」

「この剣は、私が持ち歩く」

「も、持ち歩く?」

「お主は、私がやった三日月刀があるだろう?」

「え、ええ、そうですが……持ち歩くというのはどういう意味なのかと」

「そのままの意味だ。それに、お主も剣を二本も持っていたら、動きにくいだろう?」

その物言いは、まるで星貴妃が珊瑚の旅についてくると言っているようなものである。

恐る恐る、珊瑚は星貴妃に問いかけた。

「あの、妃嬪様」

「ここでは、紅と呼べ。呼び捨てでいい」

「では、べに」

すうっと息を大きく吸い込んで、ゆっくりと吐き出す。意を決し、疑問を口にした。

「もしかして、私の旅についてくるつもりですか?」

「もちろんだ。言っただろう? 別れの言葉は不要だと」

出発前、星貴妃は珊瑚に出発前の挨拶はいらないと言っていたのだ。それは、一刻も早く出発せよという命令かと思っていたが、違ったようだ。

「あの、べに、私が今から向かうところは――」

「戦場なのだろう？　わかっておる」

「とても、危険な場所です」

「言われずとも、理解しておるぞ」

星貴妃はまっすぐな目で珊瑚を見ながら言った。

「私は、さまざまなものを見て学びたい。これから先、そんなことも叶わないだろうから」

未来のために、見聞を広げたいと言う。星貴妃は揺るがない。珊瑚がいくら引き留めても、ついてくるだろう。だったら、折れて条件を提示したほうがいい。

珊瑚は、旅立つ前に約束を交わす。

「では、べに。三つ、約束をしてください」

「なんだ？」

「まず、危険が迫っていたら、逃げること。二つ目は、私に危険が迫っても、絶対に助けないこと。三つ目は、何を見ても、何があっても、誰も恨まないこと」

星貴妃は顔を顰めたが、最終的には従うと約束してくれた。珊瑚と星貴妃は、出立の列に加わる。ここで、身分とおかしなものを持ち出していないかを調べるのだ。

「べに、その剣は大丈夫ですか？」

「心配するな。今日の門番は、以前お主が助けた者だ。話は通っておる」

「さ、さすがです」

想像していたよりも早く、列は進んでいく。半刻ほどで、検問をする兵士たちが待つところに辿り着くことができた。珊瑚と星貴妃の荷物を、きちんと調べるような仕草が取られる。怪しい宝剣は、素早く包みが広げられたあと、すぐに包みなおされた。

「問題なしだ。通れ」

「お、お疲れ様です」

「ご苦労だった」

珊瑚と星貴妃は、あっさりと都をでる。二人で馬に跨がり、港町へと移動する。半刻ほど走らせたあと、馬を休ませるために湖のほとりに止まった。星貴妃は竹筒に入れていた水をごくごくと飲み干している。

「そんなものまで持参していたのですね」

「ああ、そうだ。生水は腹を壊すからな」

固い決意と共に牡丹宮を飛び出してきたのに、想定外の旅の仲間を得てしまった。緊張感はどこかへ消え失せ、いつも通りの雰囲気となっている。

「次は、私が手綱を握る。お前は前に座れ」

「私が前に、ですか？」

「なんだったら、お姫様みたいに、横座りをしてもいいぞ」

「そ、それは、ご遠慮します」

その後、星貴妃は本当に手綱を握り、馬を駆った。見事な馬術だった。珊瑚は思う。星貴妃は屋敷の中にいるよりも、こうして外にいるほうが輝くのだと。旅に同行すると言われて戸惑ったが、今はよかったと思っている。

鬱憤が溜まっているのは、都に住む人だけではない。港町で働く者達も、さまざまな国の内事情に振り回されているのだ。ここ最近流通が滞り、不況の煽りも受けていたことから、商いを営む者は従業員を解雇していたらしい。しかし、流通の規制をしていた役人が投獄され、元通りの状態になった。すると、今度は人手が足りなくなる。現在、働き手をかき集めているようだが、地方に人が流れているようだ。なかなか上手く人が集まらず、港町で働く者達は辛い労働を強いられていた。その恨みは、戦争を仕掛けてきた異国人にも向けられている。

「お前の国のせいで、俺達はこんな目に遭っているんだ!!」

酒場で働く異国の少年が殴られる。店内にあった椅子を巻き込みながら、体は外に投げ出された。彼は戦争を仕掛けた国の者ではない。ただ、茶色い髪に、灰色の目を持っていたため、異国人であるという特徴が同じだけだった。ただ、酔っ払いに、その違いがわかるわけもない。殴られた異国の少年が転がり込んだ先は、顔を隠す笠帽子を被った黒衣の青年の前だった。

「大丈夫ですか？」

黒衣の青年は少年に手を差し出す。

「おい、そいつを助けることはない。そいつのせいで、国はおかしくなっちまったんだ」

「彼が、何をしたというのです？」

「こいつの祖国は、俺らに戦争を仕掛けてきたんだよ」

黒衣の青年は酔っ払いに言い返すことはなく、異国の少年の腕を握って立たせてやる。

「なんだ、お前、そいつを庇うのか!?」

酔っ払いが接近してくる。

「おい、珊瑚、止めろ。そやつに関わるな」

黒衣の青年には、連れがいた。同じく、黒衣に身を包んだ男である。

「大丈夫です」

そんな言葉を返したあと、少年に路地に逃げるよう耳打ちする。周囲には、なんの騒ぎかと人が集まってきた。酔っ払いの男が、酒場の路地へ駆け込む少年の邪魔をしようとしていたが――珊瑚と呼ばれた黒衣の青年が阻止する。

「お前、なんのつもりだ」

「別に。彼はただの労働者でしょう。戦争には、関係ない」

「いいや連帯責任だ。幸い、今日は敵国兵士の公開処刑がある。一緒に殺したほうがいい！」

公開処刑を知らなかったのか、黒衣の青年はビクリと肩を震わせる。その一瞬の隙を見逃さなかった酔っ払いは、フラフラとした足取りで黒衣の青年に近付いた。殴ろうと拳を突き出したが、酔っ払いの一撃が決まるわけがない。黒衣の青年はヒラリと避ける。

「よう、兄ちゃん！　いいぞ！」

「酔っ払いの親父も負けるな！」

そう、周囲が煽るものだから、酔っ払いはさらに攻撃を仕掛けてくる。足元がおぼつかない状態で繰り出される攻撃は、どれも粗末なものであった。

「おいおい、真面目にやれよ！」

「兄ちゃんもやり返せ！」

落胆の声に応じるべく、酔っ払いはとっておきの攻撃を仕掛けた。隠し持っていた短剣を抜き、黒衣の青年の顔面めがけて突いた。

「この、クソ野郎が!!」

酔っ払いとは思えない迫力に、周囲は沸く。ザクリと手ごたえがあったので、酔っ払いの男はニヤリとほくそ笑んだ。しかし、その一撃は回避されていた。酔っ払いの男が切り裂いたのは、黒衣の青年が被るつばの広い笠帽子だったのだ。

切り裂いた笠から、黒衣の青年の秀麗な顔が覗く。それを見た酔っ払いの男は、一瞬見惚れてしまった。それほどに、美しい男だったのだ。子どもの「あのお兄ちゃん、髪は金で、目が青い」という言葉で、酔っ払いの男は我に返った。

「お、お前、異国人ではないか！」

ザワザワと、周囲が騒がしくなる。その様子を聞きつけた兵部の者が駆けつけてきた。

「おい、お前達、何をしている⁉」

それを待っていましたとばかりに、酔っ払いの男は叫んだ。

「俺は、こいつに殺されそうになって、きっと、敵国兵士の味方で、復讐しにきたんだ‼」

そこから火が付いたように、周囲の感情も怒りに染まる。それは、世知辛い世の暮らしへの怒りが、そのまま異国人への怒りに変換されたものであった。

あっという間に、黒衣の青年は兵部の者に捕らわれる。

「珊瑚！」

連れが手を伸ばしたが、寸前で届かなかった。

「その者は違う！　悪者ではない！　皆も、見ていただろう⁉」

その叫びは、怒号にかき消される。人の波に押され、連れの青年はもみくちゃにされた。

誰かが、男装した星貴妃を指して言った。彼も、異国人の仲間であると。兵部の者が接近してくる。星貴妃はここで捕まるわけにはいかないと、走った。手に持った珊瑚の宝剣が重く、上手く走れない。しかし、これは大事なものだ。放すわけにはいかなかった。

路地を抜け、兵士をなんとか撒いて、港町の下町通りへとでる。

「――あ‼」

石畳に足を引っかけ、転倒してしまった。珊瑚の宝剣が手から離れたが、すぐに引き寄せる。服は裂け、露出した肌には血が滲んでいた。足がじんじんと痛む。どうやら、捻ってしまったようだ。道行く人達は星貴妃をちらちらと見るものの、誰も助けようとしない。皆、そんな余裕などないのだ。これが、皇帝不在の国。嘆かわしいと、奥歯を噛みしめる。そんな星貴妃に、手を貸す者が現れた。

「――大丈夫か？」

その者は、珊瑚と同じくつばの広い帽子を被っていた。そして、珊瑚と同じ白い肌を持ち、黒ではない目を持つ異国人だったのだ。

異国人の青年は、年頃は珊瑚と同じくらいか。珊瑚に負けずとも劣らない、見事な美貌の持ち主だった。そんな彼は、わずかに布からむき出しになった宝剣を見て目を剝く。

星貴妃が首を傾げていると、震える声で言った。

「それは、私の剣だ」

宝剣の持ち主ということは即ち――目の前にいる美貌の男は珊瑚の元主人、メリクル王子ということになる。

紘宇は一度会っていたが、星貴妃は初対面であった。なるほどと思う。男嫌いの星貴妃でも、見惚れてしまうような顔の持ち主であったからだ。

紘宇がメリクル王子に嫉妬の念を向けるのも無理はない。そんなメリクル王子の視線は、宝剣に一点集中していた。珊瑚に渡したはずの剣を、見ず知らずの者が持っているのだから、不審に思っているのだろう。

足を捻って動けない星貴妃に、ぐっと接近する。宝剣を見るためだ。腕の中にある宝剣は、布が解けて柄が見えている。鞘はないので、布の下では刃がむき出しの状態になっている。剣に触れようとするメリクル王子の手を摑み、星貴妃は言った。

「私はこの剣の持ち主を知っている」

「コーラルをか⁉」

コーラルというのは、珊瑚の本当の名だ。一度、聞いたことがあったのだ。聞き慣れない響きだが、美しい名前である。汪永訣が華烈風に〝珊瑚〟と変えるよう命じたのだ。

「コーラルはどこにいる？」

「すまぬが、ここでは話せない。どこか、別の場所で話したいのだが」

「実は私も人を待っていて、ここを離れるわけには――」

「ごめん、待った？」

メリクル王子の背後から、彼の待ち人が現れる。

「あれ？」

「ん？」

顔を見合わせた二人は、互いに驚きの表情となった。

「あ、あんた、なんでそんなところに⁉」

「お主こそ！」

メリクル王子の待ち人は、煉游峯だったのだ。

「バ、ババア、こんなとこで何をしてんの？」

「誰がババアだ。それに、同じ言葉を返す」

二人のやり取りに、メリクル王子は小首を傾げていた。

「ババアとは？」

「この女の人のこと。見た目は若いけれど、意外と年だから」

「煉游峯。あとで、覚えておけ……痛ッ」

動こうとしたら、捻った足が痛む。顔を顰めると、ふわりと体が宙に浮いた。メリクル王子が、星貴妃の体を抱きかかえたのだ。

「なるほど。游峯がババアと言った意味を理解した」

「なんだと⁉」

星貴妃を近くで見たら、意外と年を取っているように見えたのだろう。言葉の意味をそういうふうに受け取っていたが、違った。

「あなたは、女性だったのだな」

どうやらメリクル王子は星貴妃の性別を勘違いしていたらしい。

「すまない。故郷の女性は、男性用の穿きものを纏わないゆえに。まあ、例外もいたが」

「それは、私の国でも同じだ」

理由（わけ）あって、男装しているのだ。そんな話をしているうちに、游峯の先導で宿に着く。

腰を落ち着かせて、互いの近況を語り合うことになった。

宿は寝台のない、古びた部屋だった。天井には黴（かび）が生えていて、壁は黒ずんでいる。床は歩くたびに、ギシギシと軋んだ音を鳴らしていた。劣悪な環境であるが、身を隠すのにはうってつけらしい。床の上に直に座り、話を始めた。

「もう、大変だったんだよ！」

憤りながらそう話すのは游峯だ。メリクル王子と出会うまでは順調だったが、以降は困難な旅路だったらしい。

「この王子様、賞金首になっていたみたいで、次から次に命を狙われていたんだ」

景家の領土である島に滞在していたが、島から一歩でた途端に襲われたようだ。

「最初は客船でいこうと思ったんだけど、襲撃に遭って海に飛び込んで、近くの島まで泳いでいって――」

幸いにも、周辺には人の住む小さな村がぽつぽつと存在していたらしい。

「そこから漁船に乗って島から島へと乗り継いで……今に至るみたいな。いや、話したらそこまで大変には聞こえないだろうけれど、とにかくきつい旅だったんだ」

「游峯、すまなかった」

「別にいいけどね。終わったことだし」

これで牡丹宮にメリクル王子を連れ帰ったら游峯の任務は完了である。そう思っていたのに、新たな問題が浮上した。

「異国人への差別意識が高まっていて、悪評を垂れ流している役人をこらしめたまではよかったんだけど、今度は別の問題が浮上して――」

役人の悪評を信じた港の者達が、船でやってきた一人の異国人を捕らえたのだ。

「なんでも、その異国人は騎士の格好をしていたらしい」

「戦争の影響か？」

「たぶん」

戦争が起きたのはその騎士のせいだと主張し、捕らえたのだという。だんだんと、市民の怒りの矛先は歪んできている。罪のない者を、公開処刑しようと言っているのだ。

「メリクル王子が、その人を助けたいって言い出して」

「それは奇遇だな。実は珊瑚も、同じように捕らわれてしまったのだ」

「なんだと!?」

処刑は黄昏時。すでに、時間は迫っていた。

「私は珊瑚を助けたい。だから、協力してくれぬか？」

星貴妃の言葉に、メリクル王子は力強く頷いた。

同時刻――珊瑚は地下にある牢に連行されるようだ。手は背後に回され、きつく縄で縛られていた。急な階段を下り、石造りの牢屋の前にでた。薄暗くてよく見えないが、中には先客がいた。珊瑚は、その人物が気になっていたのだ。
もしかしたら、メリクル王子かもしれないと。牢の中に突き飛ばされ、ガチャンと重たい鍵が閉められる音がした。転倒した珊瑚に、先客は声をかける。

「うわっ、転んだ時ゴキッって変な音がしたけれど、君、大丈夫？　歯とか折ってないよね？」

それは、メリクル王子の声ではない。しかし——聞き覚えのあるものだった。

「あなたはもしや、ヴィレですか⁉」

「え、嘘、コーラル⁉」

捕らわれていたのは、かつてメリクル王子の近衛部隊で同僚だった少年である。互いに姿も見えないような中での再会となった。

「ヴィレ、どうしてあなたがここに⁉」

「コーラルこそ！」

「私は——」

正義感を振りかざした結果、捕らわれてしまった。紘宇の安否を確認するという目的があったにもかかわらず、不甲斐ないと思う。それだけではない。星貴妃を街に一人で残してきてしまった。見ず知らずの人を助けて、死を迎える。なんて、無鉄砲で浅慮なのだと己を責める。そんな事情を、包み隠さず打ち明けた。

「コーラルは、どこにいてもコーラルだったんだね」

「それは、どういう意味ですか？」

「だって、メリクル王子の時もそうだったじゃん。自分の命など顧みずに、庇ってさ。あの時、ああ、この人長生きしないなって思った」

人は簡単には変われない。それを、ひしひしと痛感してしまった。ヴィレの言うとおり、珊瑚はこれから処刑されようとしている。人生で二度目の、命の危機であった。

「ヴィレは、どうしてここにいるのですか？」

「僕？　コーラルを捜しにきたんだよ。会えたから、目的達成？」

「私を？」

「そう。メリクル王子が、コーラルのことを絶対見つけ出して国に連れて帰るって言っていたからさ。それを、叶えたいって思って。ほら、僕って仕事をするにも普段の生活でも、不真面目だったでしょう？　最後くらい、立派な務めを果たしたかったんだ」

ヴィレは珍しく、沈んだ声で言う。メリクル王子は、暗殺されてしまったと。

「何ヶ月か前だったかな。メリクル王子がコーラルを迎えにいくって、護衛もまともに連れずにここの国にきてさ」

華烈との戦争の材料にするため、メリクル王子は暗殺された。そんな事実を、盗み聞きしたらしい。

「そのあと、メリクル王子が行方不明だって知らせが届いたんだ」

捜査隊を派遣したいという旨を華烈側に送るも無視され、極秘で潜入した調査団の調べによってメリクル王子の暗殺が発覚した。

「暗殺計画から調査、戦争まで数ヶ月はかかっていたようだけど、まったくの茶番だよね」

珍しく、本当に珍しくヴィレは怒っていた。それだけ、政治の駒として利用されたメリクル王子の死は衝撃的だったのだろう。

「あの、ヴィレ？　その、メリクル王子は、ご存命です。暗殺が計画された日、私はメリクル王子と会いました。そして、私の剣の師匠と共に、暗殺者を返り討ちにしたのです」

その後、メリクル王子は国に帰っても殺されるだけだと言い、見聞の旅へとでかけていった。その後の行方は知れないが、きっと生きていると珊瑚は信じている。

「そうなんだ。メリクル王子、そうだったんだ」

ヴィレの強張った声は、だんだんといつもの優しいものに戻っていく。

「よかった。コーラルにも会えたし、メリクル王子のご存命もわかったし」

ヴィレは手探りで珊瑚の手を探し当て、ぎゅっと握る。

「僕、家族の中でも出来損ないでさ、馬鹿にされていたんだ。でも、メリクル王子とコーラルは違った。僕を、公爵家のヴィレじゃなくて、ただのヴィレとして見てくれた。それが、嬉しかったんだよね」

だから、戦争の最中、任務を放棄し抜け出して珊瑚を捜しにきたのだと話す。

「まあ、僕も後宮の住人にしてくれないかなっていう下心があったんだけどね」

「後宮？」

「うん。君は今、〝さんご〟っていう名前で、後宮のお姫様の愛人をしているんでしょう？」

その情報は、ヴィレが知りうるはずもないことであった。珊瑚は眉を顰める。

「ヴィレ、その情報は、誰から聞いたのです？」

「捕虜だよ。片言の言葉で話しかけてきて、コーラルのことを知っているかって、聞いてきたんだ」

ドクンと、珊瑚の胸は大きな鼓動を打つ。拙い異国語を話し、後宮の事情を知る者など、一人しかいない。

「ヴィレ、その人の名は、わかりますか⁉」

握られていたヴィレの手を、ぐっと握り返す。

「痛っ！」

「あ、ごめんなさい。つい……」

一度落ち着き、居住まいを正してから問う。

「知り合いかもしれないんです。私の、大切な方で」

「そうなんだ。名前は、えっと――〝おー・こーうー〟だったかな？」

「こーう！　やはり、こーうだったのですね⁉」

「う、うん。たぶん。怪我をしていてボロボロだったけれど、綺麗な顔をしたお兄さん」

やはり、紘宇は生きていた。捕虜として、捕らわれていたのだ。珊瑚の心の中の靄が、晴れていく。

「ああ……よかった。本当に……」

ヴィレの勇気ある行動のおかげで、珊瑚は紘宇が生きていることを知ることができた。

心からの礼を述べる。

「ヴィレ、ありがとうございます」

「あの人、祖国で死亡扱いだったんだ」

「はい、そうなんです」

駐屯地で拘束されてはいるものの、三食与えられ、怪我は治療された状態で休ませているという。

「華烈軍がわりとね、少ない兵数で善戦するものだから、手っ取り早く指揮官を捕えようって作戦になったみたいで」

その読みは当たった。優秀な指揮官を失った華烈軍は、急激に勢いを失った。

「たぶん、一ヶ月もしないうちに、都へ進撃してくると思うけれど」

「それは、阻止しなければなりませんね」

「でも、珊瑚がいったからって、どうにもならないよ？」

「メリクル王子だったら、止められるかもしれません」

「え、メリクル王子を捜すっていうの？」

「それしか方法はありません」

無謀な作戦であるとわかっていた。しかし、紘宇が生きていることを知った今、珊瑚にできることはメリクル王子を捜し出して戦争を止めること以外ない。

「ヴィレ、付き合ってくれますか？」

「いいけれど――」

ヴィレが返事をした瞬間、銅鑼(どら)の音が鳴る。

「これは、なんの合図でしょう？」

「いや、これ、僕達の処刑の時間が、そろそろ始まりますよってやつ」

銅鑼の音がけたたましく鳴る。こうやって、処刑の見物人を集めているのだ。

「処刑の知らせだって、なんて嫌な音なんだ」

「ヴィレ、何か尖ったものは持っていますか？」

「持っていたら、とっくの昔に拘束を解いているよ」

珊瑚の落胆したため息を耳にしたヴィレは、「うが～～！」と叫んだ。

「ヴィレ、どうかしました？」

「どうかしているのは、コーラルのほうだよ！　僕達、今から殺されるんだよ？　きっと、錆びた汚い剣で、首を何度も斬りつけられるんだ！」

「すみません。なんだか、実感がなくて」

「危機感を持って！」

ヴィレは一人捕らわれている間、迫りくる死の恐怖と戦っていたらしい。

「それなのに、コーラルったら、実感がないって」

深い深いため息をヴィレは落とした。

「でも、よかった。こうして、最期にコーラルに会えて」

「ヴィレ」

二人で過ごした時間は一年と、そう長くはない。しかし、共にメリクル王子に仕える仲間で、確かな信頼関係にあったのだ。

「もう、こんな機会がないから言うけどさ。僕、コーラルのことが好きだったんだ」

「ヴィレ、私もです」

「ま、待って。コーラル、僕のこと好きだったの？」

「はい。弟のように思っていましたが」

「それ、違う好きじゃん！　あ〜もう、コーラルのそういうところ、嫌い！」

「あの、そういうところとは？」

「鈍感なところだよっ!!　メリクル王子も苛つくわけだ」

ヴィレはがっくりと項垂れる。暗闇に包まれた中、そんな姿が見えた。だんだんと、地下の暗さに目が慣れてきているようだ。

「こうなったらはっきり言うけれど、僕はコーラルのことを異性として好きだったの。家族とか兄弟とかそういう親愛的な意味じゃなくて、男と女の関係になりたかったってこと」

「えっ!?」

ヴィレの告白に、珊瑚は驚いて言葉を失う。

彼の好意にまったく気付いていなかったのだ。

「今まで言わなかったのは、メリクル王子もコーラルのことが好きだったから」

「メ、メリクル王子まで!?　それは、勘違いではないのですか!?」

「そんなわけないでしょう？　メリクル王子は、一回、結婚の話を断っているんだよ？」

それは、ヴィレの父親が持ち込んだ婚約話だったらしい。

「コーラルに結婚を申し込むから、少し待ってほしいって言われたってね。はっきり、父上から聞いたよ」

「そ、それは……たしかに、そのような申し込みはありましたが……あれは、婚期を逃した私を気の毒に思っての申し出かと思っていました」

その場で断って以降、メリクル王子は何も言ってこなくなった。

「本気ならば、何度か言ってきたはずです」

「本気だからこそ、一回しか言わなかったんだよ」

「そうとは知らずに、申し訳ないことをしました」

「本当、残酷だよね。メリクル王子の話を知っていたせいで、僕もコーラルに好きって言えなくなったし。まあ、さっき言っちゃったけれど。これから死ぬから関係ないよね」

あの時、メリクル王子の求婚を受けていたら、また違う未来があったのか。

珊瑚は考えるが、首を横に振る。

「それにしても、私を好いてくれていたなんて、信じられないのですが」

「たぶんね、男とか、女とか、そういう次元の好きじゃないんだよね。人として好ましいというか、ずっと一緒にいたいっていうか。コーラルの、どこまでも真面目で、穏やかで、清廉潔白なところって、本当に、眩しいんだ」

「ヴィレ……ありがとうございます」

じんわりと、胸が温かくなる。嬉しくて、とても光栄な気持ちで心が満たされた。騎士として在った自分は間違っていなかったのだと、実感することになる。

瞼が熱くなり、涙が零れそうになった。

「そういえば、捕虜のお兄さん、おー・こーうーとコーラルは、どういう関係なの？」

「こーうは、その……後宮で、とてもお世話になった人であり、上司でもあり、剣の師匠でもあり、それから……」

紘宇は珊瑚の恋人であると、消え入りそうな声で珊瑚は言った。

「え⁉」

ヴィレはカッと目を見開いて驚く。

「待って、恋人って、あの、おー・こーうーと恋仲だったってこと⁉」

珊瑚は顔を真っ赤にしながら、コクリと頷く。

「え、なんで⁉　どうやってコーラルとそんな雰囲気になったの⁉」

信じられないと、ヴィレは叫んだ。地下牢に、ヴィレの声が響き渡る。

「あの人、真面目そうで理性の塊のようにも見えたけれど」

「そうです。こーうは、そんな方です」

ヴィレは目を見開き、口をあんぐりと開けていた。

「嘘でしょう？　呆れるくらい鈍感なコーラルが、誰かと恋仲になるなんて」

「私も驚きました。しかしこーうへの想いが、愛であると気付くのに、そう時間はかかりませんでした」

「信じられない」

　相談に乗ってくれる友達がいたのだ。祖国には、それほど距離の近い女友達がいなかったので、そういったことにも疎かったのだろう。珊瑚はそう思っている。

「え、でも待って⁉」

「どうかしましたか？」

「おー・こーうーって人、コーラルのこと、男って言っていたよ⁉」

「はい」

「いや、はい、じゃなくて！」

「こーうは、私のことを、男だと思っています」

「でも、恋人同士って、あの人、男が好きなの⁉」

「わかりません」

　その辺は、詳しくは聞いていない。

「もしも再会できたら、私が女であることを、一番に伝えようかなと思っています」

「女性だとバレて振られたら、どうするの？」

「その時は、その時です」

　紘宇が生きているだけで、珊瑚は嬉しい。これ以上、望むものはない。そういうふうに考えていた。話が途切れた瞬間、地下牢の奥より足音が聞こえる。

「とうとう、僕達にもお迎えがきたようだ」

「ええ」

五名の看守がやってきて、足の拘束を解く。自分で歩いて、処刑場まで向かえと命じてきた。珊瑚とヴィレは顔を見合わせる。足が自由だったら、十分戦えるのだ。

ただ、その機会は今ではない。まずはこの地下牢を抜け出さなければならないのだ。

看守は珊瑚の胸倉を掴み、力ずくで立ち上がらせる。ヴィレも同様に。

コツコツと、足音を響き渡らせながら地上にでた。一刻ぶりの太陽の光に、珊瑚は目を細めた。立ち止まってしまったので、看守に棒で突かれる。から足を踏むようにして、再度歩みを進めた。逃亡の機会を窺っていたが、思っていた以上に警備が厚い。警戒が薄くなるのは、処刑台の上しかないのか。見物人がいる中、どこまで逃げられるのかが問題である。建物の中からでて、路地裏を歩く。

小さな子どもが、処刑が始まると弾んだ声で言っていた。公開処刑は娯楽なのだ。

どうしてこんな世の中になってしまったのだと、珊瑚は内心で嘆く。

『ねえ、コーラル、どうするの？　僕達、本当に殺されてしまうよ？』

『ええ、そうですね』

看守に話の内容を聞かれないよう、祖国語で会話をする。

『また、そんな呑気なことを言って！』

『ヴィレ、お願いがあるんです』

珊瑚はとっておきの作戦を、ヴィレに実行するよう頼み込んだ。

ついに、処刑台へと辿り着く。公開処刑の会場となった広場には、大勢の人々が押し寄せていた。皆、鬱憤が溜まっているのだろう。珊瑚とヴィレが現れた瞬間、ワッと歓声が起こった。

『うわ、最悪。本当にやだ』

『二度と、見たくない光景ですね』

処刑台には、仮面を装着した首切り役人がいる。珊瑚にとっては、見慣れた相手である。

『見てよ、コーラル。あの処刑人の持つ剣、血が付いているし、錆びているよ』

『ですね』

何人もの罪人を屠った剣なのだろう。悍ましいものであった。

まず、選ばれたのは珊瑚であった。役人に棒で押され、頭部を置く台の前に膝を突くよう指示される。首切り役人が珊瑚の頭を雑な手つきで摑み、台の上に押さえつけた。鉄でできたそれは、酷くヒヤリとしていた。珊瑚のすぐ目の前に、錆び付いた剣がぬっとでてくる。観衆の期待はどんどん高まる。罪人の死を恐れている者は、誰一人としていない。

人の不幸を見て、自分はまだ大丈夫なのだと安堵する。日頃の鬱々とした感情を、人の死に乗せて発散させるのだ。恐ろしいと、珊瑚は体を身震いさせる。死を恐れず、感覚が麻痺した人を作ってしまう今の世を。

正さなければならない。もとの、平和な世に。そう珊瑚は強く思った。

ちらりと横目で首切り役人を見た。圧倒的優位な状態にいると思っているからか、隙だらけだ。もし、珊瑚の作戦が失敗しても勝てる。

珊瑚は拘束されている両手で拳を作り、ヴィレに合図をだした。

すると、ヴィレは左右を囲んでいた看守を振りきり、珊瑚の隣に並んだ。そして、叫ぶ。

「この人は、悪い人、アリマせん!!」

ヴィレの華烈語は、わざとらしく片言だった。しかし、それが却って注目を浴びる結果となる。観衆はヴィレの言葉に、耳を傾けていた。

看守がヴィレを取り押さえるが、それでも口は自由だったので叫び続ける。

「悪いことは、していまセン！　正体は、タヌキ仮面の、剣士、です！」

処刑されようとしていたのは、都の大英雄〝狸仮面の剣士〟である。その事実が明らかとなった途端、広場の雰囲気が変わった。一丸となっていた民衆は、その熱気を困惑へと染めていく。なぜ、狸仮面の剣士が異国人なのだと、疑問の声が飛ばされる。

ヴィレはすかさず答えた。

「彼は、後宮で働く閹官で、セイ貴妃の命令で、虐げられた民を、助けてイタンダ!!」

この処刑は、狸仮面の剣士が悪人に仕立てられた茶番だ。ヴィレはそう主張した。

誰かが、声をあげる。役人が狸仮面の剣士を邪魔に思ったから、処刑するのではないかと。

ざわざわと、人々の審議の声で騒がしくなった。そうこうしている間に、顔を布で隠した誰かが処刑台へと上ってきた。看守を殴り、首切り役人には見事な蹴りをお見舞いする。

「え⁉」

驚きの表情を浮かべるヴィレの手を縛る縄を、ナイフで断つ。続いて止めに入った看守には、拳をお見舞いしていた。ヴィレは手渡されたナイフで、珊瑚の拘束を解いた。瞬く間に看守は倒され、珊瑚は自由の身となる。顔を布で隠した者が、叫んだ。

「英雄は助けられた。再び、力なき民を救うだろう‼」

そう言って、珊瑚の手を引いて処刑台から下りていく。ヴィレもあとに続いた。

広場に集まった者達は、道を空けてくれる。路地裏を走り、大通りを抜け、下町へと辿り着いた。そして、営業しているのか怪しい襤褸宿の中へと入る。

ギシギシと音の鳴る廊下を歩く中、珊瑚は目の前を歩く者に声をかけた。

「助けてくださって、ありがとうございます」

ここで、パッと手を離される。

「あの、あなたは？」

その問いに答えるかのように、頭部のすべてを覆っていた布が外された。さらりと流れる美しい髪は、黒ではない。珊瑚と同じ、異国人の持つ色合いである。

「あ、あなた様は⁉」

「久しいな、コーラルよ」

珊瑚を助けてくれたのは、メリクル王子だった。珊瑚は慌てて片膝を突くが、メリクル王子も同じように床に膝を折って目線を合わせた。

「あ、あの、メリクル殿下……」

「私はもう王族ではない。だから、そのように畏まる必要もない」

メリクル王子は遠い目をしながら話す。

「立場や身分は、周囲にいる者達が作るものだ。国をでて、一人になって、私はようやく気付いた」

王子が王子でいられるのは、大勢の臣下がいて、果たすべき職務があるからこそである。はっきりと、そう述べた。

「私がもしも王子のままだったら、お前を助けてやれなかっただろう。華烈で私の身代わりになって、処刑されそうになった日のように」

大事な者を助けられないような立場や身分など、無意味なものである。メリクル王子は強い口調で言った。

「私は、国に戻ってからも自責の念に苛まれていた。あの時、お前の申し入れを受けるべきではなかったと、ずっと後悔していたのだ」

だからこそ、メリクル王子は危険を顧みず、珊瑚を助けに華烈へとやってきた。

「そんな私の行動が、まさかこんな事態を引き起こすことになるとは思いもせず――」

「殿下……」

見つめ合う二人を邪魔するように、扉が開く。

「しかし、この国はこのままではいられぬ。〝劇薬〟となる出来事が、必要だったのだ」

二人の会話に口を挟んだのは、星貴妃であった。

「ひ、妃嬪様！」

「感動の再会を邪魔して悪かったな」

「いいえ」

星貴妃の体は、游峯が支えていた。足を挫いたという話を聞き、珊瑚は瞠目する。

「誰かに襲われたのですか？」

「違う。久々の全力疾走ゆえ、体が思うように動かなかったのだ。残念だが、この先の旅には同行できぬ。私の旅はここまでだ」

ここで、想定外の提案を受ける。

「なんだったら、お主ら三人で戦場にいってくるとよい」

「え――メリクル王子やヴィレも戦争に？」

「そうだ。この戦争を唯一止められるのは、彼しかおらぬだろう」

たしかに、星貴妃の言うことも一理ある。

「だがしかし、騎士の大半は、私の顔を知らぬ」

メリクル王子は公式行事には滅多に顔をださなかった。加えて、騎士達の前に顔をだす閲兵式は、第一王子の仕事として割り当てられていたのだ。そのため、顔はほとんど認識されていない。

「私も、戦争を止めるために何かしようと思った。しかし――」

自らがメリクル王子であるという証はどこにもない。血統は、口では説明できないのだ。

「先ほども言ったが、立場や身分は自身に流れる血が証明するのではない。周囲の者が、それを認めた時に、そうなるのだ」

もし、戦場にいったとしても、メリクル王子であると周囲に認めさせることは極めて困難なことのようだ。俯くメリクル王子に、星貴妃はある提案をした。

「だったら、あれを持っていけばいいだろう」

星貴妃が指差したのは、布に包まれた剣。それは、王族のみが持つことを許される宝剣である。

「しかしあの剣は、納めるべき鞘がないだろう？」

王家の紋章は、鞘にのみ入っているのだ。王族としての証明になるわけがないとメリクル王子は切って捨てたが、珊瑚が一言物申す。

「メリクル王子。あれは、剣だけでも特別なものです」

金の柄を持つ美しい剣を掲げ、命令を出す王族の姿は凛々しく、印象的だった。騎士ならば誰もが、剣だけでもそれが王家の者であるとわかるだろう。

「宝剣があればきっと、王族の者であると証明できるはずです」

「わかった。ならば、私も戦場へいこう。コーラル、ヴィレ、付き合ってくれるな？」

珊瑚とヴィレは同時に頷く。戦争を止めることができたら、きっと捕虜である紘宇も解放されるに違いない。ここで、星貴妃に紘宇の生存を報告していなかったことに気付く。

「そうだ、妃嬪様！　こーうは、生きているんです！　ヴィレ……元同僚に聞きまして」

「やはり、そうだと思っていた。あの男が、戦場でうっかり命を落とすなど、ありえん」

珊瑚と星貴妃は手と手を取り合い、喜びをわかち合う。

「お前とは、ここでお別れだ」

星貴妃は游峯を連れて、牡丹宮に戻るようだ。

「妃嬪様……」

「珊瑚よ、かならず、汪紘宇を連れて帰れ」

「はい！」

珊瑚は星貴妃に抱きしめられる。耳元で、あることを囁いた。

「翼家の商船に乗っている船乗りに、話はつけておいた。夕方の便に乗って、戦場近くの港までいくのだ」

「ありがとう、ございます」

こうして珊瑚は星貴妃と別れ、メリクル王子、ヴィレを伴って海を越える。

船旅は案外快適で、まったりとしたものだった。ただし、男性二人と珊瑚が同室であることを除いては。用意されたのは大人三人が並んで眠れるほどの、最低限の広さしかない船室であった。

「まさか、華烈の船乗りがコーラルを男と見ていたとは！」

憤るのはメリクル王子である。ヴィレは明後日の方向を向いていた。

「華烈の女性は小柄なので、仕方がないことです」

「しかし――」

「このまま大人しくしていましょう。私は大丈夫ですので」

まともな旅券を持っていないヴィレやメリクル王子が船に乗れたことは、奇跡のようなことである。これ以上、問題は起こさないほうがいい。それが、珊瑚の考えであった。

ここで、今まで大人しくしていたヴィレが口を挟む。

「いや、コーラルは大丈夫でも、こちらが問題ありというか……」

三日間の船旅である。唯一の女性であるコーラルを気遣って疲れてしまうことは目に見えていた。

「私のことは、どうか男だと思って接していただければと思います」

「いや、それが難しいんだけれど」

船は広大な海原を進んでいく。問題を抱えた男女を乗せて。

目的地は、すぐ目の前だった。


久々に集まった三人は、近況を語り合う。

「コーラル、お前は、どのように暮らしていた？」

「私は――」

汪家の当主、永訣に男と間違われ、紘宇に連れられて皇帝の妃が住まう後宮で働くことになる。そこで星貴妃や紺々と出会い、優しい人々に囲まれて暮らしていた。

「言葉が通じなくて大変でしたが、皆、親切な方ばかりで」

ここで、珊瑚と旅をしていた紅が、星貴妃であったと告げる。

「あの者、なかなか気難しい女性のように思えたが、本当に親切だったのか？」

男性嫌いの星貴妃はメリクル王子が近付き話しかけるたびに、嫌悪感丸出しの表情をしていたらしい。まるで、野生の野良猫のような警戒心だったと評する。

「妃嬪様は、その、男性関係でいろいろあって。私も、最初は男と勘違いをされていたので、距離を取られていました」

そんな星貴妃であったが、今はすっかり打ち解けた関係にある。

「騎士ではなくなった私の、主君でした。あの御方がいるおかげで、私は私らしくいられたのです」

「そうだったのか」

一方、メリクル王子は珊瑚がいなくなったあと、苦悩の日々を過ごしていたらしい。

「お前は、私の人生に必要な者だったのだ。いなくなってから、気付くとは――」

「そんなことはないと思うのですが」

「そうだな。大事に思う者は、お前だけではない。その時の私は弱り切っていて、コーラルしかいなかったのだと思い込んでいたのだ」

外交に失敗し、何も手につかない状態で帰国したメリクル王子を、周囲は冷ややかな目で迎えた。それが仕組まれた悲劇と知らず、塞ぎ込む毎日を送っていたと話す。

「コーラル、お前が帰ってきたら、以前のような生活に戻れると思っていたのだ。だから、再度華烈へ乗り込むという、無謀なこともした」

メリクル王子は家族の反対を押し切り、まともに護衛も連れずに単身で華烈へと渡った。運よく珊瑚と再会し祖国へ帰ろうと誘ったが、断られてしまったのだ。

「拒絶されることは、想定外だった」

「申し訳ありません。逃げるという選択が、どうしても選べなくて」

「いや、お前はそういう者だった。私が、失念していたのだ」

開き直ったメリクル王子は、国に帰らず見聞の旅にでる。

「これがまた、酷い目の連続だったが……まあ、後悔はしていない」

旅の中で、メリクル王子は人の心の温かさと奉仕の心を学んだという。

「これまで見てきたことのすべては、城では学べぬことばかりだった。世界は美しいが、残酷で――」

「けれど、優しい。殿下、そうですよね？」

珊瑚の言葉に、メリクル王子は頷いた。

「戦いごとなど、つまらぬことは今すぐにでも止めなければ。この国は、戦争よりもすべきことがある」

それは──王の統治である。メリクル王子は迷いのない声で言い切った。

「私も、何か手伝いたいと思っている」

「と、いうのは？」

「未来のための、国づくりだ」

メリクル王子が政治に関わるのならば、これ以上に心強いことはない。現在、中央機関は人手不足で困っていると聞いた。

「敵国の王子であった私を、華烈が受け入れるかはわからないが」

「そんなことないですよ。私を受け入れたくらいですから」

「まあ、その辺の話はおいおいだな」

まずは、両国間の戦争をどうにかしなければならない。

話は、近況を語ることに戻る。

「ヴィレは、どうしていた？」

「殿下、僕のこれまでに、興味があるのですか？」

「まあ、わりと」

話せと言われたので、肩を竦めながら語り始める。

ヴィレは珊瑚やメリクル王子ほど、波乱の日々を過ごしていたわけではないと話す。

「一回戦場にでたのですが、悪魔のように恐ろしい敵将軍に尻込みしてしまいまして」

「優秀な武人がいたのだな」

「ええ。おー・こーうーという名の者ですが」

紘宇の名前が出た途端、メリクル王子の眉がピクリと動いた。

「ほう。あの男、コーラルの傍におらぬと思ったら、戦場にいっていたのか」

「殿下のお知り合いですか？」

「まあ、な」

仲がいい関係には思えなかったのか、ヴィレはこれ以上話を突っ込んで聞かなかったようだ。

「話は戻りますが、戦場で使えないと判断された僕は、捕虜を監視する役目を言い渡されたのです」

そこに紘宇が連行され、ヴィレは再び紘宇を目にすることになる。

「もう、手負いの獣のように暴れて……最終的には麻酔を打って大人しくなってもらったようです」

「まるで猛獣だな」

「本当ですよ」

その後、しばらく経って落ち着いた紘宇から珊瑚の話を聞いて、会いにいくことになり――。

「今に至るというわけです」

「なるほどな」

「ヴィレも、いろいろ大変だったのですね」

「メリクル殿下やコーラルに比べたら、ぜんぜん大変でもないんだけれど」

奇跡が起こって、こうして三人は再会できた。神に感謝すべきことだろう。

船旅は順調で、着々と戦地に近付きつつある。だが、果たして上手くいくものなのか？

もしも、失敗などしたら？　そんな考えは、尽きない。しかし、不安は口にするべきではないと誰もが理解していた。じっくり作戦を練って、実行するばかりである。

三日後——ようやく目的地に到着した。荒廃したその土地では、強い風が黄砂を巻き上げている。異国人であるとバレないようつばの広い笠を被り、全身を覆う外套を纏って肌の露出も極力抑える。そんな状態で、戦場の情報収集を港町で行った。

誰に話を聞いても、同じ情報しか得られなかった。それは、華烈軍は壊滅状態であるということ。それを聞いた珊瑚達は、華烈軍の駐屯地へと向かった。

華烈軍の駐屯地には、一日一回、都から運ばれた物資が馬車で届けられる。交渉して、それにこっそり乗せていってもらえることになった。

珊瑚、メリクル王子、ヴィレの三人は荷物と荷物の隙間に縮こまって座る。この地は開拓が完全でなく、道も整っていないからか馬車は大いに揺れた。地面からの衝撃を吸収するばねが入っていない車体は、ガタゴトと大袈裟な音をたてながら道を進むのだ。

戦場までの所用時間は一刻半ほど。揺れる馬車の中、ヴィレが珊瑚に話しかけてくる。

「それにしても、コーラル。劣勢の敵軍に交渉にいくとか、正気？」

「劣勢だからこそ、いくのですよ」

おそらく、華烈軍は藁をも摑みたいような状況に違いない。

「このまま騎士隊に戻っても、メリクル王子に害を成す一派がこの戦場でのまとめ役だったら、私達の存在はなかったものにされてしまいます」

大事なのは、王族に忠誠を誓う多くの騎士に、メリクル王子の生存を認識させること。

そのために、珊瑚は華烈に終戦の交渉を持ちかけ、騎士隊の状況を探るのだ。

辛い移動時間を耐え、華烈軍の駐屯地に到着する。

そこはポツポツと天幕が張られており、見張りの兵士が行き来していた。皆、顔色が悪い。言わずもがな、酷い疲労困憊状態のように見える。検品を行う兵士がやってきたので、珊瑚は一歩前にでて星貴妃より預かった巻物を見せた。

「わたくしは牡丹宮より派遣されました、宮官の珠珊瑚と申します。こちら、星将軍への密書をお届けするためにまいりました」

兵士はぽかんとした表情を見せていたが、急を要する内容だと言うと報告にいってくれた。続いて、将軍の副官を名乗る若い青年が現れる。珊瑚は副官に、星貴妃からの密書を手渡した。四半刻後、星将軍のもとへと案内される。

「コーラル、伝令体制も、めちゃくちゃになっているね」

「もう、寄せ集めの状態になっているのでしょう。皆、配属された部門とは、別の仕事をするしかないように見えます」

すぐそばで、救護を行う兵士を見ながら珊瑚は話す。

大勢の怪我人がいた。救護用の天幕に入りきらないのか、外にまで兵士達が寝かされている。隣では、慣れない手つきで包帯を巻いている兵士がいた。しだいに血の匂いが濃くなり、珊瑚は眉間に皺を寄せる。重傷人がいるであろう天幕の中からは、断末魔のような叫びが聞こえてきた。珊瑚は思わず立ち止まり、奥歯を噛みしめる。そんな彼女の背を、メリクル王子は鼓舞するように叩いたあと耳打ちした。

「コーラル、早く終わらせるぞ」

「ええ、そう、ですね」

華烈の国旗がはためく天幕の中には、星貴妃の親戚である星将軍が険しい顔で腰かけていた。その表情から、事態の厳しさを珊瑚は読み取る。メリクル王子が天幕に入ってくると、星将軍は立ち上がって会釈していた。

「メリクル殿、お初にお目にかかります」

「ああ。貴殿の噂はかねがね聞いていた。私も、会えたことを光栄に思う」

星将軍は国民人気が高い将軍の一人で、過去の戦争の武勇はいたる場所で語り継がれていたようだ。メリクル王子は見聞の旅の中で、何度も星将軍の話を聞いていた。

「清廉潔白な人物で、信用に足る者だと誰もが話していた。ここを取りまとめるのが貴殿だからこそ、私はこうして会いにきたのだ」

「メリクル殿……」

星将軍の警戒は、メリクル王子との会話を重ねるうちに和らいでいく。見事な人心掌握術を、珊瑚とヴィレは目の当たりにしていた。

「時間がない。本題へと移ろう。私の生存を、多くの騎士達に知らせたい。さすれば、戦争は終わる」

「しかしそれは、どうやって？」

戦場となったら、誰も聞く耳は持たないだろう。かといって、今更親書を送っても取り合うわけがない。

「奇襲するという情報をあえて流し、それに応戦する騎士達に、訴えるほかない」

「なるほど。それで、その密告をする兵士は？」

ここで、ヴィレが「あ！」と声をあげる。

「ヴィレ、どうかしましたか？」

「いや、嫌な予感がして」

メリクル王子はヴィレを振り返り、ふっと柔らかな笑みを向けていた。

「ヴィレ、正解だ」

「ええ～～！」

メリクル王子はヴィレに命じる。奇襲するという旨の密告書を騎士隊へ届けるようにと。

「任務を抜け出してきたお前に、ぴったりなひと仕事だろう？」

「ううっ……」

　メリクル王子が考えた筋書きはこうだ。任務を放棄し、勝手に抜け出したヴィレは華烈軍に拘束されてしまった。しかし、隙を突いて抜け出す。ついでに、華烈軍の極秘作戦を入手した。華烈軍側の動きを熟知した騎士隊は、それの裏をかく作戦を考えるだろう。

「こうして集まった騎士に、私の無事を伝えたら――」

「戦争は終結となる？」

「ああ、そうだ」

　果たして上手くいくのか。それは誰にもわからない。しかし、やるしかない。

「コーラル、お前もヴィレといけ」

「私も、ですか？」

「ああ。ヴィレの捕虜として同行し、汪紘宇を連れ帰ってくるのだ」

　まさかの役割に、珊瑚は胸が熱くなる。

「しかし、殿下の護衛は？」

「お前は、もう私の騎士ではないだろう？」

「しかし」

「お前は、お前の人生を生きろ。私も、私の人生を生きる」

　メリクル王子は、珊瑚に抱拳礼をしてみせた。それは、祖国での珊瑚との決別のようにも見える。

今はもう、主従関係ではない。そう、示しているようにも見えたのだ。

珊瑚も、同じように抱拳礼を返す。彼女もまた、祖国との決別を決意した。

珊瑚が華烈側の捕虜役をするには、変装をしなければならない。まず、メリクル王了が使っていた黒く長い鬘を借りた。

「これは、人の多い街中で着用していたものだ。ここは異国人に対し、優しくない国だからな」

メリクル王子は、ヴィレが何もしていないのに処刑されそうになったことを恨めしく思っているようだった。

「ま、まあ、一部の人達でしょうが」

近くに華烈の兵士がいたので、珊瑚はメリクル王子の批判を和らげるよう補足する。

周囲に不信感を抱かせないように、華烈の言葉で会話しようと提案したのはメリクル王子だ。しかし、先ほどのように心の内を隠すことなく批判しては、まったく意味がない。

こういう時、語学が堪能だと困るのだ。しかめ面となった兵士に、珊瑚は会釈をしつつ謝罪する。メリクル王子はまったく気にしていないようだった。

「コーラル、少しでも危険を感じたら、戻ってくるんだぞ」

「はい」

「ヴィレも、コーラルを頼んだぞ」

「仰せの、通りに」

一度、解散となる。珊瑚は物置として使っている天幕の中で、身なりを整えることになった。メリクル王子に借りた鬘を被り、一つに結ぶ。捕虜らしい雰囲気をだすために、髪はぼさぼさの状態にした。続いて、華烈の兵士から借りた防具を装着する。メリクル王子は、女性である珊瑚には大きいかもしれないと言っていたが——寸法はぴったりだった。

完璧な兵士の変装となったが、女性の身としては複雑だ。しかし、男のような体格のおかげで、紘宇や星貴妃、紺々、たぬきと出会えた。

よかったと思うようにしよう。珊瑚は自身にそう言い聞かせる。

身支度を終え外に出ると、ヴィレやメリクル王子が待っていた。二人の視線を一身に受け、珊瑚はしどろもどろな様子で質問する。

「えっと、ど、どうですか？」

メリクル王子は目が合うとサッと顔を逸らす。ヴィレははあと盛大なため息を吐いた。

「だめ、ですか？」

その問いかけには、ヴィレが答えてくれた。

「いや、だめっていうか、男前過ぎるというか」

そんじょそこらの男より恰好いいと評される。

「え、ですが、服もボロボロですし、頭もボサボサで」

「それが、なんか妖しい色気をかもしだしているというか。言いにくいんだけれど、女性としての色っぽさじゃなくて、いい男感のあるやつ」

「なんですか、それは」

思いがけない評価に、珊瑚はがっくりと肩を落としてしまう。

「そういえば、今回指揮している隊長、綺麗な顔の男が好きなんだ」

「え⁉」

「だから、おー・こーうーは、いい部屋で手厚い看護を受けていたんだと」

「あ、あの、こーうは、無体を働かれていたりしませんよね？」

「それは大丈夫。怪我人に変な気は起こさないって言っていたから」

「そうでしたか」

紳士でよかったと、珊瑚は思った。しかし、このままでは珊瑚も目を付けられてしまう。

何か対策を練る必要があった。

「どうすれば、普通の捕虜っぽくなりますか？」

「ちょっと、顔を土で汚してみたらどう？」

メリクル王子がさすがにそこまでしなくていいと止めたが、珊瑚は普通の捕虜になるため、進んで顔に土を塗り付けた。

「今度こそ、大丈夫ですよね？」

メリクル王子とヴィレのほうを見たが、二人同時に顔を逸らされた。

「コーラル、ごめん。正直に言ってもいい？」

「ど、どうぞ？」

「顔に土塗ったら、男ぶりが上がった」

ヴィレの感想に、珊瑚は大きく息を吸い込んで叫んだ。

「私は、男ではありません‼」

華烈にやってきてから、一番主張したかった言葉なのかもしれない。叫びには、珊瑚の切実な思いがこれでもかと込められていた。

「いや、わかっているけれど、鏡で見てみなよって。鏡なんか持っていないか」

「ええ」

鏡を持っていない時点で、女性としての何かが欠けているのかもしれない。さらに、ヴィレに鏡を持っていないだろうと断言されてしまったことも、よくないことだろう。

女性が身に付けておくべき美意識が乏しい証拠だ。

「まあ、目を付けられたらむしろ、汪紘宇の傍にいけるかもしれん」

メリクル王子が明後日の方向を見ながら言った。先ほどから、メリクル王子は一度も目を合わせない。気の毒過ぎて、直視できないのだろう。代わりに、ヴィレが珊瑚の手を握って激励した。

「コーラル、もしもの時は、思いっきり股間を蹴り上げるんだよ」

「そういう状況には、なりたくないものです」

「僕も、なるべく加勢するから。こうなったら、徹底的に味方するから」

「心強いです」

「任せて！」

ヴィレは胸をどんと叩き、心配は何もいらないと言った。

そんなこんなで、珊瑚とヴィレは偽の作戦が書かれた密書を持って騎士隊の駐屯地を目指す。ヴィレは珊瑚の手足を縄で縛り、馬の上にうつ伏せにして乗せた。自らも跨がり、白旗を掲げながら馬を歩かせる。そして――見張りをしていた騎士が、ヴィレを発見した。

瞬く間に取り囲まれ、尋問を受ける。

「お前、逃亡した公爵家のドラ息子じゃないか」

「そうです……僕はドラ息子です」

ヴィレは自身の悪口を素直に受け入れ、降参の姿勢を取る。

「逃げたあと、華烈軍に見つかってしまって。でも、耳よりな情報と、華烈のお偉いさんの息子を捕虜として捕まえました」

「何？」

騎士は珊瑚の顎に剣の柄を当てた。目の色を見られないよう、さっと瞼を閉じる。

「これは――薄汚れているが、綺麗な顔をしている」

「レノン隊長が好みそうだ」

「連れていくか？」

「ああ、そうだな」

騎士達の会話を聞いた珊瑚とヴィレは遠い目となり、共に明後日の方向を向いた。

珊瑚は即連行された。

「あ、こいつ、脚が折れてるんで」

レノン隊長とやらは怪我人相手には紳士という情報を信じ、珊瑚は脚を負傷しているということにしておく。念のため、目も見えず、瞳を閉じているということにしておいた。

さすれば、瞳の色がバレずに済む。

「なるほど。脚を怪我していたから、変な馬の乗せ方をしていたんだな」

「ええ、まあ」

腹ばいで馬に乗るというのは、珊瑚の腹筋力とバランス感覚があって成せる技である。足を怪我しているという設定では、こう運ぶしかなかったのだ。

びゅうと強い風が吹く。砂交じりの風は、視界をぼやけさせていた。

「クソ、今度は向かい風か」

騎士の一人が呟く。珊瑚が上官であったら、口の利き方がなっていないと叱咤していた。

しかし彼は、名も知らぬ騎士で部下ではない。常に真摯であり、紳士であれという騎士隊の教えは、末端の騎士にまでいき届いていないのだろう。

珊瑚は騎士隊のすべてを知っているわけではない。粗野な者も多いと聞く。この辺りは、仕方がないのかもしれない。そう、考えるしかなかった。

半刻ほどで、騎士隊の駐屯地に辿り着いた。そこには、きちんと衛生管理がなされた、立派な天幕がある。衛生兵は清潔な服を纏っており、怪我人が地面に寝転がる様子は見受けられない。物資も豊富にあるようだ。人手と物資不足でボロボロだった華烈軍とは違い、環境が整った駐屯地だった。脱走騎士ヴィレの帰還と捕虜を捕まえてきたという知らせは、騎士達の好奇心を刺激したようだ。天幕の中から、騎士達が次々とでてくる。

珊瑚はぎゅっと目を閉じ、瞳の色を見られないようにした。すれ違う騎士の喋る声が聞こえる。新しい捕虜だ、と。

「前にも、華烈の兵士が捕まっていたな」

「ああ、なんでも、将軍職だったらしい」

話の続きが気になるものの、珊瑚を乗せた馬が立ち止まることはない。別の騎士達も、捕虜となった紘宇であろう男の話をしていた。

「なんでも、この前の捕虜は総隊長のお気に入りらしくて」

「あれだろう？　恐ろしく顔が美しい男だったとか」

「男に美しいとか使うなよ」

「いや、俺もそう思ったが、当て嵌(は)まる言葉がないらしい」

その意見には、珊瑚も心の中で頷いてしまう。切れ長の目を持ち、整った目鼻立ちをしている紘宇は、絶世の美男子だ。メリクル王子もたいそう美しい顔(かんばせ)を持っているが、それに負けず劣らずといった具合である。

そんな紘宇は、危機的状況の中で捕まっていた。早く助けなければ。

その前に、ヴィレの持ってきた情報に上層部が釣られるかが大きな課題である。

馬は並足で歩いていく。十五分ほどで、総隊長のいる天幕の前に辿り着いたようだ。

珊瑚はどくどくと、胸が高鳴っているのを感じた。上手くいく。きっと上手くいくのだ。

そんなことを考えつつ、自らの身はヴィレに任せる。

「うっ、重たい」

馬に乗せられた珊瑚を抱き上げ、担いだヴィレはそんなことを口にする。失礼なと言いかけて、ぐっと言葉を呑み込む。後宮では毎日三食おいしい食事が用意され、騎士隊にいた時のような一日通した訓練などもない。運動量は大きく減っていた。そのため、体重が大きく増えているかもしれないと珊瑚は内心慄く。

「ふっ……うっ、よいしょっと！」

ヴィレは気合いのかけ声と共に、珊瑚を運んでいた。申し訳ないと思いつつ、大人しく捕虜役を行う。

天幕の中へと入った。内部は薄暗い。おそらく、砂の混じった風を避けるために、完全に閉めきっているのだろう。

ヴィレは珊瑚を広げられた敷物の上に下ろす。怪我をしているという設定なので、ゆっくりと寝かせた。

「先ほど報告にあった、脱走兵と捕虜を連れてまいりました」

「ご苦労」

声は想定していた以上に若々しい。しかし、若くても三十前後だろうと、推測する。

彼が噂のレノン隊長なのだろう。瞳の色がバレたらいけないので、目はしっかり閉じておいた。まず、配置場所から脱走したヴィレへの処分が言い渡される。

「ヴィレ・エレンレース。お前には、エレンレース公爵より見つけ次第帰還させるよう、懇願書が届いている。上層部の許可は下りているから、即帰国しろ。処罰はそのあとだ」

エレンレース公爵家は騎士隊に多くの資金を投じ、騎士隊経営陣の重役でもある。そのため、申し出は無視できないようだ。

ただ、ヴィレの行いに情状酌量の余地はなく、しっかり処分してくれと言っているらしい。

「今すぐ荷物をまとめて夕方の船で帰れ」

「えっ、そ、それは……」

「なんだ？　脱走兵の癖に、まだ戦場に残りたいと？」

「いえ……」

思いがけない命令に、ヴィレは戸惑っているようだった。彼に対して放任主義だった父の、優しさとも取れる。

「それから、捕虜は怪我をしていると？」

「はい。それから目を負傷しているようで、見えないようです」

「そうか」

レノン隊長は珊瑚の前にしゃがみ込み、顔を覗き込む。

「ほう？　なかなかいい男ではないか」

想定内の発言である。しかし、続けざまに言われたことは、想定外のものであった。

「お前――もしや、コーラル・シュタットヒルデではないのか⁉」

珊瑚の胸はドクンと跳ねる。記憶を探ってみるものの、レノンという名の知り合いはいない。いったいどうして？　自問するが、答えは見つからなかった。

どうしようか。迷っているうちに、ヴィレが間に割って入る。

「あの、かの、いえ、か、彼はコーラル・シュタットヒルデではありません」

「いや、しかし――」

コーラルがちょっとした諍(いさか)いに巻き込まれ、華烈に捕らわれたのちに幽閉状態にあるという話は有名だった。そのため、レノン隊長はそう思ったのだろう。

そんな危機的状況であったが、ヴィレは見間違いであると主張する。

「私はコーラルの元同僚でした。毎日会っていた人を、間違えるわけがありません」

「それは、そうだが」

「それはそうと、レノン隊長はコーラルと知り合いなんですか？」

「いや、知り合いではない」

レノン隊長の返答に、ヴィレはその場でズッコケそうになる。

「だ、だったらなんで、コーラルだと思ったのですか？」

「彼……いや、彼女だったか、コーラル・シュタットヒルデは、芸術品のように美しい人だった」

恍惚の表情で、レノン隊長は語る。

「騎士としては小柄だが、均衡のとれた体に、しなやかな筋肉、そしてなんといっても、騎士隊随一の美しい顔は、ずっと眺めていても飽きない」

レノン隊長の熱弁に、部屋の中の空気が凍りつく。語る本人だけが、熱を帯びていたのだ。ヴィレだけはこのままではいけないと思ったのか、レノン隊長に問いかける。

「え～っとつまり、レノン隊長はコーラル・シュタットヒルデの信仰者だった、ってことでしょうか？」

「まあ、そうだな」

暇さえあれば、珊瑚のことを覗きにいっていたようだ。まったく気付いていなかったことを幸せに思えばいいのか、騎士失格だと落ち込めばいいのか、珊瑚にはわからない。

「何度も、私の部隊に勧誘しようと誘ったが、メリクル王子は頷かなかったのだ」

「それは……彼女は優秀な騎士でしたし」

「そうなのだ。コーラル・シュタットヒルデは、極めて有能な騎士だった」

ぐっと拳を握り、レノン隊長は熱く語っている。

「結婚とか、申し込まなかったのですか？」

「いや、それはない。彼女に求めていたのは、男らしい美しさであるがゆえ」

「え～っと、つまり？」

「私は、雄々しい者を愛でるのが好きなのだ。剣を交えたり、話をしたり、望むのはそれくらいだ。芸術品たる彼らに触れるなど……とてもできないっ!!」

「へ、へえ〜〜、そうなんだ」

レノン隊長の特殊な趣味はひとまず置いておき、ヴィレは話を本題に戻す。

「それで、ここにいる彼はどうします？」

「交渉材料として価値のある男なのか？」

「それはもう」

将軍である汪紘宇を使い、華烈軍に取り引きを持ちかけたところ、取り合ってもらえなかった。しかし、この珠珊瑚という男は、皇家の血が流れており、華烈も無視できないと。

ヴィレはこの場で適当にでっちあげた情報を、しれっと報告している。

「あ、あと、これが、華烈軍の次の作戦が書かれた密書です」

レノン隊長は密書を受け取り、読み始める。

「これは本物なんだな？」

「それはもう。これがなかったら、平気な顔をして戻ってこれませんよ」

「そうだな」

密書は副官の持つ銀の盆に置かれ、丁重に扱われていた。ここで、ヴィレの任務は完了となる。あとは、珊瑚がどういう扱いを受けるかが問題であった。

「それにしても、彼は本当にコーラル・シュタットヒルデに似ている。おい、瞼を開いてみせないか」

「あ、いや、その、彼は、目の病気で、瞼を開くことができないのです」

「む、そうなのか？」

「はい」

レノン隊長は珊瑚の肩をむんずと摑み、筋肉量を確かめる。

「若い鹿のような筋肉だ。剣を握れば、いい動きをするだろうに、もったいない」

「え、ええ。そうですね」

レノン隊長は珊瑚の肩から腕にかけてを、遠慮なく摑む。珊瑚の全身に鳥肌が立っていたが、耐えなければならない。

「この者は――そうだな。私の天幕へ連れていってやれ。顔を綺麗にして、服を着替えさせ、目は医者に見せるといい。ヴィレ・エレンレース。お前はしばらく、彼の世話でもしておけ」

「了解であります」

ヴィレは綺麗な敬礼を返し、再び珊瑚を持ち上げる。

「うっしょ、どっこいしょ……うっ、重たい!!」

ヴィレの言葉が地味に珊瑚の心を傷つける。痩せなければと、ひっそりと目標を立てた。

レノン隊長の私室に、紘宇の姿はなかった。天幕の中は簡易的な寝台と、机、着替えを入れた木箱があるばかり。

「几帳面な人っぽいね」

「ええ」

外にいる見張りの騎士に聞こえないよう、珊瑚とヴィレはヒソヒソ話をする。

「一応、奇襲は今日の夕方ってことになっているから。夜はレノン隊長と二人きりで熱い夜を過ごす、ってことにはならないと思う」

「そうならないことを、祈っていますよ」

「それにしても、コーラルはいろんな人にモテていたんだね」

「まったく嬉しくありませんでしたが」

男だったらよかったのにというレノン隊長の切実な一言は、珊瑚の胸を深く抉（えぐ）った。

「あとは、おー・こーうーの居場所を捜さなきゃ」

「ええ」

「僕に任せて」

作戦があるという。ヴィレは珊瑚の耳元に、コソコソと囁いた。

珊瑚に耳打ちされた作戦は、すぐに決行された。

「た、大変だ!!」

ヴィレが慌てた様子で、外にいる騎士に報告する。

「おい、どうしたんだ?」

「何事だ？」

「捕虜の男が、苦しんでいるんだ！」

「なんだと!?」

天幕の中で手足を縛られた捕虜の珊瑚は苦しげな声をあげ、のたうち回っている。

「何かの発作か!?」

「今すぐ、医師の手配を」

騎士達の素早い対応を、ヴィレは制止する。

「待って！　これはうちの医者ではわからないかもしれない」

華烈独自の病気で、不治の病である旨を伝える。あまりにも珊瑚が苦しそうにするので、騎士達は心配そうに眉間に皺を寄せていた。

「いったいどうすれば、彼はよくなる？」

「君は柑橘（かんきつ）を絞った水を用意して！　さっきから、彼が欲しいって言っているんだ」

「わかった」

時間稼ぎのため、あえて柑橘入りの水を頼んだ。これも、ヴィレの考えた作戦である。

そして、捕らわれている華烈の将軍・紘宇ならば、発作の止め方を知っているかもしれない。ヴィレは聞きにいこうと提案する。

「あの男は、医者ではないだろう？」

「三人に一人が発症する病気なんだ。きっと、何か知っているはずだ」

必死の形相で言われ、ついに騎士は「わかった」と頷く。

「しかし、俺達の中の誰も、華烈語は喋れないぞ」

「僕が話せるから。君、案内して」

ヴィレはもう一人の騎士にも、指示をだしておく。

「君は彼を見張っていて」

「もちろんだ」

こうして怪しまれずに、ヴィレは紘宇のもとへ案内させることに成功した。


しばらくして——柑橘入りの水と、なぜかチョコレートを持ってヴィレが戻ってくる。

苦しむ演技をする珊瑚にチョコレートの欠片を与え、柑橘水を飲ませた。さすれば、発作は落ち着く。騎士達は最後まで演技だと気付かずに、よかったと安堵していた。

「協力ありがとう。貴重な捕虜が死んでしまうところだったよ」

騎士達は気にするなと言って、部屋をでていく。ヴィレと珊瑚は視線を合わせ、息を吐いた。まず、ヴィレは騎士から受け取ったチョコレートを齧った。

「うわ、まっずい」

兵糧食のチョコレートは固く、粉っぽい。口当たりが滑らかになる生クリームなどが入っていないからだ。口溶けをよくする加工をすると、保存性が悪くなる。そのため、兵糧食のチョコレートはあえてそのように作られているのだ。

ヴィレはしかめっ面で懐にしまっていた羊皮紙を広げ、レノン隊長の筆ペンを握り何かを書き始める。それは、駐屯地の地図のようなものであった。

珊瑚にヴィレの書いた地図が手渡される。レノン隊長の天幕から三つの天幕を通り過ぎた先に、紘宇が拘束されているようだ。

書かれていたのはそれだけではない。紘宇の健康状態も書かれている。怪我の治療がなされ、服も綺麗なものを纏っていると。肌の状態もよく、目は血走っていない。

報告を見る限り、紘宇は元気そうだった。

ヴィレのむちゃくちゃな訴えを聞いた紘宇は、終始「はあ?」と言わんばかりの表情だったらしい。「ゆっくり喋れ」と紘宇が言った言葉を、適当に「発作はチョコレートが効く」と通訳したようだ。なんとか無事に、場所を知ることができた。

ただ、紘宇は警戒されているのか、騎士は八人も配備されているらしい。

作戦実行時には、減っていることを祈るしかない。珊瑚は地図をじっと見つめ、作戦を考える。紘宇が捕らわれている天幕の裏には厩（うまや）の絵が描かれている。紘宇を奪還できたらここから馬を借りて、華烈軍に合流すればいいだろう。

ヴィレは珊瑚を拘束する縄に手をかける。縄を解いたあと、きちんと縛られて見えるように再び巻き付けてくれた。そして、ヴィレはぐっと珊瑚の耳元に近付いて囁く。

「もうそろそろ、お別れみたい」

「ヴィレ……ありがとうございます」

「お礼のキスをしてくれる？」

珊瑚は微笑みながら、ヴィレの額にキスをした。

「あ～あ。報酬が子ども騙しのキスなんて。損した」

「これが私の精一杯ですよ」

「そっか。そうだよね」

天幕にヴィレを迎えにきた騎士がやってくる。二人は目も合わせずに、別れることになった。

入れ替わりに、別の騎士が珊瑚の見張り役をする。ヒョロリとした体型の、若い騎士だった。大柄の騎士が配備されなくてよかったと、心から思う。

珊瑚は耳を澄ませ、作戦実行の瞬間を待った。


太陽は沈み、戦場にも夜の帳（とばり）が降りる。珊瑚に食事が用意された。

黒パンに、塩味のスープ。拘束は解かず、騎士が食べさせてくれる。久々に食べた故郷のパンは、口を切りそうなほど硬かった。スープは冷えていて、煮えていない野菜の欠片をカリカリと音を立てながら食べる。目を閉じているので、余計に味覚が冴えているような気がした。このような食事を紘宇も食べているのか。高貴な身分の人なのに、自由を奪われ、慣れない食事を与えられている。珊瑚は思いがけず、切ない気持ちになった。

食後、周囲がざわざわと騒がしくなる。そろそろ、奇襲が開始される時だろう。

この駐屯地に奇襲をかけるという華烈軍の作戦に応じるため、騎士達は戦闘配備につく。準備が整ったあと、再び周囲は夜の静けさを取り戻した。

おそらく、華烈軍を油断させておいて、反撃する作戦にでるようだ。

珊瑚の見張りをする騎士は交代し、二人目となっていた。小柄な少年で、年ごろは十五歳くらいだろう。夜勤に慣れていないのか、うつらうつらしている。が、物音を聞いてハッと目覚めた。ついに、華烈軍の襲撃が始まったようだった。

騒ぎのせいで、見張りの男は目覚めてしまった。作戦を聞いていなかったのか、オロオロし始める。天幕の外を窺おうとしているのか、慎重な歩みで出入り口のほうに向かっていた。珊瑚は素早く手足を縛っていた縄を解き、自由の身となる。懐を探り、作戦に使う道具を取り出す。見張りの騎士は、珊瑚の様子に気付いていない。外が気になって仕方がないようだった。野生の獣のように気配を殺し、足音もなく近寄ると――騎士の口元に薬品を染み込ませた布を当てた。

「……はうん!!」

短い悲鳴を上げ、見張りの騎士は倒れた。珊瑚はすぐに服を脱がせ、自分のものと交換する。華烈の服を着せた見張りの騎士の手足を縛り、自らは騎士の制服を纏う。

最後に黒髪の鬘（かつら）を被せ、口には布を当てて縛り、寝転がせておいた。

見張りの騎士も珊瑚と同じ金髪で、背格好も同じだった。この暗さでは、味方の騎士も見分けがつかないだろう。

珊瑚は息を大きく吸い込んで、吐いた。ついに、紘宇のもとへといける。紘宇に会えるのだ。失敗はできない。気合いを入れて外にでる。

華烈軍の襲撃を受けたからか、外の見張りの数は一人しかいなかった。

「おい、どうした？」

「すみません」

「ん、なんだって？」

珊瑚は言葉を返さず、騎士の腹部に拳を沈めた。一発で、騎士の体は沈んでいく。どうやら気を失ったようだ。珊瑚はもう一度謝り、今度は背後を振り返らずに走り出す。

華烈軍はまだ駐屯地の中へは辿り着いていないようだった。騎士達は戦闘態勢で待ち構えている。珊瑚はそんな中を全力で駆け抜ける。騎士の装いなので、呼び止める者はいない。これ幸いと、頭の中に叩き込んでいた紘宇のいる天幕まで走る。

そしてついに、ヴィレが調べ上げた天幕まで辿り着いた。はあはあと肩で息をしながら、拳をぎゅっと握りしめる。珊瑚はすうっと息を大きく吸い込み、叫んだ。

「伝令！　伝令だ！」

よく通る声に、天幕の見張りをしていた二名の騎士が珊瑚のほうを見た。

「レノン隊長より、緊急通達だ！」

「なんだと？」

「報告しろ！」

珊瑚が偽造した手書きの命令書を見せた。

「南に配置してある第五部隊が劣勢にある。レノン隊長が今すぐ支援にいくようにと。この見張りは、私がするようにと言われている!」

無防備なことに、レノン隊長の机の上には騎士隊の承認印が置かれたままだったので、この作戦をヴィレが思いついたのだ。騎士達は薄暗い中、角灯で書面を照らしながら内容を検めている。

「レノン隊長自らが助けを求めるなんて」

「緊急事態だ」

騎士達はまんまと偽造した命令書を信じてしまった。

「ここは任せたぞ」

「了解です」

珊瑚はびしっと敬礼を返し、騎士達を見送った。そして——珊瑚はそっと、閉ざされていた天幕の布を捲った。天幕の中は薄暗い。しかし、人の気配は確かにあった。なんと声をかけていいのかわからず入るのを躊躇っていたら、鋭い声が奥から聞こえてきた。

「誰だ!?」

「あ、わ、私です」

「は!?」

今まで聞いた中で、一番迫力のある紘宇の「は!?」だった。

「こーう、こーうは、いますか？」

「珊瑚か？　珊瑚なのか？」

「はい、そうです」

そういえばと思い出す。外に、角灯が置きっぱなしとなっていた。珊瑚は一度天幕の外にでて角灯を手に取り、内部を照らした。捕虜だった珊瑚同様、紘宇の手足は縛られた状態だったが服などは綺麗だ。シャツとズボンを着ており、長い髪は三つ編みにしている。

「――っ！」

いきなり照らしたので、紘宇は眩しそうに目を窄（すぼ）める。

「あ、ご、ごめんなさい」

「いい。それよりも……本当に珊瑚なのか？」

「はい。こーうを、助けにきたんです」

珊瑚は感極まって、紘宇のもとへと駆け寄って抱きついた。

「こーう！　よかったです。生きていて、よかった！」

珊瑚の眦に熱いものが溢れ、頬を流れていく。紘宇はいまだ、信じられない気持ちでいると呟いていた。

「夢のようだ」

「夢では……ありません」

珊瑚は紘宇の胸に頬を寄せ、「よかった」と喜びの気持ちを伝えた。

「珊瑚、すまなかった」

「い、いえ」

「また、会えてうれしい」

「私もです」

身を寄せたままでいたかったが、そうもいかない。次なる行動に移らねばならないのだ。

珊瑚は紘宇の拘束を解きながら事情を話す。

「すみません。ゆっくりしている時間はなくて。今からここを離れます」

「何が起こっている？　いつもより騒がしいが」

「華烈軍に協力を頼み、メリクル王子の生存を伝えるための作戦が実行されています」

「そうだったのか」

少ない情報で事情を把握した紘宇は立ち上がり、腕を回す。

「こーう、怪我はないですか？」

「腕のいい医者のおかげで、ほぼ完治している。体は鈍（なま）っているが、極めて健康だ」

「よかったです」

天幕の外にでると、戦場独特のピリピリとした雰囲気になっていた。珊瑚は周囲の様子を窺いながら、紘宇を誘導する。近くにある厩まで走る。幸いにも、見張りはいなかった。

悪いと思いつつも、繋げてある馬を拝借した。

「こーう、いきましょう」

「ああ」

あとは華烈軍と合流するばかりだ。だがここで、想定外の者が現れる。

「お前、そこで何をしている⁉」

それは、一小隊を率いるレノン隊長であった。

あと少しだったのに、レノン隊長に見つかってしまった。騎士達の中には、弓兵もいる。無傷で逃げ切ることは難しいだろう。

珊瑚は即座に判断し、馬から下りると両手を上げて、戦う意思はないことを伝える。

「そこを動くなよ。攻撃されたくなければ、名前と所属、階級を言え」

辺りは暗いので、誰か判断できないようだ。珊瑚はずっと目を閉じていたので、目が闇に慣れている。

「私は――コーラル。コーラル・シュタットヒルデです」

レノン隊長の問いに、珊瑚ははきはきと答えた。

「コーラル・シュタットヒルデだと？」

「はい。私は、彼、こーうを助けるため、潜入しました」

「やはり、そうだったのか」

コーラルの骨格を見間違えるはずはない。自分の目は確かだったのだと、レノン隊長は主張していた。会話の半分ほどを理解している紘宇は、珊瑚に知り合いなのかと尋ねる。

珊瑚は即座に否定した。レノン隊長が一方的に珊瑚のことを把握していたのだと、主張する。紘宇は嫌悪感を露わにしながら、レノン隊長を「極めて危険な変態である」と評した。

なんでも、捕虜である紘宇のことを見に、一日三回もやってきていたとか。話しかけることもなく、ただ見つめるだけの様子は、不気味の一言でしかなかったようだ。

「おい、二人でこそこそ何を話しているのだ！」

「あ、いいえ、なんでも」

珊瑚はびしっと指差され、レノン隊長から疑問をぶつけられる。

「お前はなぜ、国を裏切ってそのようなことをする？」

「彼が、私の大事な人だからです」

「自分のしていることが、どれだけ大変なことかわかっているのか⁉」

「わかっています」

もう、祖国に心残りはない。今はただ、ここ華烈で平和な暮らしを続けたい。それが、珊瑚の望みである。

ちらりと、相手部隊の状態を見る。騎士の数は三十ほどか。とても、紘宇と二人で相手にできる人数ではなかった。このままでは、逃げ切れないだろう。

そう思い、珊瑚は騎士として最後の戦いをレノン隊長に挑んだ。

「私は、あなたに決闘を申し込みます」

珊瑚が申し込んだのは、騎士が一対一で戦うことを義務付けられている決闘だ。これは、第三者の介入は許されておらず、負けたほうは勝ったほうの主張を聞かなければならない。

「コーラル・シュタットヒルデよ、お前の望みはなんなのだ？」

「私の望み――それは彼、こーうです」

「なるほど」

　レノン隊長は、すらりと剣を抜く。どうやら、決闘を受けるようだ。

「コーラル・シュタットヒルデよ、もしも、私が勝ったら、お前とその男、両方の身柄は預かるぞ」

　珊瑚は即座に遠い目となる。紘宇と二人して、レノン隊長の世話になるなんて最悪だ。再度遠い目を浮かべてしまったが、ぶんぶんと首を横に振る。

　決闘に集中しなければ。絶対に、負けることのできない戦いとなる。

　騎士達が松明の数を増やし、周囲を明るくする。

　珊瑚とレノン隊長は対峙し――どこからか鳴らされた銅鑼の音を合図として、戦いが始まった。

　まず、先に動いたのはレノン隊長であった。一直線に駆け、振り上げた剣を迷うことなく珊瑚に向かって振り下ろす。珊瑚は即座に、レノン隊長の攻撃を剣の腹で受けた。衝撃が加わったのと同時に、びりびりと指先に痺れるような感覚を覚える。

　とんでもない強さの一撃であった。

　珊瑚が剣を弾き返すと、再度剣先を一回転させて振り下ろしてくる。あの猛烈な一撃は、何度も受け止めきれない。そう思い、珊瑚は体を捻って回避した。

　レノン隊長はただの変態ではない。剣の腕は確かである。このままでは勝てないと判断し、剣を片手に持ち替え、空いた手に短剣を握った。

剣を前に突き出し、短剣は下方に構える。

レノン隊長の繰り出す一撃をひらりと躱し、右足を深く踏み込んで剣を突く。

肩を狙った一撃は避けられた。だが、この一撃はフェイクである。

珊瑚はもう片方に持った短剣で首筋を切りつけた。これも、皮膚を裂く寸前で回避され
たが、薄皮一枚は確実に裂いた。

その攻撃はレノン隊長の一瞬の隙となり、珊瑚は重たい剣を捨て、振り向くのと同時に
回し蹴りを食らわせた。

「ぐうっ!!」

脚から繰り出された一撃は頭に当たり、レノン隊長はからあしを踏んだあと倒れた。

「これは、騎士の、戦い方じゃない」

「こーうに、習ったのですよ」

「な、なるほどな」

騎士達は珊瑚のもとに詰め寄ろうとしたが、レノン隊長は制する。

「私は負けた。彼らを止める権利はない。下がれ!」

どうやら逃走を見逃してくれるようだ。珊瑚は胸に手を当て、レノン隊長に敬意を示す。

「隊長!! あんな奴らを、見逃すのですか!?」

納得できない騎士の一人が抗議する。決闘の結果はどちらが紘宇を手に入れるというも

のであったが、逃がすのはまた別の問題だと主張していた。

「コーラル・シュタットヒルデは、たった一人の男のために国を捨てる決意をしているんだ。簡単にできることではない。愛に生きる者の美しさに、私は今、感動しているのだ」

「しかし――」

騎士がレノン隊長にさらなる説得を試みようとした刹那、遠くから「伝令！」という叫びが聞こえた。

「メリクル殿下が帰還された！　皆、戦闘は放棄せよ！」

どうやら、メリクル王子は上手い具合に騎士達の前にでることができたようだ。

今この瞬間、二国間に起こった戦争は終息となる。

人々を苦しめた争いは、実にあっけなく終わったのだった。

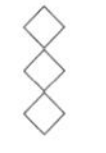

誰も彼もがポカンとしていた。それは無理もない。殺されたはずのメリクル王子が生存しており、いきなり戦争をする必要はないと言われてしまったのだから。
紘宇も騎士達同様に、戸惑っているようだった。
「珊瑚、いったいどういうことなのか？　というか、今目の前にお前がいること自体、信じがたいことなのだが」

夢でも見ているのかと呟く紘宇に、珊瑚は近寄って頬に触れる。

「いいえ、夢ではないですよ」

「珊瑚……」

「こーう、ずっと会いたかっ――」

珊瑚は信じられないものを目にする。紘宇の背後で、弓を引く騎士の姿を捉えてしまったのだ。気付いた時には、矢は射られていた。

「ごめんなさい！」

珊瑚はそう言って、紘宇の肩を思いっきり突き飛ばした。弧を描いて飛んできた矢は、そのまま珊瑚の胸に刺さる。矢が飛んできた勢いのまま、珊瑚は背中から倒れた。

「珊瑚‼」

紘宇はすぐに起き上がり、顔面蒼白の状態で珊瑚のもとへと素早く駆け寄った。

この場で無理に矢を抜くと、鏃(やじり)が患部の肉を巻き込む上に出血も酷くなる。

だから紘宇は、傷口の心臓側を布で縛ろうと、珊瑚の胸元を寛がせる。珊瑚が胸に矢を受けてから、ここまでの行動は十秒とかからなかった。

たった一秒で、人の命は儚(はかな)く散る。紘宇はそれを知っていたので、すぐに動くことができたのだ。そんな人命救助の手を、珊瑚が止める。

「おい、何をする⁉」

「こーう、ダメです」

「何がダメなんだ⁉」

紘宇は自らの服の袖を嚙み、一気に引き裂いた。これを、包帯代わりに使うのだ。

しかし、珊瑚は首を左右に振って、治療を拒否する。

「あ、あの、私、私は――」

「いいから大人しくしていろ！」

胸元を探り、矢の位置を確認しようとした。その刹那、何か柔らかいものをむんずと摑んでしまった。珊瑚が声をあげる。

「ああ……」

それは、絶望の混じった吐息のようだった。

「な、なんだ、これは……？」

自分の手の感覚が信じられず、紘宇は再度それを揉んだ。それは、ほどよい弾力のある、男にあるはずのない柔らかな部位である。紘宇は目を見開き、絶句する。

そんな彼に、珊瑚は蚊の鳴くような声で言った。

「こーう、私は……女、なのです」

「いや、そんなことはどうでもいい。早く治療を」

「大丈夫です。矢は、刺さっていません」

珊瑚は矢を胸から引き抜き、震える手で胸を摑む紘宇の手を退ける。

そして、懐からあるものを取りだした。顔の半分を覆う形の、たぬきの仮面である。

仮面にはヒビが入っていて、これが矢を受け止めたために、珊瑚は無傷だったのだ。

紘宇は目を丸くし、珊瑚を凝視する。

「こーう？」

「……け、怪我は、ないと？」

「ないです」

「それで、他にも何か言っているような気がしたが」

どうやら、珊瑚が女であると言った言葉は紘宇に聞こえていなかったようだ。珊瑚は起き上がり、一度頭を下げてから再度告白する。

「騙していて、ごめんなさい。こーう、私は、女なのです」

「嘘……だろう？　お前が、女のはずは、ない」

「先ほど、私の胸を触りましたよね？」

紘宇は自らの手を見て、カッと顔を赤くする。

「た、たしかに、お前の胸は、柔らかかったが、男も肉付きのいい奴は、柔らかいと聞く」

「私が、そのような体型に見えますか？」

珊瑚は細身だ。胸だけに肉が付いていることは、ありえない。

女性でない限りは。

「どうすれば、信じてくれますか？」

紘宇は周囲を見る。つられて、珊瑚も辺りを見回した。騎士達が、怪我はないのかと窺うように珊瑚を見ていた。矢を放った騎士はすでに捕らわれ、連行されている。気を利かせてくれたのか、レノン隊長が騎士達をこの場から下がらせた。

思いがけず、珊瑚と紘宇は二人きりとなる。

その瞬間、ハッと我に返った紘宇は、珊瑚を力いっぱい抱きしめた。

「珊瑚、無事でよかった……！」

「はい。たぬきが、守ってくれたようです」

「ああ、そうだな。というか、あの仮面は？」

「星貴妃の知り合いの人形職人が作った仮面です」

材料は謎だが、一見して陶器のように見える。薄い上に、軽くて頑丈。そのおかげで、鏃は胸に到達しなかったのだ。

「しかし、私を庇うような真似は、二度とするな。もしも、私が遺された身になってしまったら、どうするつもりだったのか？」

「ごめんなさい」

もうしないと誓いを立てる。

ここで、珊瑚は女であることをしっかり伝えなければと思った。このままあやふやにはできない。珊瑚は勇気を振り絞り、三度目ではあるが真実を口にした。

「こーう、あの、私は、女で……」

言葉を続けようとすると、紘宇は珊瑚の前に手をだして制する。これ以上、話すなと言いたいのだろう。やはり、女である珊瑚は愛せないというのか。そう思って肩を落としていたが――違った。

「まだ私は、いろいろあり過ぎて混乱状態にある」

「す、すみません」

いきなり珊瑚が現れ、救助されたあと紘宇を巡って決闘が起き、メリクル王子の登場によって終戦が知らされる。

その後、珊瑚が矢で射られ、倒れてしまった。奇跡的に怪我はなく無傷だったが、男だと信じて疑わなかった珊瑚の胸を鷲摑みしてしまった。目が回るほどの騒動の羅列である。

「だから、正直、今は何が何だかという感じで、いまいち現実味がない。しかし、わかっていることはある」

紘宇はじっと、珊瑚の目を見つめながら言った。

「私はお前のことを男だからとか、女だからとか、そういう理由で好きになったわけではない。人として魅力的だったから、強く惹かれたのだ」

「こーう！」

珊瑚は紘宇に飛びかかるように抱きついた。

「うわっ！」

あっさりと、紘宇は押し倒されてしまう。

「こーう、私は、嬉しいです」

「お前は興奮した大型犬か！」

「ごめんなさい」

「謝るな」

紘宇は寝転がったまま珊瑚の身を抱き寄せ、頬に手を当てる。

「私は、あまり口は上手くない。だから――行動で示す」

そう言って、紘宇は珊瑚に口付けをした。二人は甘い甘いひとときを過ごしたのである。

戦争は終わった。メリクル王子の活躍もあって、事態は瞬く間に解決していく。戦争を仕掛けられた華烈は、多額の賠償金を受け取ることになった。

危機的な財政状況であったために、想定外の収入に官吏達もホッと胸を撫で下ろしている。

そして、すぐに新政権発足のため、動き始めることになった。

最初に行われたのは、維持費のかかる後宮の解体だ。皆、未練はないからか、四夫人はあっさりと去る。紘宇は兵部に戻った。戦争で活躍した優秀な将軍であった彼の復帰を、兵士達は大いに喜んでいた。

珊瑚は紺々、たぬきと共に、汪永訣に都に残るように言われていた星貴妃のもとで暮ら

す。滞在先は、汪家の屋敷だ。

紘宇は忙しいようで、家には一度も戻ってこない。兵部の宿舎で寝泊まりしているようだ。三日に一度、手紙のやり取りをする程度である。寂しさは募っていたものの、紘宇は望んでいた場所に帰ることができたのだ。今は我慢するしかない。

汪家の屋敷は牡丹宮よりも遥かに大きく、一人では迷ってしまいそうなほど部屋の数も多い。星貴妃は貴賓として扱われ、丁重にもてなされていた。だが、特にすることはなく、半日過ごしただけで雅な生活は飽きてしまったようだ。

そのうち、珊瑚に剣の稽古をするように命じてきた。この日より珊瑚と星貴妃は汪家の庭で剣を交え、ひたすら武を極める時間を過ごす。

そんな様子を、紺々は膝にたぬきを乗せて、見守っていた。

「ほれ、珊瑚、見てみろ。腕に筋肉が戻ってきたぞ」

「私もです。これ以上の筋肉なんて、いらないのに」

「いや、筋肉は必要だ。精神を強くしてくれる」

「筋肉と精神は関係ないような」

「あるぞ」

「私には、まだ理解できません」

「だったら、まだまだ鍛錬が必要だな」

「いえ、私は、ふくよかな体になりたいんです」

地味に、紘宇から女であるはずがないと断言されたことを気にしていたのだ。

「安心せい。ふくよかでなくとも、お主は魅力的な筋肉を持っている」

「こーか様……嬉しくないです」

星貴妃は貴妃の位でなくなったため、紅華と呼ぶようになった。珊瑚が微妙に紘宇の名と発音が似ていると言うと、全然違うと修正される。しかし、珊瑚は古代語の発音が残る華烈の人名を上手く言えずにいた。

「まあ、お主のそういうところが愛いのだけれどな」

「あ、ありがとうございます」

そんな珊瑚達を、メリクル王子が訪問してきた。

「お久しぶりです」

「ああ、元気そうだな」

「メリクル王子も」

ここで、メリクル王子は驚きの報告をする。王子の位を捨て、外交大使として華烈に住むことになったのだとか。そんな話をしていると、紅華が険しい顔で会話に割って入る。

「お主、珊瑚を追ってそこまでしているのではないよな?」

「それは違う。私は、この土地が気に入ったから、こうしてやってきたのだ」

「なるほどな」

話が途切れると、紅華はメリクルの腰に差さっている剣に気付き、口元に弧を描く。

庭へ繋がる掃き出し窓を広げ、中庭へと誘う。

「では、歓迎の儀だ」

そう言って、紅華はすらりと剣を抜く。どうやら、メリクルの腕試しをするようだ。

「あの、こーか様、彼……メリクル様は、結構強いですよ？」

「なおさらよいではないか」

「それに、負けず嫌いです」

「奇遇だな。私もだ」

やる気なのは紅華だけではなく、メリクルもだった。売られた喧嘩は買う主義のよう。負けず嫌い同士の想定外の戦いが、始まろうとしていた。

「ど、どうしましょう、こんこん」

「えっと、困りましたね」

「くうん……」

珊瑚、紺々、たぬきは揃っておろおろするばかりである。美しく整えられた庭に対峙する紅華とメリクルは、一枚の絵画のように美しかった。木から一枚の葉がはらりと落ちる。

それが合図となり、戦闘開始となった。

先に攻勢にでたのは紅華のほうだった。三日月のような刃を軽々と振り上げ、遠慮なく斬りつける。もちろん、相手が回避するとわかった上での大きな一撃であった。

その期待にメリクルは応える。ひらりと華麗に回避し、ぐっと足を踏み込むと、自らの剣を水平に斬りつけて反撃にでる。

横からの一撃を、紅華は剣の腹で受け止めた。想定以上に重い一撃だったからか、眉間に皺が二本増えている。

カァン、カァンと刃物が重なり合う音が響く度に、珊瑚は気が気でならなかった。紅華とメリクル。どちらにも怪我をされたくないからだ。

耳をつんざくように高く鋭い金属音が聞こえる度に、珊瑚は目を瞬かせる。

「こんこん、なぜ、こんなことに？」

「大変な事態ですが、紅華様の表情は、なんと言いますか――」

珊瑚は紺々につられ、紅華の顔を見る。一見して苦しげな様子だったが、口元は笑っていた。どうやら、好敵手であると判断したらしい。

そして、四半刻ほどの猛烈な打ち合いの末、一本の剣が折れてしまった。くるくると回転しながら刃は天へと上がり、太陽と一瞬重なってキラリと煌めく。

その後、落下して地面に突き刺さった。

「なっ――!?」

折れたのは、紅華の剣であった。同時に、地面に膝を突いてしまう。

「運が悪かったな」

メリクルはそう言いながら剣を鞘に収め、紅華に手を差し出す。

「どうした？　休むならば、家でゆっくりしろ」

でもあった。

「まあ、そうだな」

紅華はそう答え、メリクルの手を取る。初めて、彼女が自分から異性の手を借りた瞬間であった。

「珊瑚様、なんだか、あの二人ってお似合いですね」

「ええ。私も今、そんなふうに思っていました」

男性嫌いな紅華であるが、その苦手意識も薄くなっているようだった。

紘宇と会えない毎日を過ごしているうちに、一ヶ月が経ってしまった。その間、珊瑚は紅華と共に剣の修行に明け暮れ、よりいっそう精悍な顔つきになったと紘宇の兄・永訣に言われて、一人切なくなる。

彼女が目指すのは、ふくよかでたおやかな、包容力のある女性だった。だが、紅華と稽古をする中で筋肉が付き、女性らしさとは真逆の状態になりつつある。

「私、こんこんみたいになりたいです。こんこんは、とっても可愛い……」

「いえいえ、珊瑚様も素敵ですよ」

「ありがとうございます」

このやり取りを聞いていた紅華は呆れかえる。

「お主らは、いったい何を言い合っておるのだ」

「こーか様も、お綺麗ですよ」

「はい。お美しい方です」

褒められた紅華は、団扇で口元を隠す。目は細められ、満更でもないといった感じだった。このようにして、汪家に身を寄せる女性達は楽しげに暮らしていた。

そんな中で、嬉しい知らせが届く。明日、紘宇が一ヶ月ぶりに汪家の屋敷に戻ってくるというのだ。

「たぬき、明日、こーぅと会えますよ」

「くうん、くう～～ん！」

たぬきは紘宇が帰ってくると知り、その場でくるくると回る。珊瑚だけでなく、たぬきもこの上なく嬉しそうだった。

「だったら、めいっぱい着飾らないとな」

そんなことを言う紅華は、紺々に目配せする。頷いた紺々が持ってきた長方形の木箱の中には、青に銀糸の牡丹模様が刺繍された女性ものの華装が入っていた。

「こーか様、これは？」

「この前、採寸を行っただろう？　その時に、作るように頼んでいたのだ」

「わ、私に、ですか？」

「他に誰がいる」

恐る恐る、珊瑚は華装を手に取る。絹で作られており、手触りはなめらか。うっとりするほど美しかった。

「こ、こーか様、ありがとうございます」

「よいよい。お主は頑張った。その、褒美だ」

紅華に労われ、今までの出来事が記憶の中から次々と甦ってくる。メリクルを庇って宮刑を受け、牡丹宮へと送り込まれた。そこで生涯、働くことを強いられたのだ。

死ぬよりましだと言い聞かせながら、後宮で生活を始めた。異国の者に奇異の目を向ける華烈人が住む場所なので、恐ろしい目にも遭うかもしれない。

そんなことを想像していたが、違った。牡丹宮に住む人々は、皆親切だった。

その中でも、紅華や紺々には世話になった。

「こーか様にはお仕えする身でお世話になったというのも、おかしな話ではあるのですが」

「気にするな。私も、お主には世話になっていたからな」

紅華は珊瑚の肩を力強く叩き、激励する。

「明日、それで綺麗になって、汪紘宇のことをモノにしろ」

「も、モノって」

「ぼさぼさしていたら、盗られてしまうからな」

紘宇は戦争で活躍し、国民人気も高まりつつある。出世の道にも乗り始めているので、すでに高嶺の花になっているだろうと紅華は言う。

「珊瑚よ、他の女に、盗られたくないだろう？」

「え、ええ……。しかし、私のこの体で、果たして受け入れていただけるかどうか」

「私は、お主のたくましい体は好きだぞ」

紅華の言葉に、珊瑚は切なげに「ウレシイデス」と言葉を返した。

わかりやすいほどの棒読みであったが、本人は気付いていない。


翌日、珊瑚は紺々と汪家の女官と共に身なりを整える。

金の髪は丁寧に櫛を通し、椿の精油を塗り込んで艶をだした。珊瑚の鍛え抜かれた体を、美しい衣が包む。

「こんこん、大丈夫ですか？　服、小さくありません？」

「珊瑚様、大丈夫ですよ。よく、お似合いです」

腰回りには銀の帯を巻き、その上から金の紐を結んだ。続いて、化粧が施される。パタパタとはたかれる白粉（おしろい）が鼻をムズムズさせるが、なんとか我慢した。

紺々が、目元に筆で朱を入れてくれる。頬紅が差されると、よりいっそう華やかになる。

唇には真っ赤な紅を塗った。熟れた果物のような、艶やかな唇へと変化を遂げた。

最後に、髪型を整える。頭上で輪を二つ作り、櫨蝋を塗り込んで髪が乱れないようにした。仕上げに、珊瑚で作られた薔薇の簪（かんざし）が挿し込まれる。これは、汪家から贈られたものだ。こういった品に疎い珊瑚でも、一目で大変価値のあるものだとわかった。

永訣曰く、紘宇を戦場から連れ帰った褒美らしい。紘宇の救出は珊瑚だけの手柄ではなかったが、紅華が受け取れと言うのでありがたく頂戴した。

「珊瑚様、いかがですか？」

紺々が鏡で姿を見せてくれる。

「こ、これが、私、ですか？」

「ええ、珊瑚様です。とっても、お綺麗で」

「わ、私が、綺麗、ですか？」

「はい！」

部屋の端で大人しくしていたたぬきも、珊瑚を見て嬉しそうに跳びはねていた。

「たぬき様も、大変お綺麗だと」

「あ、ありがとうございます」

紺々や女官の腕のおかげか、一見して華奢なように見える。

華やかで素敵な装いだった。

「きっと、汪様も、お喜びになるかと」

「えっと、そうだといいですね」

もうすぐ帰ってくるだろうとのことで、珊瑚はたぬきと共に紘宇の私室に案内される。

本人の許可も得ずに入っていいのかと思ったが、永訣は気にするなと言っていた。

当主がいいと言うので、お言葉に甘えることにする。紘宇の部屋には本と武器がたくさんあり、彼らしい空間だった。

「こーうの匂いはしませんね」

「くうん」

そんな話をしていると、女官に廊下から声をかけられる。紘宇が帰ってきたと。

部屋の戸が開いた途端、珊瑚は紘宇に抱きついた。

珊瑚だけでなく、たぬきもぴょんぴょんと跳ね再会を喜んでいる。

「こーう、こーう！」

「くうん！　くうん！」

「うわっ!!」

想定していない大歓迎だったからか、紘宇はわずかにのけ反っていた。

「こーうの、匂いがします！」

「くうん!!」

「お前は犬か！　たぬきも落ち着け！」

いつも通りの紘宇で、とても元気そうだったので珊瑚はホッとする。安心したら、なんだか泣けてきた。紘宇の胸の中で肩を震わせ、静かに涙する。そんな珊瑚を、紘宇はそっと優しく抱きしめた。

「珊瑚、長い間一人にして、悪かった」

「い、いいんです。私は、お仕事を頑張る、こーうが好きなので」

「そうか」

紘宇は珊瑚の背中を優しく撫で、泣き止むまで待ってくれた。たぬきも、珊瑚と紘宇を優しい眼差しで見守っている。落ち着いた珊瑚は、紘宇と向き合って座った。

こうして、ゆっくり面と向かい合うのは久々である。後宮にいた時も、向かい合って話をすることなどなかった。互いに照れてなかなか話し出せなかった。

沈黙を破ったのは紘宇である。

「珊瑚……なんというか、私は、珍しく、浮かれている」

「私には、いつものこーうにしか見えませんが」

「そうか」

紘宇も珊瑚に会えて嬉しいことがわかり、胸がじんわりと温かくなった。

「私はずっと、お前の夢を見ていた」

「私の、夢、ですか」

「そうだ」

紘宇は少し切なげに、それから遠い目をしながら話した。

「戦場で捕らわれていた私を、珊瑚が迎えにきてくれたのだ。そして、私を巡って、決闘が始まって、苦戦の末に珊瑚が勝った」

夢の中で自分の取り合いのために決闘が起こるなど、不思議なものだと紘宇は呟く。

「その後、私は珊瑚と抱き合っていたのだが、私の背に矢が飛んできて……」

珊瑚は紘宇を庇い、胸に矢を受けてしまった。

「夢とはいえ、私は悲しかった。珊瑚が私を庇って死ぬ以上に、辛いことはない。矢を抜こうと、私はお前の懐を探ると――」

珊瑚と目が合った紘宇は、気まずげに顔を逸らす。

「その、なんだ……」

「あの、こーうが、私の胸を、掴んでしまったのですよね？」

「どうしてわかった？　私の夢の話なのに？」

「こーう」

「なんだ？」

「それは、現実です」

「私は、頭がおかしくなったのか？　今も、お前が美しい女子（おなご）の姿でいるように見える」

「あの、美しいかはわかりませんが、女性の服を纏っています」

「なんだと⁉」

紘宇は働き過ぎているのか、混乱状態になっていた。

「こーう、改めて言わせていただきますが――私は女です」

「う、嘘だろう⁉　それは、夢でみた話としか思えない‼」

「どうしたら、信じてくれますか？」

「いや、だって、お前は、男だろう？　さっきだって、兄上が……」

紘宇の兄、永訣が迎えにいった馬車の中で、珊瑚の近況について語っていたらしい。

「この一ヶ月で、珊瑚は驚くほど逞しくなった。私より、体が大きくなっている気がする。

そんな男と、本当に結婚するのだな？　と聞いてきたのだ」

「こーうのお兄さん、そんなことを言っていたのですね」

「もちろん珊瑚と結婚するつもりだと、答えた。私は、別にお前の見た目が理由で好きに
なったわけではないから」

「こーう……ありがとうございます。あの、一つ質問がありまして」

「なんだ？」

紘宇の混乱に乗じて、前から気になっていたことを改めて問う。

「こーうは、同性だけが恋愛対象なのではないのですよね？」

「なぜ、そんなことを聞く。私は性別に関係なく、お前だから好ましく思ったのだ」

「よ、よかったです。私、ずっと、不安で」

珊瑚は再び、ポロリ、ポロリと涙を零す。

「こーうが、女とわかったら、嫌いになるのではと、思って、ずっと、言い出せなくて」

「は……？　お前、まさか、本当に女なのか？」

「そ、そうだと、言っています」

「では、夢だと思っていたことも？」

「全部、現実です」

紘宇は信じられないとばかりによろよろと立ち上がると、珊瑚に近付く。すとんと脱力するように珊瑚の前に座り込み、そっと優しく掬うように手を取った。紘宇は紅華との稽古でできた肉刺(まめ)を刺激しないように触れ、ひっくり返して手の甲を見る。

そして、包み込むように、両手の中に閉じ込めた。

「どうして、今まで私は気付かなかったのか。珊瑚の手は、男のように、ごつごつしていないのに。こんなにも、しなやかで、男のものなはずがない」

それから、紘宇は珊瑚の首筋にも触れた。

「喉仏も、ないではないか」

紘宇は珊瑚の手を引き寄せ、力いっぱい抱きしめた。

「すまない。気付いてやれなくて。お前はずっと、苦しんでいたのだな」

その言葉に、珊瑚は首を横に振った。

「こんな私でも、こーうが好きになってくれたので、ぜんぜん、苦しくなかったのです。幸せでした」

紘宇の頬にも、熱いものが流れていく。珊瑚はそれに気付くと、優しく体を抱き返した。

赤子をあやすように、紘宇の背中を撫でる。

「珊瑚、これからは、二人で生きていこう」

「はい」

やっと、想いが通じ合った二人は、将来を誓い合う。

その様子を祝福するかのように、たぬきは尻尾を振っていた。

汪家に滞在する紅華のもとに、国の重鎮たる男達が訪ねてくる。紅華はふんぞり返って、彼らの対応をしていた。

「まったく、なかなか実家に帰してくれぬなと思っていたら」

「本当に、すまないと思っている」

謝罪するのは、国の最高行政機関である中書省の長官であった。

「何度も話し合いを重ねた結果、次代の皇帝候補を絞り――」

「して、私に女帝となれと、雁首揃えて頼みにきたと言うのか？」

「まあ、そう、だな。まだ、あくまでも候補であるが」

中央官僚機関である三省六部のうち、半数が紅華を支持しているらしい。残りは、数名挙がった候補のいずれかを推している。

「おそらく、すべての者が納得する皇帝を選出するのは難しいだろう」

「正当な皇位継承者がおらぬのだからな」

紅華はあくまでも皇帝の遠縁で、皇位継承権はない。だが、今回の戦争における星家の活躍や、もっとも戦績をあげた汪家の支持があったため、有力候補となっている。

ただ、女性の皇帝は今まで例がない。そのため、強く反対する者がでているのだとか。

「そもそもだ。許可もなく勝手に祭り上げてくれよって」

「その件も、すまないと思っている」

「まあ、都に引き留められた時点で、予感はあったがな。ただ、一言言ってくれたのならば、私も剣の稽古以外にやることもあっただろうに」

「本当に、申し訳なかった」

「もう、謝罪はよい。本題へと移れ」

今回の要件が、皇帝候補であると知らせるだけではないと、紅華は勘づいていた。

「話が早くて助かる。今宵、皇帝の最終決定会議を行うわけだが、紅華殿も参加してほしい。可能であれば、狸仮面の剣士と共に」

「ほう？　なぜ、狸仮面の剣士も？」

「彼は、民より絶対的な支持を得ている。三省六部にも、感謝している者は多い」

「なるほど。狸仮面の剣士の人気にあやかろうとしているのだな」

「はっきり言ったら、まあ、そうだな」

紅華の背後には、紘宇と珊瑚が控えていた。彼らに、紅華は問いかける。

「狸仮面の剣士の出動要請があったが、どう思う？」

珊瑚はちらりと紘宇を見たが、険しい表情でいた。

「こーうは、どう思います？」

「狸仮面の剣士の存在を、政治的に利用することは、個人的にはどうかと思う。そもそも、どのような目的で作ったのか、聞きたいのだが」

「狸仮面の剣士の存在理由か？　ああ、あれは、わかりやすい英雄像を作って、民の心の支えにしたかったのだ。政治的な目論見はまったくない。狸仮面の剣士の存在は、真心と正義の擬人化だ」

「なるほど」

だったらと、紘宇は自身の考えを紅華へと伝える。

「私は今の時代に真心と正義は必要だと思う。新しい皇帝の傍にそれがあったら、民も安心し、支持するだろう」

「ふうむ。それは一理ある。珊瑚は、どう思う？」

「私は、狸仮面の剣士がいることによって安心する人がいるのならば、必要かなと思います」

「わかった。狸仮面の剣士と共に、参上しようではないか」

中書省の長官はホッとした表情を見せていた。

これから紅華は、狸仮面の剣士こと珊瑚と紘宇を引き連れ、次代の皇帝を決める会議へと向かう。

◇◇◇

今日、新しい皇帝が誕生する。それなのに、会議の空気は最悪だった。女性を皇帝とすることを認めない一派は過激派で、またしても波乱の世が待ち構えていると訴えているのだ。そこに、紅華が紘宇とメリクルを引き連れやってくる。戦争で活躍した紘宇の登場で、場の雰囲気はいささかよくなった。

国に貢献した紘宇を、悪く言う者はいない。同じく、戦争を止めてくれたメリクルも、好意的な視線を浴びていた。戦争での賠償金の取り引きを行ったのは彼で、今の時点でもかなり国に貢献していたからだ。

紅華は左右に美しい男を侍らせ、満足げな様子でいる。女帝反対派は、その態度も気に食わないのか、ヤジを飛ばしていた。当然ながら、紅華は涼しい顔をしていてまったく取り合わない。

本日は皇帝候補が一人一人、思いの丈を訴えるようになっている。

紅華の他に二名、男性がいた。一人目は年若い、十七か十八歳くらいの少年である。体の線は細く、場の空気に委縮しているようだった。わかりやすい傀儡（かいらい）であると、この場にいる者のほとんどは思っていた。二人目は、四十代ほどの、黒く長い髭を蓄えた人物である。いかにも野心家といった空気を放っていた。

一人目の気弱そうな少年は、巻物に書かれている宣言文をしどろもどろに読む。とても、皇帝の器があるようには見えない。二人目の野心家の男は、何も見ずにハキハキと国の将来について語っていた。しかしそれは、軍事力を高め、他国への侵略をもとに国を大きくしていくという、危うい政策であった。最後に、星紅華が思いの丈をぶつける。

「私が女帝となった暁には、腹を空かせた子が一人もいないような国を作りたい。以上だ」

あまりにも短かったので、周囲がざわつく。ここで、中書省の長官が紅華の支持者を紹介することになった。

「なんと、あの狸仮面の剣士は、星紅華殿に仕える者だったのだ」

会議室はさらにざわつく。狸仮面の剣士は、民に最大の人気を誇る英雄だ。彼がついているとなれば、皇帝が絶大な支持を受けることは明らかである。

扉が左右に開かれ、狸仮面の剣士が入ってきた。一歩、一歩と近付き、紅華に忠誠を誓うように、頭を垂れている。驚く者、感嘆する者、舌打ちする者と、反応はさまざまだ。狸仮面の剣士がついているのならば、紅華を支持するしかないのか。

そんな空気になっていたところで、反対派の一人が指摘する。

「その者が本物の狸仮面の剣士であるという証拠はどこにある⁉」

その一言をきっかけに、そうだ、そうだと責められた。珊瑚が狸仮面の剣士である証拠は、どこにもなかった。過激派の一人が、吐き捨てるように言う。

「たしかに、皇帝陛下のもとに、伝説の神獣である狸が現れる伝承はあるが、それを利用して皇帝の座を射止めようとするのは、あまりにも無礼だ」

「なんだ、その狸の伝承とやらは？」

「古い神話だ。皇帝となる者の前に、狸が現れる。その者は将来、かならず皇帝になるだろうというもので――」

説明の途中、会議室の扉をカリカリと引っ掻くような音が聞こえた。扉の前に立っていた者が不審がって戸を開ける。

すると、扉の前に茶色いもふもふとした獣が立っていたのだ。

「なんだ、あれは？」

「犬か？」

「誰の犬だ？」

過激派の一人がいち早く気付く。

「あれは、狸だ！」

「くうん‼」

獣はそうだとばかりに、大きな声で鳴いた。

そして、まっすぐに紅華のもとへと駆けてすり寄る。

「くうん」

「お前もきていたのだな」

「くうん！」

狸を抱き上げる紅華を目の当たりにした過激派一派は、わなわなと震えている。中書省の長官は、にやりと笑いながら話しかけた。

「これで誰が次代の皇帝か、決まったな」

汪家の紘宇に、異国の外交官のメリクル、狸仮面の剣士に加え、伝説の神獣・狸が現れたとなれば、紅華を女帝と認めるほかない。

「今、この瞬間に、星紅華を、次代の皇帝とす！」

異議を唱えられる者は、誰もいなかった。


長い長い皇帝不在の期間は終わった。玉座には、美しき女帝が腰かけている。

戴冠式には、大勢の民が押しかけた。その美貌に加え、見目麗しい男達を侍らせる様子は実に様になっている。苦しい時代は終わった。

希望に満ち溢れた民は熱狂し、全力で女帝を支持した。その期待に、紅華は応えたのだ。

女帝紅華は、華烈に平和をもたらした。民からも絶大な人気を誇る皇帝だったのだ。

即位した二年後に、彼女は双子を産んだ。誰の子か明らかにされておらず、世間では狸仮面の剣士との間の子ではないかと噂されていた。

狸仮面の剣士が女であることなど、知る者はほとんどいない。

紅華に近しい者だけが知る秘密である。

狸仮面の剣士扮する彼女は彗星のごとく華烈に現れ、多くの者達を正しき方向へと導いた。そんな昔話を、紅華は孫に語る。恐ろしく天然で、勇敢な乙女がいたという、童話のような夢物語を。子ども達は、いつだって目を輝かせながら聞いていた。

「おばあさま、この物語は、なんという題名なの？」

「物語、か。そうだな、これは、私が一番大好きな物語だ」

それは、後の世で多くの者達に語り継がれることになる。

題名は——彗星乙女後宮伝。

平和を愛する華烈の民に、もっとも愛される物語となった。

彗星乙女後宮伝　完

書き下ろし番外編　お月見をしよう

珊瑚は女官を招き、茶会を開催する。いつも頑張って働く彼女達を労う目的があったのだ。会場は庭にある東屋。暑くもなく、寒くもない、外で過ごすのに心地よい季節だ。菓子は珊瑚が手ずから作った〝桃酥（タオスー）〟と呼ばれるものを用意した。故郷で親しみのあるアーモンドクッキーに似たもので、尚食部の者に習って作った。

アーモンドクッキーはバターを使って作るが、桃酥は豚脂（ラード）を使って作る。豚臭さはまったくなく、サクサクのおいしいクッキーに仕上がるので、珊瑚は不思議なものだと思っていた。

故郷から取り寄せた紅茶は、春摘みの一番茶を用意している。紅茶は華烈産で、故郷に輸出されたものをヴィレに買ってきてもらうという方法で手に入れた。華烈にも紅茶は売っているものの、好きな銘柄に出会えないので、結局故郷で買うしかないのだ。

本日招いたのは、紺々と麗美、游峯、たぬきのみ。本当はもっとたくさん招きたいのだが、不器用なため多人数分の菓子と茶を用意できないのだ。回数を重ねて、おもてなしを習得しなければと珊瑚は思う。

仲のよい女官とたぬきに囲まれ、珊瑚は楽しいひとときを過ごしていた。

「女官の皆さん、どうか、楽しんでいってくださいね」

紺々と麗美は笑みを浮かべ、嬉しそうに頷く。その中で一人だけ、不満を抱いている者がいた。

「っていうか、なんで僕が女官枠で招かれているんだよ！」

桃酥を食べ、紅茶を飲みつつ游峯が憤る。見た目だけは立派な女官だが、游峯は男だ。

「こーうも呼べばよかったですね。気が利かず、すみません」

「あいつは呼ぶな！　気まずくなるから」

「そんなことはないと思うのですが」

「そんなことはあるんだよ！」

師匠である紘宇に対し、游峯は苦手意識を抱いているらしい。たぬきは游峯の膝を肉球でポンポンと叩き、紘宇は怖くないんだよ、とばかりの視線を向けていた。

「たぬき、僕を励ますような目で見るな！」

「くうん」

たぬきには炒ったアーモンドが用意され、嬉しそうにぱくぱくと食べていた。

気持ちのよい風が通り過ぎていく。夏が終わり、秋の訪れを予感してしまう。

そんな中で、麗美が秋の行事について教えてくれた。

「そういえば、もうすぐ初秋節（しょしゅうせつ）ですわね！」

「れいみサン、それはなんですか？」

「まんまるに輝く月を見て、楽しむ催しですの」

なんでも、初秋節のシーズンには、月がひときわ輝いて見えるらしい。そこで、満月餅と呼ばれる菓子を食べ、茶を飲むと、月の祝福で幸せになれると信じられているようだ。

「でしたらこんこん、今度、一緒に月を見ますか？」

珊瑚が誘うと、紺々は頬を真っ赤に染めていく。

「あ――えっと、大変光栄なのですが、初秋節は恋人達が一緒に過ごす催しなのです」

「そうだったのですね」

初秋節に好きな人と一緒に月を眺めると、恋が実るのだという。麗美は昔から、初秋節に憧れる気持ちがあったようだ。

「一度でいいから、気になる男性にお月見をしようって誘われてみたいものですわー」

麗美は紺々に同意を求めたが、いまいちピンときていないようだった。

「私は両想いになるよりも、好きな人が幸せになればいいなって思っておりますので」

「まあ、なんて健気ですの！　わたくしも、見習います」

珊瑚も紘宇に誘ってほしいと思ったものの、今、彼はとても忙しい。紺々のように相手の幸せを願っておいた。

それから数日が経ち、すっかり初秋節について忘れていた頃、珊瑚は紘宇から思いがけない誘いを受ける。

「珊瑚、今晩、一緒に月を見ないか？」

「へ!?」

「何を驚いているんだ？」

「いえ、ここ最近、忙しそうにされていたので、私と一緒に過ごす時間があるのかと、びっくりしただけです」

「今日のために、仕事を前倒しにしていたんだ。で、どうなんだ？」

「あの、う、嬉しいです」

「そうか、よかった」

安堵した表情を浮かべる紘宇を見て、珊瑚はときめいてしまった。まさか誘われるなんて、思いもしなかった。喜びが込み上げてくる。

「菓子と茶は女官に頼んでいる。お前は身ひとつでこい」

「わかりました」

そんなわけで、珊瑚は紘宇と一緒に初秋節を過ごすこととなった。

場所は珊瑚と紘宇の部屋である。窓を開けると、月が綺麗に見えるのだ。

夜――珊瑚は髪をハーフアップに結い、いつもと違う髪型にしてもらった。麗美がきれいにしてくれたのだ。たぬきは空気を読んだのか、今晩は紺々のところで過ごすという。

そんなわけで、紘宇と二人っきりで過ごすことになったのだ。

ドキドキしながら紘宇を待つ。約束の時間になると、紘宇は茶と菓子を持ってやってきた。

「あ——珊瑚か」

「はい」

いつもと異なる髪型だったので、紘宇は驚いたようだ。窓縁の近くに置いた円卓に茶と菓子を置き、紘宇は腰かける。珊瑚にもくるように手招いた。

大きく開いた窓から、夜闇にぽっかり浮かんだ月が見える。今の時季は空が霞みがかっていないため、このように美しく見えるらしい。

「月が、綺麗ですね」

「私には、お前の髪のほうが美しく見える」

そう言って、紘宇は珊瑚の下ろしている髪を一房掬いあげた。珊瑚は顔から火が噴き出ているのかと思うくらいの火照りを感じる。

「これまで犬や猫、虎に狸と、さまざまな美しい獣に触れてきたが、お前の髪が一番きれいだ」

「その、光栄です」

それに関しては、珊瑚も同意する。紘宇の髪も絹のようになめらかで、美しいのだ。

紘宇は珊瑚に満月餅を手渡す。

「これが満月餅ですか」

「面白い菓子だろう？」

「ええ。模様？　文字？　が刻まれています」

「それは古代文字だ」

紘宇は初秋節に食べる満月餅について、詳しく教えてくれた。

狐色に焼かれた生地の中には、木の実のあんに乾燥果物、ナッツ類が入っている。

「この満月餅は古くから、華烈の人間のみが食べる菓子だった」

「かつての満月餅には、恋人へ送る文字が書かれており、女性から男性へ、男性から女性へと贈り合うものだったのだ」

そんな満月餅は、ある争い事に利用されてしまう。

「当時、華烈は他国民に侵略されそうになっていた。敵は上手い具合に潜伏し、一気にたたみかけるという戦法を繰り返していたため、華烈側も打つ手がなかったようだ」

ある日、誰かが気付く。侵略する他国民は、満月餅を嫌って食べないということに。

「他国民を討つ作戦が書かれた満月餅を配り、暗号のように広めていった。その結果、華烈側が勝利を収めたのだが――ある恋人達がその戦いによって引き裂かれてしまったらしい」

満月餅はもともと、恋人達が想いを伝えるためのものだった。けれども、戦争に利用されてしまった。

恋人が死した日は、秋の初めに浮かぶ満月の晩だった。引き裂かれたもう一人を気の毒に思った人々が、たくさんの満月餅を捧げ供養したという。

「これが、初秋節の始まりだとも言われている」

「そうだったのですね」

「まあ、若い者達の間では、恋が実る催しとして広まっていったのだがな」

初秋節は悲しい伝承が残る催しだった。珊瑚は切なくなりながら、満月餅を食べる。

「甘い、です」

「恋を自覚し、愛を伝える菓子だからな」

そう言いつつ、紘宇は手を差し出す。なんの要求かと、珊瑚は首を傾げた。

「珊瑚、この満月餅には、古代文字で〝あなたを愛しています〟と書いてあるのだ」

「あ！」

ここで、紘宇が何を欲していたのか気付いた。珊瑚は満月餅を手に取り、彼に差し出す。

紘宇は淡く微笑みながら、満月餅を受け取った。

古代の恋人達のように、愛の言葉が刻まれた満月餅を交換し、ふたりで堪能したのだった。

番外編　珠珊瑚の幸せについて

紅華様の即位が決まったあと、私、珊瑚と紺々、たぬきは、汪家の屋敷から皇帝の宮殿へと移された。皇帝が住まう宮殿は、とても立派な佇まいだった。赤を基調とした建物に、金で花が描かれた豪奢な壁、ルビーの目が光る龍の置物など、皇帝の宮殿は牡丹宮以上に豪華絢爛で、目が眩みそうなほど。恐れ多いと思った私は紺々と二人、広い部屋で肩を寄せ合って過ごしていた。紅華様は、そんな宮殿の中でも威風堂々としている。さすが、王者の風格だ。

私の部屋には綺麗な服が山のように用意されていた。不思議なことに、女性ものと男性ものが半々ある。すべて、私の寸法に合わせて作られていた。紅華様の側付きをする場合は男の服を纏い、休日は女の服を纏う。紺々はどちらも似合っていると言ってくれたが、男物はともかくとして、女物が似合っているかは謎だ。

そんな中、私は紅華様に呼び出された。今日は深い青に紺の帯を巻いた装いで、髪は三つ編みにして後頭部でまとめている。男装のほうがいいかと思ったが、そのままでいいというので、女装姿で向かった。女官が金の引き戸を左右から開く。その先に、龍が描かれた屏風を背に座る紅華様の姿があった。

「珊瑚、せっかくの休日に、すまなかったな」

「いえ」

紅華様はたぬきを膝に乗せ、頭を撫でながら話し始める。

「それで、お話とは？」

「一つ、提案なのだが――珠珊瑚よ、私のもとで、剣を握る気はないか？」

なんでも、私と紘宇の二人で、紅華様の護衛官を務めないかと誘われた。

「わ、私を、武官として迎えていただけるとは。とても、光栄なことです」

「お主と汪紘宇以上に、信用の置ける武の者はおらんからな」

「ありがとうございます！」

「喜んでおるが……いいのか？」

「いい、というのは？」

「お前と汪紘宇、代わる代わる護衛任務に就く。ということは、すれ違いになるぞ」

「そ、それは――」

今でさえ、紘宇に会えるのは一週間に一度あるかないかだ。もしも、紅華様の側付き武官となるならば、今以上に会えなくなるかもしれない。しかし、こうして指名していただけることは、この上ないほど光栄なことだ。きっと、紘宇も同じ思いに違いない。

「こーか様。私は、その任をお受けしようと思います」

私は、紘宇が元気で過ごしていると聞いただけで嬉しくなる。

だからきっと、大丈夫だろう。

「ふっ」

紅華様は淡く微笑み、口元を袖で隠した。何か、おかしなことを言ってしまったのか。

「こーか様？」

「いや、すまぬ。お主と汪紘宇が、同じことを言ったものだから」

「こーうが、ですか？」

「そうだ。あやつも、お前が元気で暮らしているならば、それ以上に望むものはないと。

お主ら二人は、熟年夫婦の域だな」

「あ……えっと、結婚は、していないのですが」

「照れる点はそこか」

「くうん」

紅華様の最後の呟きは聞こえなかったが、たぬきが代わりに返事をしてくれた。

「これから忙しくなるぞ」

「はい！」

「いいのだな？」

「もちろんです！」

紅華様は口元に弧を描く。自信に満ち溢れた、美しい微笑みだ。

「おい、あれを」

「かしこまりました」

女官に命じ、何かを受け取っていた。そして、紅華様は私を手招く。

「なんでしょうか？」

「いいから、近う寄れ」

正面に座るのは恐れ多いので、斜め前に座る。すると、まっすぐ向かい合うように座れと怒られてしまった。

「こちらで、よろしいですか？」

「もっと近くだ」

「えっと、これくらい」

「まだまだ」

結局、紅華様の目の前まで接近することになった。何をするのかと思いきや、紅華様は私の顎を摑み、唇に触れた。

「うむっ！」

「喋るな。大人しくしておれ」

何をしているのかと思いきや、指先で唇に何かを塗っているようだった。

手には、貝殻に入った口紅が握られている。

「お主は、紅を塗らないだろう？　だから、私が塗ってやっておるのだ。なぜ、塗らぬ？」

「そ、それは……」

真っ赤な口紅は、女性の美しさの象徴で、私には似合わない気がしていた。だから、身支度を手伝ってくれる紺々にも塗らなくていいと言っていたのだ。

「そういうことだと思っていたぞ。これからは、この紅を塗れ」

「し、しかし」

狼狽えていると、紅華様がぐっと近付き、耳元で囁いた。

「紅を塗ったお主は、とても美しい」

顔から火がでそうなほど、熱くなった。どういう反応を示していいかわからない間に、手のひらに口紅の貝殻を置かれてしまう。

「いいか？　これから、女の恰好をする時は、それを塗るんだ。命令だぞ」

「う……はい。ありがとうございます」

下がろうとして頭を上げたが、肩を掴まれる。

「おい、話は終わりではないぞ」

「はい？」

「中庭で、汪紘宇を待たせている。今すぐいけ」

「え!?」

紘宇とは半月会っていなかった。今日、会えるらしい。嬉しさと、恥ずかしさが同時に込み上げる。

「ずっと待たせておるから、怒っているかもしれぬが」

紅華様は私の背をそっと押してくれる。一度深く礼をしてから、部屋を辞した。

急ぎ足で廊下を進む。胸がドキドキして、落ち着かない。だって、紘宇に会えるのだ。逸る気持ちを抑えつつ、廊下を進んでいった。

紘宇は――いた！　背中を向けているけれど、佇まいでわかる。

満開の桃の花を、見上げているようだった。

「こーう!!」

声をかけると、すぐに振り向いた。視線が交わると、紘宇は目を細める。優しげな笑顔を向けてくれたので、胸がさらに高鳴った。

走っていったら、紘宇のもとへ辿り着く寸前で裾を踏んでしまった。

体が傾いたので受け身の体勢を取ろうとしていたが――がっしりと力強い腕が体を支えてくれた。

「お前な、そのヒラヒラした恰好で走るのは無謀というものだ」

「ご、ごめんなさい。嬉しくて、つい」

そう答えると、紘宇は私の体を引き寄せ、抱きしめてくれた。

「仕事が忙しく、会えなかった。すまない」

「いいえ。私は、活き活きと仕事をするこーうが好きなので」

そう答えると、さらに腕の力がこもる。風が吹き、中庭の中心に生えていた桃の木の花びらがひらひらひらと散る。それは、絵画のように美しい光景であった。

「ここは人の目がある。別の場所へ移動しよう」

囁かれた言葉に、私は頷いた。

紘宇も私や紺々同様、宮殿の一室を与えられたらしい。驚いたことに、そこは私の部屋の隣だった。

「こーう、お隣さんだったのですね」

「みたいだな。私も、今日初めてきたのだが」

三日前に荷物が運び込まれていたので、誰かがくるなとは思っていた。しかし、それが紘宇だったなんて。

向かい合って座り、紺々が淹れてくれたお茶を飲む。紺々は気を使ったようで、部屋からでていった。

「護衛武官の、話は聞いたか？」

「はい」

「お前は、なんと答えた？」

「こーうと同じことを言ったみたいです」

「そうだったか」

紘宇は私へ手を伸ばし、頬を撫でてくれる。

「これから、忙しくなる」

「こーか様も、おっしゃっていました」

「最初が肝心だからな」

「はい」

「それでだ」

紘宇が頬を撫でる間、私は目を閉じていたが、手が止まったので瞼を開く。

「私は、お前との確固たる絆を、結びたい」

それは、いったいどういう意味なのか？　紘宇の手は、私の指先へと伸びる。

大事なものを手に取るようにそっと掬われ、口付けされた。

驚き過ぎて、声をあげそうになる。目を泳がせていると、紘宇は腕を私の腰に回し、一気に引き寄せた。恥ずかしくなって、紘宇を見ることができない。顔を明後日の方向へと逸らしてしまう。しかし、紘宇は私の顎を指先で摑むと、上にあげた。

至近距離で紘宇の瞳に見つめられ、吸い込まれそうになる。

そんな中で、紘宇は想像もしていなかったことを言ってくれた。

「珊瑚、私と結婚してくれ」

ぽかんと開いた口は、紘宇の唇によって塞がれた。その刹那、甘やかな感覚に肌が粟立つ。

初めての口付けではなかったが、何度しても慣れることはない。

体が熱くなって、くらくらして、酩酊状態のようになる。

これ以上この状態でいたら、体がぐにゃぐにゃになってしまう。

その前に、違う部分で限界が訪れようとしていた。

「う、むむぅ〜〜」

息ができなくなって声をあげると、紘宇の唇は離される。

「なんだ？」

「い、息が、できなくって」

「鼻でしろ」

「そ、そうでした」

紘宇は親指で自らの唇を拭う。私の口紅が、付いていたのだ。

先ほど紅華様に塗ってもらったことを思い出し、盛大に照れてしまう。

「それで――」

「それで？」

「さっき、お前に言っただろうが。私と結婚しろと」

「あ、ああ！」

私は居住まいを正し、背筋を伸ばして返事をした。

「すごく、嬉しいです。ですので、私を、こーうの伴侶に、してください！」

そう答えると紘宇は私の手を握り、笑みを浮かべる。

私も負けないくらいの笑顔を返した。

——こうして、私は紘宇の妻となった。

紘宇のお兄さんに反対されるかもと思ったが、「好きにせい」と言われるだけだった。

紅華様は盛大に祝福をしてくれた。紺々にたぬき、麗美さんも、喜んでくれた。

これ以上、幸せな結婚はないだろう。

二年後には、子宝にも恵まれる。ちょうど、麗美さんの子どもも産まれたので、紺々と二人で乳母を任せることになった。

麗美さんの結婚相手はかなり意外だったけれど、幸せそうだからよしとする。

処刑されそうになるところから始まった華烈での生活だった。当時はどうなることかと、不安でいっぱいだった。しかし、人生とはわからないもので——私は幸せに暮らしている。

私は紘宇や家族、友人達と共に満たされた毎日を過ごしていた。

番外編　星紅華の好敵手

その昔、華烈の民は狩猟民族だった。彗星のように現れた英雄が部族をまとめ上げ、大きな国を作った。苛烈な者が作った国であるが、華やかな国であるようにという願いを込めて、国名は〝華烈〟とした。

初代皇帝は七代続いたが、蛮族に攻め入られ一つの時代が終わる。華烈の歴史は内乱と侵略が繰り返され、数多くの皇帝の首が飛んだ。

それこそ、夜空を駆ける彗星の如く。

もう、このような愚かな歴史を繰り返してはならない。これからは、平和的な解決をしなければならないのだ。血塗られた歴史からの脱却を、誰もが望んでいた。

結果、初めての女帝・紅華の即位が決定する。星紅華――星家の娘で、御年二十五歳。文武両道で、才女であり一切隙のない武人でもある。

彼女を守るのは、汪家の武官・紘宇。それから、牡丹宮で過ごしていた時の愛人・珠珊瑚だ。

政治面は、実家の星家が取りまとめる。

元より、星家は豪族の中でも中立的立場であったゆえ、異議を申し出る者は少ない。

汪家の力も後押しとなって、新政府は驚くほどのまとまりを見せている。

国民も、女帝の即位を支持した。紅華帝自身の美しさに魅入られている点もあったが、一番の理由は英雄を傍に置いていたからだろう。

狸の仮面を被った英雄は、危機に瀕した多くの国民を助けた。そのため、絶対の支持を集めていたのだ。国民人気もあって、女帝・紅華の地位は確固たるものとなっていた。

「ほうれ、珊瑚、干しあんずだ」

「むぐっ!」

珊瑚の膝枕に寝っ転がった紅華は、手にしていた壺の中から干したあんずを手に取り、珊瑚の口元へと持っていく。

「おいしいか?」

「おいしい、です」

一生懸命咀嚼し答える珊瑚を見た紅華は、目を細め口元を緩ませる。現在、紅華帝の一番の寵愛は、珊瑚にあった。しかし珠珊瑚は女性で、さらに既婚者でもある。

ただ、それを知る者はごく一部だ。珊瑚は男性で、紅華の愛を一身に受けている羨ましい男——と思っている者も多い。

というのも、理由がある。珊瑚は異国人で、背は華烈男性よりも高い。肩幅も広く、女性には見えない外見をしているのだ。

紅華は汪家の永訣より結婚をと急かされていたが、彼女はまったく聞き入れなかった。彼女の答えは「私は珊瑚とたぬきがいればいい」だったのだ。後宮での世継ぎ騒動に巻き込まれた紅華は、すっかり男性嫌いになっていた。

ただ、紅華とていつ命を落とすかわからない。次代の皇帝は、すでに指名してある。それは誰にも教えず、金庫の中にしまってある。皇帝崩御となった時、初めて開封されるのだ。ここだけの話、紅華が皇帝として即位させるように指名したのは、紘宇だった。次点はその兄である永訣。もちろん、本人達には言っていない。

もしも、紅華に子どもが産まれたら、その権利はなかったものとし、子に継承権が移る。しかし、紅華は子を産むことなど、まったく考えていなかった。

「くうん！　くうん！」

宮殿の庭を、たぬきが元気よく駆けまわる。

「おい、たぬき、あまり遠くへはいくな」

「くうん」

紅華の癒やしは、たぬきと散歩をすることだった。元気よく駆け回るたぬきを追いかけていった先で、思いがけない邂逅（かいこう）を果たす。庭に建てられた東屋に、見知った男が座っていたのだ。

「くうん、くうん！」

「なんだ、これは？」

珊瑚と同じ異国人の特徴を持つ見目麗しい男、メリクルだった。

彼は祖国で継承権を放棄し、華烈の外交官として滞在していた。会うのは、以前の騒動以来である。

「くうん！」

「犬が、なぜここに……？」

「それは犬ではない。狸だ」

「タヌキ、だと？」

珊瑚も狸を犬だと勘違いしていた。

どうやら、狸は華烈近辺にのみ生息する生き物のようだ。

「久しいな。メリクル・フォン・シトロン」

メリクルは立ち上がり、目礼する。

「よいよい。今は、通りすがりの女だと思え」

そう命じると、メリクルの態度は恭しいものから、不遜なものに変わっていく。

「ふん。通りすがりを名乗る女帝など、聞いたことがない」

「なんだ、いきなり可愛くなくなったな」

「こうしろと命令したのは、そちらだ」

みを浮かべた。

「まあ、そうだが」

話をしている途中であったが、紅華はメリクルが帯剣していることに気付いて口元に笑

「なんだ?」

「おい、メリクル・フォン・シトロン。剣の相手をしろ」

「は?」

「いいから私と戦え」

以前、紅華はメリクルと手合わせをして、あっさり敗北してしまった。負けず嫌いの彼女は、ずっと引っかかっていたのだ。

星家の女は、自身が剣で負けた者を夫として選ぶ。そんなしきたりがあったので、誰にも負けないよう腕を磨いていたのだ。

以前戦った時は、体が鈍っていた。今は、華烈一の将軍と言われている汪紘宇の稽古を受けている。剣術も、上達していた。

問答無用で、紅華は剣を抜き、メリクルへと斬りかかったが——ほぼ不意打ちにもかかわらず、紅華の剣は宙をくるくると舞っている。

たぬきは剣の軌道を目で追っていた。その視線は、上から下へと下がっていく。

最終的に、紅華の剣は地面に突き刺さった。

「なぜ、勝てぬ?」

「お前が私よりも、弱いからだろう？」

「な、なんだと!?」

メリクルは不敵な面構えで紅華を見下ろし、ふっと微笑んだ。

「しかし、いい腕だ。我が祖国の者であったならば、専属の騎士にしていた」

たとえ話ではあったものの、自らの配下の一人にしたいと言うメリクルに、紅華は怒りを覚える。

「お前は、私を誰だと思っているんだ！」

「通りすがりの女なのだろう？」

それは、紛うことなき紅華自身が言った言葉だ。言い返す言葉が見つからず、奥歯を噛みしめる。

なぜか、メリクルには口でも剣でも勝てない。こんな男は、初めてだった。

以降、メリクルは紅華の好敵手として認定する。

出会ったら戦いを挑んでいたが、一度として勝てたことがない。

今日も、紅華はメリクルと剣を交えていた。その様子を、珊瑚と紘宇は見守っている。

「しかし、あの二人は仲が悪いな」

紘宇は呆れきっていた。

「しかし、喧嘩するほど仲がいいとも言いますし」

「いや、あれは水と油だろう」

そんなことを話していたが、数年後に二人は夫婦となるので、男女の仲はわからないものである。

「くうん！」

たぬきは、わかっていたようだが。

そして、紅華が青い目の双子を産んだ際、珊瑚の子であると噂されたことは、言うまでもない。

番外編　天帝の神使

この世には、皇帝に勝る存在がいる。世界を造り、人を見守る創世神〝天帝〟である。

天帝は人の世に干渉しない。血が流れ、国が滅びても、天から見下ろすばかりである。

しかし、気まぐれに使いを寄越す時がある。

皇帝が死に、その親族を滅ぼされた瞬間、天帝は地上に使いを送ることに決めた。

『また、人の子が悪さをしておる。まったく、何年、何百年、何千年と経っても懲りぬ奴らめ。このままだと、悪い気が巡ってしまう。浄化するのは一苦労だ。お前が地上にいって、新しい皇帝を導け』

その命令に、使いが返事をした。

「くうん！」

狸の姿をした天帝の神使は、命令を受け地上に降り立った存在である。穢れた土地を浄

化し、新しい皇帝となる存在の選定を行っていた。

　街中を見て回ると、痩せ細った者、家がない者、親がいない子どもと、悲惨な状況である。よい皇帝を選ばないから、こうなってしまうのだ。放っておくと、人は過ちを何度も何度も繰り返す。それでも天帝は、ほとんど世の中を正そうとしない。

　人が背負うべき、咎だからだ。

「――おい、むくむく太った狸がいるぞ！」

「肉だ！」

「捕まえろ！」

「くうん!!」

　のんびり街を見回っていた狸であったが、腹を空かせた者達に襲われそうになる。短い足をバタバタと必死に動かして、全力疾走した。

　追い詰められた人は、悪鬼と化す。天帝もよくぼやいていた。そんな者達が、国を亡ぼすのだとも。

　天帝は話を続ける。差し迫った状況の中で魂を燃やす存在こそ、皇帝の器であると。しかし、街中では、燃えるような魂を見つけられなかった。

　今度は、高い塀に囲まれた建物の中で探すことにする。

　そこは警備が厳しく、門から入れそうにない。仕方がないので、狸は穴を掘って入ることにした。

「くうん、くうん！」

土だらけになりながらも、一生懸命穴を掘る。半日かけて、狸一匹が通れるほどの穴を掘った。もしかしたら、塀の向こう側には皇帝の器を持つ者がいるかもしれない。

狸は期待を込めて、潜入する。

「くうん!!」

しかし——塀の向こう側にいる人々も、どんよりと荒んでいた。

誰も彼も、輝きを失っている。大地の浄化を施しても、人の悪い感情に影響されて汚染されていった。この状態が続けば、この地は人が住めなくなってしまう。

天帝はこの状況を予見していたので、狸を派遣したのだろう。

狸は諦めなかった。広い敷地の中を、探して探して、探しまくった。

しかし、燃えるような魂は見つからない。

諦めかけたその時、遠くのほうに流れ星が刹那に煌めく様子が見えた。

あれはいったいなんなのか。

「くうん？」

皇帝の持つ燃える魂ではない。しかし、どうしてか惹きつけられる輝きだった。

狸は走って、流れ星が瞬いた場所まで向かう。

辿り着いたのは、皇帝の妃が暮らす宮殿。牡丹宮と呼ばれる場所である。

建物全体が、ほんのりと光っていた。ここで間違いないと、狸は飛び込む。壁が、床が、天井が、ほんのりと光っていた。奥に進めば進むほど、光が強くなっていく。

そして——狸は出会う。見たこともないほどの輝きを持つ魂の持ち主を。

金の髪に、青い目を持つ娘だった。その魂は夜空に輝く明星のようだった。

これは、皇帝の燃える魂ではない。しかし、神使である狸ですら圧倒させるような、清浄なる魂の持ち主だった。

「くうん、くうん」

声をかけると、娘は狸を見つける。娘と狸の手と手が触れた瞬間、光が散り散りになり、澱んでいた空気を浄化してしまった。

狸が苦労をして行っていた浄化を、娘は一瞬にして成し遂げたのだ。

「くうん……！」

心底驚く。彼女の存在は、なんなのか。その秘密は、牡丹宮の妃と娘が触れ合った瞬間より、明らかとなる。牡丹宮の妃が、娘に心を許した瞬間、妃の魂が大きく燃え上がった。

皇帝の燃える魂であった。

娘は己の中にある清らかな魂で、人々の心を再起させる力があったのだ。

なんて温かく、奇跡のような力なのか。狸は驚きを隠せなかった。

こうして、狸は次代の皇帝を見つけることができたのだった。

役目を終えたたぬきは、天帝より皇帝を見守るという新たな命を受ける。皇帝・紅華に気に入られたたぬきは、可愛がられていた。

「たぬき、今日も、もふもふよの……」

「くうん！」

たぬきと遊んで満足した皇帝・紅華は、しばし微睡（まどろ）む。暇を持て余したので、こういう時は、こっそり宮殿を抜け出して冒険する。今日は中庭散策だ。

「あらあら、たぬき様、どちらへいかれるのですか？」

柱廊から草木の生える庭へと飛び出した瞬間に、麗美に見つかってしまった。

「くうん！」

麗美はあとを追いかけてくるので、たぬきはある場所まで導く。草木をわけ、池にかかる橋を通過し、まっすぐ走っていく。

麗美も続いていた。ついに、目的の場所へと到着する。

たぬきは目の前にあった障害を軽々と飛び越えたが、麗美はそれに引っかかった。

「たぬき様、待って――きゃあ‼」

「うわっ、何⁉」

そこは、珊瑚のかつての同僚、ヴィレが昼寝をよくしている場所であった。彼はメリクルと共に国をでて、華烈で外交長官の補佐官をしていた。

昼休みは中庭の芝生の上で眠ることを日課としている。これは、たぬきだけが知る情報であった。

「びっくりした。君、大丈夫？」

「もう、なんですの！」

「ごめん。ここ、人がこないから、寝転がっても大丈夫かと思って」

「あら、あなたは、珊瑚様と同じ国の御方？」

「珊瑚の知り合い？」

「ええ、まあ」

「名前は？　僕はヴィレ」

「わたくしは……麗美」

二人の様子を見て、たぬきは「よしよし」と頷く。以前から、麗美とヴィレは気が合うのではと思っていたのだ。

このように、たぬきは縁結びも行っていた。

早く番（つがい）になって、子どもが見たいなと思うたぬきであった。

番外編　煉游峯の憂鬱

閹官(えんかん)――生殖機能をなくすことを条件に、宮廷で働く者達のことである。

身分を問わず選定される閹官は、高給取りだ。そのため、閹官を希望する者はあとを絶たない。非常に人気のある役職であった。

しかし、閹官になるための条件は実に残酷極まりない。閹官になることが決まった者は、熱した刃物で生殖器を切り落とす。その後、傷が癒えるまで療養し、動けるようになったら仕事を始める。これらの処置を知っていて尚、閹官になりたいと望む者は数多くいた。貧しい生涯を送るよりは、福利厚生が充実した高給取りになって、安定した生活を送りたいと望んでいるからだろう。煉游峯もその中の一人である。毎日が生きるか死ぬかという環境の中で育ち、のちに閹官になることを決意した。

しかし、彼の場合は他の閹官とは異なる道を歩み始める。彼は、役人と取り引きをし、生殖器を切り落とさなかったのだ。

なんとか生まれたままの姿で閹官となった游峯は、役人に毎月口止め料を支払うことになる。それでも、游峯の生活は以前と比べてずっと恵まれていた。

閹官になると、髭が生えなくなり、声が高くなる。そんな特徴が多くの者に見られた。いつまで経っても髭が濃く、男らしい閹官については、生殖器の有無の確認がなされるのだ。游峯同様に、生殖器を切り落とさずに閹官になる者が、一定数いたのである。

幸いにも、游峯は疑われることはなかった。というのも、游峯は女性に見紛う容姿を持っていたからだ。

それだけではない。栄養のある食事を取れば髪は艶やかになり、肌も綺麗になった。みるみるうちに、游峯は美しくなっていった。そうこうしているうちに、予測不可能な事態になる。游峯は星貴妃の愛人の一人である、珠珊瑚に引き抜かれたのだ。

新しい、愛人の一人として。ただ、閹官には生殖機能がない。それをわかっていて、声をかけたようだ。武芸会に参加する者の人数が足りないというので、選ばれたらしい。

游峯は牡丹宮を守る武官から、妃付きの雑役をするようになった。

牡丹宮の妃、星貴妃はただの美しいだけの女ではなく、剛胆の持ち主であった。

そして、大の男嫌いだったのだ。そのため、游峯は女装を強いられた。

これも、予想だにしていない事態である。男が女の恰好をしても、似合うわけがない。

そう思っていたが、周囲の反応は游峯とは真逆だった。

誰もが美しい女官にしか見えないと、褒めたのだ。

武芸会が終わっても、引き続き游峯は星貴妃の側付きとなる。

ただし、女装で。どうしてこうなったのかと、頭を抱えることになった。

星紅華が即位して、一年が経った。彼女は、宮廷の無駄をどんどん廃止していった。その中に、閹官も含まれる。残酷な方法で忠臣を作り出す仕組みは、もう二度と行わないらしい。今いる閹官は、星紅華のもとで生涯雇用されることが決まっている。高給取りであることは変わらず、その上慰労金も支払われたので、不満に思っている者はいない。

游峯と取り引きをしていた役人は、仕事を辞めて地方へいってしまった。

閹官の廃止によって、毎月の支払いも中止となる。游峯は紅華帝に、引き続き側付きをするように命じられた。仕事内容自体に不満はなかったので、謹んで受け入れる。

ただ、条件の一部がとんでもないものであった。仕事着が、女官と同じものだったのだ。

「なんっで女装なんだよ‼」

生意気な物言いに紅華帝は怒るどころか、たぬきを撫でつつケラケラと笑っている。

「煉游峯、お主の美貌が際立つのは、女装しかないと思ってな」

「なんで美貌を際立たせる必要があるんだよ」

「花と一緒だ。見ていると、癒やされる」

女の恰好が似合うのも、十代のうちだけだ。皇帝付きの仕事は、給料もいい。しばらくの我慢だと思うことにした。

しかし——女装をするようにという命令は、游峯が二十歳になっても解かれなかった。

「おかしいだろうが‼」

游峯は少年期よりもぐっと背が伸び、声も低くなった。しかし、それでも女装をするようにと、紅華帝より強いられていた。

「さすがにもう、似合わなくなっているだろう？」

「いや、さらに美しくなっているぞ」

「はあ!?」

「まるで、熟れかけた果実のようだ」

「なんだよ、それ。無理があるだろう？」

周囲にいた者にも、自分の女装姿は見苦しいだろうと訴えたが、頷く者はいなかった。

「……い、今だけだからな！　いずれ、見苦しい女装姿になるから、見ていろよ！」

そんなふうに游峯は言っていたが、二十五歳――二十八歳――さらには三十歳と年を取っても、女装を止めるように言われなかった。

「いやいやいや、もう無理だろう!?」

三十の誕生日をきっかけに、勇気をだして紅華帝に抗議する。

游峯はいまだに女装をしていた。

「中年男の女装なんて、見苦しいだろう？」

「まだ十分美しいぞ？　地上に舞い降りた、天女のようだ」

「はあ!?」

さすがに納得できない。周囲の言うことも、信じることができなかった。

女装はもう止める。誰がなんと言おうと。そんな游峯に、紅華帝が言った。

「ならば、街で国一番の美女を決める大会を開催しよう。それに参加して、嘘偽りのない世間の評価を聞いてくるのだ」

「な、なんで、わざわざそんなものに参加しなくてはいけないの？」

「そこで、見苦しいと言われたら、お主の女装は免除してやる」

「本当か？」

「本当だ」

こうして、游峯は国一番の美女を決める大会へ参加した。紅華帝の口車に乗せられているとは、夢にも思わずに。

国中の美女が都に集められ、一番の美女を決める大会が開催された。

結果――游峯は優勝してしまった。

国一番の美女であると、満場一致で選ばれたのである。

「う、嘘だろう？」

当日に道行く人から選ばれた審査員に、顔見知りは一人もいなかった。

つまり、彼らは游峯が男であると知らないで選んだことになる。

「よかったな、煉游峯。お前が華烈一の美女だ」

「く、くそ〜〜〜！！！！」

そんなわけで、游峯は三十を過ぎても女装を続けることとなった。

人生とは、何が起こるかわからないものである。
游峯はしみじみ、痛感していた。
——煉游峯は生涯紅華帝に仕える。その美貌は、息を吞むほどのものだった。
煉游峯が実は男であると知る者は少ない。
恵まれた容姿と、素直（そっちょく）な態度は、紅華帝の心を癒やし続けていたとか。

番外編　紘宇と珊瑚の初夜

皇帝の護衛を務める珊瑚と紘宇は、結婚したのにすれ違いの連続だった。朝から夕方の護衛を珊瑚が務め、夕方から朝までの護衛を紘宇が務めているからだ。珊瑚はそれでも幸せそうだったが、紘宇は納得いっていないようで抗議の声をあげていた。

「陛下、私達は一週間前に結婚しましたが、初夜すら行っていない状況です」

紘宇は執務室にただ一人いる皇帝・紅華に、強く訴える。

皇帝──紅華は膝の上のたぬきを撫でつつ、にやりと笑いながら言った。

「なんだ、初夜もしておらんかったのか」

「陛下が、休みなく仕事を命じたからです！」

「そうは言っても、半刻ほどであれば、会う暇はあるだろう？」

「その短時間に、初夜ができるとでも？」

「そうか、できなかったか。ふむ。それは悪かった」

悪いと思うのならば、夫婦共に過ごせるよう休日を作ってほしい。

紘宇は切実に訴える。

「陛下、そもそも、なぜ、このようなことを？」

「面白くなかったからだ。珊瑚は私の一番愛しい人なのに、お主が奪ったから」

「はい？」

「珊瑚も、私を好いていた。ずっと私のものだと思っていたのに……」

紘宇は奥歯を噛みしめ、紅華を睨みつけた。

「ああ、なんという反抗的な目なのか。とても、臣下には見えない」

「夫婦共に休日をいただけたら、尊敬の眼差しとなるのですが」

「ふうむ。そうだな。まあ、意地悪もこれくらいにするか」

紅華はめんどくさそうに、執務机の下に置いていた巻物を紘宇へと差し出した。

「これは？」

「一週間、珊瑚と共に好きに過ごせという証書だ」

「陛下！」

「一ヶ月後に渡す予定だったが」

「どれだけ働かせるつもりだったのですか！」

「お主は半年ほどならば、休みなく働けるだろう」

「無理に決まっております！」

紘宇の口調は反抗的だったが、顔は緩んでいた。珊瑚と休日を過ごせることが、嬉しくてたまらないといった感じだった。

「もういい。下がれ」

「はっ！」

紘宇は深々と頭を下げ、執務室からでていく。扉が閉まり、足音が聞こえなくなったあと、紅華はぼやいた。

「ふう。あの男を引き止めるのは、苦労する」

「くうん」

実を言えば、夫婦の生活をズレさせたのには理由がある。珊瑚が恥ずかしがって、心の準備ができていなかったからだ。結婚式の日、珊瑚は紅華に「こーうがカッコよ過ぎて直視できません。初夜なんてしたら鼻から血を噴いて、貧血で倒れてしまうかもしれません」と言った。男が初夜の晩に鼻血を噴く話は聞いたことはある。しかし、女性は初めてだった。

珊瑚に大量出血させるわけにはいかない。

そのため、紅華はあえて夫婦をすれ違わせたのだ。

「そろそろ、腹も括っていることだろう。なあ、たぬき？」

「くうん！」

こうして、夫婦の夜が始まる。

◇◇◇

紘宇は逸る気持ちを抑えながら、帰宅した。やっと、愛しい妻とゆっくり過ごせるのだ。

急ぎ足で帰宅すると、使用人達がぎょっとした表情で迎える。

「なんだ？」

「あ、いえ、今日は、朝方まで仕事だと、伺っていたので」

「誰か、きているのか？」

「いいえ、どなたも、いらしておりません」

「だったらいいが」

すぐさま、紺々が珊瑚に紘宇の帰宅を知らせにいったらしい。しばし間を置いて、愛妻・珊瑚の部屋へと向かった。

ドキンドキンと、胸が高鳴る。やっと、珊瑚と初夜を迎えられるのだ。

部屋までの道のりが、長く感じられた。やっとのことで、珊瑚の寝室の前に辿り着く。

「珊瑚、いるか？」

「ここにおります」

戸を開くと、珊瑚は刀を手に持った勇ましい状態で紘宇を迎えていた。

服装は男装である。初夜の晩を迎える色っぽさは、欠片もない。

「お前は、なぜ刀なんか持っているんだ？」

「あの、こーぅが、早く帰ってきたので、何か悪いことがあったのかと」

「違う」

珊瑚の手から三日月刀を引き抜き、寝台の縁に立てかける。

「とりあえず、座れ」

「ええ」

珊瑚はキリリとした表情を崩さなかった。きっと、紘宇が早く帰ってきたので、緊急事態だと思い込んでいるのだろう。

警戒も、解いていなかった。珊瑚の強くキラキラとした瞳を前に、紘宇は思わず噴き出してしまった。

「こ、こーぅ？」

「すまない。私は、何かあったから戻ってきたのではない。皇帝に休みをくれと陳情し、許可されたのだ」

「そう、だったのですね……！　びっくりしました。てっきり、何か事件が起きたのかと、勘違いしてしまいました」

「私も、びっくりしたぞ。お前が、勇ましく待っていたから」

「す、すみません」

珊瑚の凛とした雰囲気はなくなり、おろおろしだす。紘宇は珊瑚のこういうところが、たまらなく愛らしいと思っているのだ。

「今宵は、お前とゆっくり過ごせる。いいか？」

珊瑚を見ると、頬が真っ赤になっていた。青い目も、波打つ海のように潤んでいる。

「嫌ならば、今日でなくても」

「こーう」

珊瑚は紘宇の手をそっと握り、恥ずかしそうに言った。

「ずっと、待っていました。今、この瞬間を」

「珊瑚……」

やっと、珊瑚は紘宇だけの存在（もの）となる。嬉しくて、幸せで、胸が張り裂けそうだった。

珊瑚を抱きしめ、耳元で囁く。

「珊瑚、愛している」

「私も、愛しております」

こうして、二人の影は重なる。

結婚から七日目の晩に、夫婦は初夜を迎えたのだった。

番外編　翼紺々の一生

――翼紺々。裕福な商人の家に生まれたが、のんびり屋でおっとりしている彼女は、せかせかと忙しなく働く家族と気質が異なっていた。

計算はできないことはないが答えがでるまでに時間がかかり、品出しは遅く、荷物を持つ力もない。

幼い頃から「どんくさい」「役立たず」と言われて育ってきた。

兄妹が多いことから親からの期待もなく、劣等感に苛まれながら暮らしていた。そんな紺々の趣味は、読書だった。父親が贈ってくれた絵本を、何度も繰り返し読んでいた。

物語は、剣と剣がぶつかる激しい場面から始まる。甲冑(かっちゅう)に身を包んだ兵士が戦い、生きる者と死ぬ者の運命が描かれている。戦場には墓が建ち、いずれは戦う者もいなくなった。

残された者達は、絶望していた。そんな中、救いの星が現れる。

星は真っ暗闇を切り裂き、青空を見せてくれた。

救いの星を、人々は〝彗星〟と呼んだ。

その後、国に平和が訪れ、戦争をしない国を作った――という物語だ。

本を読んでいる間は、自分自身の存在を忘れることができる。紺々にとって、読書は現実逃避でしかなかった。

しかし、物語の世界と現実を繋げるものがある。

それは、彗星だ。華烈にも、二百年前に彗星が観測されたらしい。

それをもとに、物語は書かれたのだとか。

いつか、彗星を見てみたい。紺々は、夢見るようになった。

そんな紺々に変化が訪れたのは、十八の春。後宮で働く女官の、大々的な募集があったのだ。今まで後宮で働く女は〝選秀女〟という、家柄、教養、容姿の三つを秤（はかり）にかけた選考会が行われていたが、今回ばかりは家柄、教養、容姿問わずだった。

後宮で働く女官は、皇帝の妻ということになる。

皇帝の妻の位は、皇后、皇貴妃、貴妃、妃、嬪、貴人、常在、答応と分かれている。

女官となる者は答応から始まり、皇帝のお手つきとなれば、妃や貴妃といった上位の位を授けられるのだ。しかし、多くの者は、皇帝の姿を見ることもなく、お勤めを終える。

国は世継ぎを産ませるため、一方で裕福な家庭はたとえ下位の答応であっても娘が皇后になるかもしれないため、家柄がよく美しく教養ある娘は後宮へと送り込まれていた。

一方で、今回の選考には選秀女の文字はなく、単に後宮で働ける人を探しているだけに見えた。だったらと、翼家は紺々を後宮へと差し出した。

紺々は自分が役立たずであるとわかっていたので、父親の命令に応じ選考会へと向かった。選考会では料理や掃除、裁縫の腕を見るのかと思いきや、書類の記入のみで終了となる。

さらに、半日後に結果が発表され、紺々は四つある後宮のうちの、牡丹宮で働くことが決まった。実家に帰る暇など与えられず、着の身着のままで後宮に送り込まれる。


紺々が配属された牡丹宮には、星貴妃という美しい妃がいた。とは言っても、直接姿は現さない。一日中、部屋に引きこもっているらしい。

それも無理はないと、紺々は思った。

ここの後宮は、今までの後宮と仕組みが大きく違っていたのだ。

まず、秘められていることだが、皇帝陛下はすでに亡くなっているらしい。

皇位継承権を持つ皇族も同様に。つまり、皇帝になる者が一人としていないのだ。

そうなれば、力を持つ豪族が玉座に座ることになる。

しかし、四つある豪族はお互いに同じくらいの力があり、もしも内乱となれば国が大きく傾く。

平和的な解決法として提案されたのは、今までに例のない斬新なものだった。

それは――四つの後宮に四つの豪族の妃を立て、国中から男を集める。その中で、最初に産まれた御子を皇帝にするということ。

現在、牡丹宮には国中から集められた男達が住んでいたのだ。

だが、星貴妃は誰かを寵愛している様子はないらしい。むしろ、男を遠ざけている。

なんでも、毎夜、毎夜、野心家の男に夜這いされ、精神が参っている状態だと。

ちなみに、星貴妃を襲った者はもれなく腐刑となっているらしい。

それでも、男達は抱いたら自分のものになると思い込んで、夜這いにでかけているとか。

なんという自信か。自分に自信がない紺々は、ある意味羨ましく思う。

紺々と星貴妃の出会い――というより、紺々が一方的に見かけたのは、牡丹宮で働き始めて一ヶ月後の話だった。

星貴妃は剣を片手に、「死ね～～!!」と宮官の男を追っていたのだ。偶然通りかかった美貌の内官・汪紘宇が、「あいつ、馬鹿め」と呟くのを聞いてしまった。

星貴妃に追われていた宮官は夜這いにいったようで、翌日腐刑になったと聞く。

身の程知らずというか、なんというか。牡丹宮は殺伐としていた。

それからというもの、腐刑になる者、自ら牡丹宮をでていく者、女官と宮官が手と手を取り合って夜逃げするなど、だんだんと牡丹宮から男がいなくなる。

そのしわ寄せを、汪紘宇が一身に背負っていたようだ。見かけるたびに、眉間の皺が深くなっていた。多忙を極めていて睡眠不足なのか、目の下のクマも酷かった。

女官達はそんな紘宇を見て、「迫力が増している」「鬼人のようだ」「触らぬ汪紘宇に祟りなし」と評していた。ある意味、一番の被害者なのかもしれない。

一方で、女官も仕事を失敗する者、星貴妃に媚びを売る者、情報を横流しにしていた者はどんどん解雇されていた。星貴妃が、直接命じているらしい。

紺々はと言えば、裁縫をすれば指に針を刺して布を血で染め、台所では皿を割り、風呂場では盛大に転んで全身びしょ濡れとなる。大失敗を繰り返していた。

そろそろ解雇されるかもしれないと戦々恐々としていたが、何も言われなかった。

あとから明らかとなったのだが、紺々の実家である翼家が牡丹宮に多大な寄付をしていたようだ。そのため、紺々は贔屓（ひいき）されていた。失敗にも、目を瞑られている状態である。

もちろん、周囲からやっかみを受けたが、幼少期よりいろいろ言われてきたのでその点は慣れっこであった。

ただ、空しくはある。親の加護のもとで、のうのうと暮らしているのだ。

自分は何もできない。価値なんて何もないと、紺々は思っていた。

珠珊瑚に出会うまでは。

ある日、紺々は珠珊瑚という異国人の世話係となった。珊瑚を見た瞬間、紺々は信じられない気持ちになる。珠珊瑚の髪色は金色で、目が青かった。瞳が瞬くたびに、星がキラキラと輝いているように見えたのだ。

珊瑚は穢れのない澄んだ目で、紺々を見つめる。

その視線は、鬱々としていた紺々を浄化させるような、清廉なものだった。

それからというもの、紺々は珊瑚の世話をすることになる。

失敗することもあったが、そういう時、珊瑚はどうしてそうなってしまったのか、一緒に考えてくれた。驚くべきことに、珊瑚は常に紺々と同じ目線で物事を見てくれるのだ。

それを繰り返すと、紺々は自分に何ができるのか、わかってくる。

だんだんと、自分に自信が持てるようにもなった。

変化があったのは、紺々だけではない。星貴妃や紘宇も、珊瑚の影響を受け、よい方向へと進んでいった。

珠珊瑚という人間は、皆にとっての穢れを浄化する希望だった。

ここで、紺々は気付く。珊瑚こそ、自分達の〝彗星〟である、と。

絵本で見た希望と彼女の姿が、重なって見えた。

時が過ぎ、星貴妃が即位して紅華帝となり、珊瑚は紘宇と結婚した。夫婦の間には子が産まれ、紺々は麗美と共に世話をすることになった。

麗美も結婚しており、同じ時期に産まれた子は乳兄妹となるようだ。紺々は未婚だったが、それでも赤子を見ていると胸が温かくなる。

これが母性なのかと、紺々は考えていた。そうこうするうちに、紺々の結婚話が浮上する。紅華帝が、いい男がいると紹介してくれるようだ。

しかし、紺々は相手に会わずに恐れ多いことだと言って断った。それは、自らを卑下して言ったものではない。結婚をしたら、家庭に時間を費やすことになる。そうなれば、珊瑚に仕える時間も減ってしまうのだ。

紺々にとって、珊瑚以上に大切なものはない。だから、紺々は結婚をしなかった。

そんな紺々を見守っていたのは、たぬきである。

珊瑚が拾ったたぬきは不思議な存在で、紺々が落ち込んだ時に励ましてくれたり、元気づけたりしてくれる。

普通の狸ではないと気付いたのは、二十年ほど経ってからか。

狸は、ここまで長生きではないからだ。

周囲の者達は、気にしていない。だから紺々も、たぬきのことは特別視せずにいた。

紺々は幸せだった。珊瑚に一生涯仕え、彼女が産んだ子や孫の世話もした。

最後に息を引き取った珊瑚を見届けたあと、紺々は自分の役目は終わったと感じた。

そこから、糸が切れたかのように、体が動かなくなってしまう。

紺々は、珊瑚から溢れ出る光を浴びて生きていたのだと気付く。

床につく紺々の周囲を、たくさんの人達が囲んでくれた。

紅華帝やその孫、麗美や游峯までいる。紺々は本当に、幸せだと思った。

こんなにも、愛されていたのだと。ここまで導いてくれたのは、珊瑚だ。

感謝しても、し尽くせない。目を閉じた瞬間、声が聞こえた。

「くうん！」

たぬきの鳴き声だ。

ここ数日、どこかにいっていたたぬきであったが、きちんと傍にいたようだ。

目を開くと、そこは花畑だった。たぬきも、そこにいた。

「くうん、くうん！」

まるで、こっちにこいと言っているかのようだった。

今の体では走れるわけがない。そう言ったら、ある変化に気付く。

声が、若返っていたのだ。声だけではない。皺だらけだった肌には張りがあって、髪もツヤツヤだ。

驚いたことに、珊瑚と出会った頃の若い紺々の姿になっていたのだ。

いったいどうしてなのか。そう考える前に、たぬきから声がかかる。

「くうん」

早くおいでよ、と言っているようだった。

紺々はたぬきのもとまで走っていく。

たぬきと並んで走るうちに、景色はめくるめく早さで変わっていく。

風が美しい模様を描く砂漠に、静かな湖のほとり、広大な海に、雪の森、雨の草原。

いつか見たいと思っていた、美しい世界が広がっていた。

最後に、暗闇の中に包まれたかと思えば——空を飛んでいた。

「え、ひゃあ！」

「くうん！」

たぬきより、背後を見るように言われる。振り向けば、空を駆ける紺々のあとに、光の粒子が続いていたのだ。

それは、絵本で見た彗星のようだった。

光の粒は、紺々が歩んできた人生の軌跡である。

彼女の頑張りの一つ一つが、光りの粒となって輝いていたのだ。

紺々が通ったあとの空は、明るくなっていく。

暗い空を裂くように、飛んでいたのだ。

紺々は涙を流す。

その雫すらも輝きを放ち、飛んでいった。

「くうん！」

たぬきは、さあいこうと言った。紺々は、その体を抱きしめる。

彼女は彗星となって、天に昇ったのだ。

光に包まれ、いきついた先には――紺々の大好きな女性（ひと）が手を広げて待っていた。

あとがき

こんにちは、江本マシメサです。

このたびは『彗星乙女後宮伝』の下巻をお手に取ってくださり、まことにありがとうございました。

ついに、物語のすべてを送り出すことができて、感無量です。

打ち切りとなった書籍をご購入いただいていた読者様に対しては、お待たせしました、とお伝えしたいです。

彗星乙女後宮伝の再出版は、たった一度きりの奇跡としか言いようがなく、それ以外の作品が叶うとは思っておりません。

この作品だけでも……！　と常日頃から思っておりました。

そのため、夢を叶えてくださった主婦と生活社様には足を向けて寝られません。

本当に本当にありがとうございました。

下巻も潤宮るか先生には見事なイラストの数々を描いていただきました。

表紙の幸せそうに寄り添うふたりと、彗星のように夜空を駆けるたぬきの様子がすばらしいです。

再出版できただけでも嬉しいのに、このように素敵なイラストを描いていただいて、作者冥利に尽きる思いでした。

潤宮先生、ありがとうございました！

最後になりましたが、読者様へ。

珊瑚の物語を見守ってくださり、ありがとうございました。

お楽しみいただけましたでしょうか？

また、別の作品でお会いできる日を、楽しみにしております。

二〇二四年一月吉日　江本マシメサ

この本を読んでのご意見・ご感想・ファンレターをお待ちしております。

〒104-8357 東京都中央区京橋 3-5-7
（株）主婦と生活社 PASH! 文庫編集部
「江本マシメサ先生」係

PASH!文庫

※本書は「小説家になろう」（https://syosetu.com）に掲載されていたものを、改稿のうえ書籍化したものです。
※この作品はフィクションであり、実在の人物・団体・法律・事件などとは一切関係ありません。

彗星乙女後宮伝（下）

2024年1月14日 1刷発行

著　者　江本マシメサ
イラスト　潤宮るか
編集人　山口純平
発行人　倉次辰男
発行所　株式会社主婦と生活社
〒104-8357 東京都中央区京橋 3-5-7
［TEL］03-3563-5315（編集） 03-3563-5121（販売）
03-3563-5125（生産）
［ホームページ］https://www.shufu.co.jp
製版所　株式会社二葉企画
印刷所　大日本印刷株式会社
製本所　株式会社若林製本工場
デザイン　小菅ひとみ（CoCo.Design）
フォーマットデザイン　ナルティス（原口恵理）
編　集　山口純平、髙栁成美

 Printed in JAPAN ISBN 978-4-391-16152-6